十万里山河壮阔
中国式现代化江苏新实践新图景

江苏省报告文学学会 编

# 相望长河

XIANG
WANG
CHANG
HE

陈恒礼＿＿著

江苏人民出版社

图书在版编目（CIP）数据

相望长河/陈恒礼著. — 南京：江苏人民出版社，
2025. 1. —（十万里山河壮阔：中国式现代化江苏新
实践新图景）. — ISBN 978－7－214－29452－4

Ⅰ. I25

中国国家版本馆 CIP 数据核字第 2024WK0742 号

十万里山河壮阔——中国式现代化江苏新实践新图景
江苏省报告文学学会编

| | | |
|---|---|---|
| 书　　　名 | 相望长河 |
| 著　　　者 | 陈恒礼 |
| 责 任 编 辑 | 强　薇 |
| 特 约 编 辑 | 金芷娴 |
| 责 任 监 制 | 王　娟 |
| 装 帧 设 计 | 佳　佳 |
| 出 版 发 行 | 江苏人民出版社 |
| 地　　　址 | 南京市湖南路 1 号 A 楼，邮编：210009 |
| 照　　　排 | 江苏凤凰制版有限公司 |
| 印　　　刷 | 南京艺中印务有限公司 |
| 开　　　本 | 718 毫米×1000 毫米　1/16 |
| 印　　　张 | 19　插页 1 |
| 字　　　数 | 224 千字 |
| 版　　　次 | 2025 年 1 月第 1 版 |
| 印　　　次 | 2025 年 1 月第 1 次印刷 |
| 标 准 书 号 | ISBN 978－7－214－29452－4 |
| 定　　　价 | 58.00 元 |

（江苏人民出版社图书凡印装错误可向承印厂调换）

一条长河——

祖祖辈辈相守，

世世代代相望。

# 序

魏礼群

读了陈恒礼的长篇报告文学《相望长河》，我很惊喜。这是一部书写我的家乡睢宁时代变化的笔酣墨饱之作，有温度，有高度，有哲理，有情怀。读了这些平实质朴的文字，仿佛又回到了故土，听到了熟悉的乡音。家乡的变化，亲眼瞧见是一种感受，读到描写她的文字，呈现接地气、有人缘的画卷，又是另一种感受，往往会更加强烈，这也许是我对家乡的眷恋吧。

我是睢宁县原朱集乡魏圩村人。这篇报告文学作品，勾起我的回忆。我于1963年8月考入北京师范大学读书，毕业后响应国家面向基层、面向农村、面向边疆的号召，被分配到祖国北部边疆内蒙古牙克石林业管理局，在茫茫林海中艰苦历练了10年后，被调入国家计划委员会，以后又奉调中南海，先后在中央财经领导小组办公室、国务院研究室服务高层，又到国家行政学院主持工作，从领导岗位退下来之后，创建了几个国家新型智库。离开故土到现在已60年了，整整一个甲子轮回。对家乡的情更切，意更浓。《相望长河》这篇作品以充满情感的笔触，描写了家乡的巨大变化、生活场景与人物故事。看到这些带着乡土气息的文字，如同畅饮一杯浓烈醇厚的乡酒。

据现任睢宁县人大常委会副主任的艾丹介绍，陈恒礼是睢宁的本土作家。《相望长河》是他提议作者创作的反映古黄河两岸父老乡亲弘扬中华民族优秀文化，在社会主义核心价值观的引领之下，拥抱新时代、开启新生活、建设新乡村的一部作品。其中既有旧村庄的蜕变，也有与旧习俗的决裂；既有人的精神世界的升华，也有对古黄河的呈现和守望；既有阳光照耀下的乡村，也有春风和煦里的乡人。

在家乡睢宁，有一条河流叫古黄河，也称黄河故道或明清黄河。睢宁这个名字，起于金兴定二年即公元 1218 年，取意"睢水安宁"。1194 年古黄河侵淮河夺泗水，至清咸丰五年，也就是公元 1855 年，在睢宁这块土地上肆虐了 661 年。它的到来，滋养了两岸五谷，但也因桀骜不驯，横冲直撞，长期泛滥成灾，给两岸人民带来无尽的苦难。中华人民共和国成立以后，经过几十年的治理和开发，今天的黄河故道碧水微澜，成了睢宁人的一条生命河。这条河流也造就了两岸人民不怕困难、百折不挠、自强不息、重情重义的品格。这种品格，在岁月变迁中熠熠生辉，成为睢宁人最真挚、最深刻的人文印记。《相望长河》中的"长河"指的就是这条河流。

我离开睢宁以后，对家乡一往情深，始终牵挂着那里的一草一木、一点一滴的变化，为她高兴，为她激动，为她祈福，为她牵挂，一直与家乡人民保持着联系。故乡，总与一个人的生命有着割舍不下的联系。睢宁之所以叫睢宁，寓"睢水安宁"之意。睢水，广义讲是指睢宁全境之水，狭义是指那条古睢水。我是在李集中学读的初中和高中，六年生活在这条河流旁，古睢水流经李集，出现了码头，带来了商贸繁荣，故此李集有"小南京"之称。人杰地灵，世事沧桑，生生不息。人与长河相望相守。我作为家乡的一员，对那条古黄河，又何尝不是相望相守呢？

我的故乡睢宁，历史悠久，文化厚重，钟灵毓秀，豪杰辈出，也是历代兵家必争之地。车正奚仲，成侯邹忌，圮上老人黄石公，汉三杰之张良，下邳四代藩王刘衍、刘成、刘意、刘宜，出生于下邳的孙权、韩信、陶谦、笮融、刘裕等，都曾在这里留下养精蓄锐、谈兵论道、运筹帷幄、决胜千里的身影。还有圮桥进履、季札挂剑、邹忌封邑、刘备屯军、吕布缢死、辕门射戟、葛洪炼丹等历史故事。李白、李商隐、苏轼、文天祥、冯梦龙、柳亚子、周祥骏等迁客骚人多会于此，留下大量咏史怀古的诗文歌赋。春秋代序，岁月峥嵘，如今的古老睢宁，已从传统社会向现代社会转变，在深厚的土地上，谱写出富有中国气派、时代精神、地方特色的辉煌诗篇。

我与作者未曾谋面，后来知道他以敏感的文学触角，在《中国淘宝第一村》中，如实地记述了睢宁农民放下锄头摸起鼠标，自发在全国率先做起了电商，将农民智慧和互联网技术融为一体，从而改变了贫穷落后的村庄的故事，由此获得江苏省紫金山文学奖。这部作品描述的睢宁县沙集镇兴办电商的故事，我是亲身经历过的。那是2011年2月5日，农历大年初三，我带着家人回家乡过春节期间，在县委县政府领导陪同下，赴沙集电商市场考察、调研，这一天虽然家家还在过年，但看到一群家庭妇女抱着孩子正在网上销售家具等商品，热闹非凡，有一位女电商说："我们是买全国（商品），卖全国（商品）。"察看后颇有启发，认为这是社会主义新农村建设中的新生事物，应当支持，我让县领导组织电商带头人给国务院领导写封汇报信，报送"沙集模式"宣传册。2月10日，我回到北京后，即当面向国务院主要领导做了汇报，并转送汇报信和宣传册，立即受到国务院主要领导人的重视，并给商务部、江苏省领导作出批示。之后，在有关部门和地方支持下，这个电商市场得以快速发展，成为中国淘宝第一村。作家捕捉到了实施乡村振兴战略后的家乡崛起，在《苏北花开》《决胜故道》中，忠实记录下划时代的乡村巨变，双双获得了江苏省报告文学奖。《决胜故道》这部作品，也源自我主持过的《明清黄河故道综合整治和开发》重大课题研究成果。这个课题研究报告，我报送国务院领导，受到重视并作出批示后，使黄河故道开发纳入黄河流域生态保护和高质量发展国家战略，并列入国家"十三五"规划。陈恒礼是中国作家协会会员，一直坚持书写自己的家乡，被称为是写报告文学的有情怀的农民作家。

《相望长河》这部作品，首卷为《河之初》，开宗明义，直接写出了村庄与河流的血脉依存联系，让人感受到河流对睢宁人性格的形成发挥着无法替代的作用。睢宁人在精神力量的激励下，迸发出新的豪情与斗志，在古黄河两岸创造了新的历史伟业。在卷二中，作者写出了消失的社场，以及社员对社场的情感寄托。社场，是一个时代的缩影，社员，是一个时代的记忆。作者不是简单地记述社场兴起与消失的过程，而是用文学的语言，艺术地描绘出它不同场景的细节，力图引起人们的思索和探寻，寻找其中村强民富的真谛所在，那就是为人民创造更加美好的生活。在"磨道漫漫"中，写出了岁月给"古黄河人"带来的磨难和欢乐。石磨，磨的是人的坚韧与顽强，是人的不屈与善良，是人的追求与向往。读了这些文字，你就会理解，这里的人们，为什么会成为"古黄河人"，他们的身上具有鲜明的时代特质。

在本作品中，作者重点书写了近几十年来成长的三位普通又绝不普通

的睢宁"古黄河人"典型代表：老杜如槐的杜长胜，子债父还，被誉为
"信义老爹"，成为全国道德模范；岠山柏花的周云鹏，守山护林，27年不
变初心，是"中国好人"；楝花灿霞的朱永，儿童画辅导教师，一生坚守
乡村，视生如子，出国授艺，让世界儿童爱上中国，成绩斐然，被评全国
优秀共产党员和先进工作者。这部分是本部作品的重中之重，作者倾注的
感情和笔墨也最为集中。这让我读到了家乡"古黄河人"身上所闪耀着的
可贵品德。然而作者并非先为这些典型人物贴上金灿灿的标签或抹上绚美
的油彩，而是通过细腻并带有感情的文字，写出了他们的一举一动、一言
一行，让他们带着古黄河的气息，站在你的面前，与你相视一笑，做心灵
上的交流。你会感到，中国优秀的传统文化，源远流长，绵绵不绝，波澜
壮阔，在今天被"古黄河人"注入了新时代的内容和力量，奔腾得更加自
信和流畅。我们要感谢作家，用心用情地把"古黄河人"介绍给了更多
的人。

有了人的奉献和创造，汗水和智慧带给乡村以新生。在这部作品里，
我们看到了曾经的破落乡村，成了美丽、富裕的鲤鱼山庄，成了诗村大官
庄，成了焕发新生的黄河新村。这些地方，有的我去亲眼看过，见到了历
史的真实和生活的真实。新的奋进年代，必然会谱写出新的杰出篇章。这
些都是以往不敢想象的画面。它揭示了人与村庄命运的神奇联系。我们在
这里听到了古黄河两岸的欢歌。作品在结束之前，又回到了"古黄河人"
的身上，通过他们，让读者再次回望长河，看站在岸边的人，相望相守，
奔向更美好的远方。

党的二十大提出："全面建设社会主义现代化国家，必须坚持中国特
色社会主义文化发展道路，增强文化自信，围绕举旗帜、聚民心、育新
人、兴文化、展形象建设社会主义文化强国，发展面向现代化、面向世

界、面向未来的，民族的科学的大众的社会主义文化，激发全民族文化创新创造活力，增强实现中华民族伟大复兴的精神力量。"实现中华民族伟大复兴的中国梦，物质财富要极大丰富，精神财富也要极大丰富。我们必须继续加强社会主义精神文明建设，为人民不断前进提供坚强的思想保证、强大的精神力量、丰富的道德滋养。

《相望长河》这部作品，是用古黄河浇灌的文字，有血有肉地对我的家乡作了深情回望和书写，很好地诠释了"古黄河人"的丰厚内涵，展现出了他们身上"实现中华民族伟大复兴的精神力量"。这部作品的出版，是一件可喜可贺的事情。我们有理由相信，它会给读者带来新的喜悦和有益的感悟，更加坚定自信与信仰。祝愿作者继续努力，写好"古黄河人"新境界新作为，奉献给我们这个伟大的新时代。

在这部作品问世之际，应邀写了以上文字，是为序。

（魏礼群，江苏睢宁人，曾任中共中央委员会委员，国务院研究室主任、党组书记，国家行政学院党委书记、常务副院长，十一届全国政协文史和学习委员会副主任。）

# / 目录 /

卷　一

———

# 河之初

# 第一章

# 村庄河流

**1**

人，沿河而居。生命在长河里跋涉，情感在长河里沉淀，心与长河一起跳动。

人的一生有两条河流，一条流淌在脚下的土地，一条流淌在精神的天空。

家乡龙集东边，有一条牛鼻河，河不宽，却也不窄。高高的河堤，长满了洋槐树，开花的季节，一树的白，一河的香。放蜂人来了，洋槐林里都是蜜蜂振翅的嗡嗡声。天很蓝，连一丝云彩也没有。这个时候，牛鼻河水像一条飘动的蓝带子，由远而近，再流向远方。水很清澈，缓缓地流动，可以看得见游鱼的眼睛。鱼游得很欢畅，从水里一阵过来，一阵过去。水面上浮着白色的洋槐花瓣，浅绿色的花萼像小小的船。船里载着蜂儿的欢乐，去寻找下一个有趣的地方。

牛鼻河在我家乡算是一条大河，比它大的当然还有很多，比如古黄河、徐洪河、徐沙河、龙河，历史上还有睢水、武水、沂水、泗水。其他的河离我家很远，只有牛鼻河离得近，只隔着二里路。当然龙河更近，发源在街西首。牛鼻河和龙河，都应该算是古黄河的河流分支。它们就像一个人，在大地上行走。

## 2

这里先说牛鼻河。每到汛期发水的时候，河里的洪水涨出河床，漫过堤岸，冲向田野，一片白茫茫的。夜里河水上涨的咆哮声，能把人们从睡梦中惊醒，但他们并不惊慌失措，淡定得很。天还没亮，就拿出各种渔具，等鱼去了。什么叫等鱼？牛鼻河涨水，两岸的大渠小沟里都是急慌慌奔流的水。向更大的河里流，比如古黄河。水多得大河也流不进去了，反而由大河倒灌田野。人们支好渔网，站在大渠小沟里等鱼。一只脚抵住网底，鱼儿顺着水流进入渔网，脚丫子首先会感知鱼的欢跳，等把网朝水面一端，这鱼儿算是等到了。有的干脆把网支在沟渠中，就回家睡觉了，睡醒之后再来收鱼。天上的雨还在下，一阵急一阵慢，等鱼的人也不在乎，披着蓑衣，或只顶着一块旧塑料布，乐此不疲地在等鱼儿进网，等到的鱼放在水桶里，或另一只专门放鱼的网里。等鱼的人一般对吃鱼并不十分喜爱，等了这么多鱼怎么办？左邻右舍都会有人去等鱼，又不缺，送不了人就拿到鱼市上卖，这时鱼市上的鱼就非常便宜。等鱼人的快乐，鱼肯定是不知道的，但这快乐的确是鱼带给人的。现在无论下多大的雨，河水都不再涨，鱼也少了许多，好久没看到有人去等鱼了。钓鱼的人倒有，却也钓不到大一点的鱼。等鱼的欢乐只留在那个时代人的记忆里。

牛鼻河的两岸，长着各种各样的野草，高的矮的，有的叫得出名，像

牛鼻河

抓秧草、扫帚苗、毛谷油、节节草、婆婆纳、豆瓣菜、苣荬菜等，有的根本叫不出名。那个时候的野草，可以割了卖给生产队喂牛，记工分，也可以晒干了拿到集市上卖钱，给孩子买铅笔练习簿。生产队草收多了，成了鲜草堆，散发出来的味道清香好闻。

草也不是那么好割的，头上顶着烤人的烈日，地上升腾着一股热气。割一会儿就热了。热了就下河洗澡，衣服一脱，赤条条的像鱼那样，跳进水里，大呼小叫，比着看谁猛子扎得好。等到三伏天，那就更加热闹了。河上有一座水闸，是为了栽水稻修的，水闸旁边的公路架着一座大桥，四乡八镇赶集的男男女女，都要从桥上过，洗澡的小男孩，也不回避人，一律脱得上下无布丝，从桥上向河里跳，如同跳水运动员。赶集的爷们见了还无所谓，笑一笑就过去了。而女人就难为情了，又不得不从桥上走，她们就视而不见，低着头忍住羞怯加快了脚步。洗澡的小男孩也当作桥上无人，自顾自地玩水，不会无理取闹。没有人去指责这种行为，都明白"有理的街道，无理的河道"的道理。

到了晚上，河里仍有村人来洗澡，上游是男人，下游就是女人，或上游是女人，下游就是男人，相距大约二三十米远。说话声、撩水声互相都听得见。晚上洗澡，水面有星光、月光，朦朦胧胧看得见女人都是穿着衣服洗的，一动，星光、月光都碎了。而男人洗澡不像白天的小男孩那样脱得赤条条的，稍大一点的人都穿上了裤头，只有小孩子光屁股。这时，你会听到有男人朝女人喊话，你过来！女人也不示弱，说有本事你先过来！胆大的小伙真的游了过去，结果被水性好的女人围攻得落荒而逃，水面上就响起女人们肆无忌惮的得意笑声。也有大胆的女人，向男人这边游来，男人看见了，吓得赶忙向远处游，他们知道惹不起。远处水深，女人们不敢过去。

## 3

现在该来说说家乡的那条龙河了。我总是觉得，龙河是一条真正属于家乡的河流。县水利志载，它是因古黄河决堤而形成的一条河流，起源于古黄河南侧龙集西北藕池，经龙集南流过朱集、南庙、武宅、小朱折向东，经小夏、找沟、七咀子入徐洪河（原安河）。睢宁县境内沿线有牛鼻河、白塘河、小睢河、西渭河、中渭河汇入，大口子以上流域面积 944 平方公里，县境内全长 62 公里，流域面积 893 平方公里。龙河有"浚而全县之水可以消"之说。新中国成立后，从 1949 年 12 月以工代赈疏浚老龙河开始，到 1985 年 11 月，共 5 次动员全县部分民工进行疏浚。一条叫龙的河流，发源于我的叫龙的家乡，这是多么牛气。中国人可是龙的传人，龙的传人拥有一条龙的河流，这真让人无比自豪。

这条河虽然看不出多少磅礴之气，但在洪水季节，它也奔腾如雷，有

老龙河

摧枯拉朽之势，让人胆战心惊。后来，龙河慢慢地失去了声势，源头干涸，终年无水。它的下游河床还在，却也显示不出当年的伟岸了。龙集大街西首，就是龙河桥，桥很小，多年失修，疲惫残破，车来人往，摇摇欲坠，使人行走得战战兢兢。人们不断向上反映后，政府修建了新桥，这才方便了赶集的百姓。

原先村庄是没有名字的，因为村庄里有姓张姓李的人家，这村庄就叫张庄或李庄了。有的村名也许与历史事件有关，如有军营驻守，就出现了前营、后营、大营、小营等。或与宗教有关，就有了大庙、小庙、土庙、石庙。龙河怎么就叫龙河了？据说，明朝末年，这地方没有人烟，某年山东发大水，一龙姓人家逃荒到此，看中了这里大片的土地，就住下来开荒耕种，繁衍生息。不知经过多少代的努力，人烟逐渐多了起来。龙姓人家嫁女，建了个露水集作为嫁妆，陪送给两个女儿。这个集市是龙家人兴建的，百姓就叫它为龙集了。村庄有了名，河流自然也会有名，何况这条河流又发源于这个村庄，不叫龙河又叫什么更合适？人，因水而栖，人，为河命名，大概就是如此吧。

村庄与河流有关，河流与土地有关。村庄立在高地之上，原因是怕古黄河洪水来袭，河流泛滥会冲垮村庄。即使村庄不在高地之上，盖房也必用石料作为墙基，为的是防止洪水把土墙泡倒了——这样的事的确常常发生。人们从自然界获得了生存经验，又把这些经验运用在自然界中。那些房屋顶上苫的草，也取自河流里生长的芦苇或红草，或是由河水浇灌出来的麦草与稻草。涝期时地里水往河流里排，水往低处流。旱季时河里水往地里提，使水往高处走。河流的生命就是村庄的生命，村庄里的一个人，就像河流里的一条鱼。离开河流的鱼是无法生存的，离开村庄的人是没有家园的，没有家园的人等于失去根基的人。村庄虽然在历史上曾是破败衰竭的代名词，但是人们以极其坚韧的生活信念，把春夏秋冬过成自己想要的模样，人就有了河流的充沛，土地也就出现了繁荣。

童年的记忆更多的是这些河流。它们由大到小，又由小到大，河流随时间而变化。它们由清到浊，又由浊到清，河流随时代而转变。没有不变的河流，也没有不变的人间。这是大势，河流随势而动，草木也随势而动，人也就随时势而动。

## 4

童年上学时，我从课本上知道，有一条黄河，她是中华民族的母亲河。家里盘旋着两条龙，长江与黄河，我感到中国就是世界的心脏。可黄河在哪里？它究竟是什么样子？我想去看看，又意识到它肯定很远很远，未料想黄河就在家门口，在家乡的土地上。当我看到古黄河时，发现它并不宽阔，水流也不湍急，心里就有点失望。黄河在咆哮，我却没看出来它

黄河落日

可以咆哮，它不就是这么静静地躺在那里吗？后来了解到它的历史，才意识到，把古黄河去掉一个古字，就是黄河。它是在家乡的土地上咆哮过的，怒吼过的，人们是见到过的，土地上是留有痕迹的。我去过房湾湿地，这是当初古黄河为我们留下的自然遗产，那种壮阔，那种蜿蜒，那种豪放，真是"黄河之水天上来"啊！我因古黄河曾经从家乡经过而心生敬畏。那条牛鼻河，那条龙河，是无法与古黄河相提并论的。

前不久回了一趟老家，从牛鼻河上经过，河流没有变化，默默无语。见到了乡亲，才知道从老家门口老街向南，要全部拆迁，建居住小区。而再向南的村庄，靠龙河两岸的，早已整体搬迁。村民向镇区或县城集中，这可是百年未有的巨大变化，改天换地，旧貌新颜。"山难改，性难移"的古训变了。乡邻们说，上面的号召，该拆就拆吧。留恋老宅也没有用，连龙河也要改变呢。我就想，童年的河流，无论它怎么想象，都不会想到今天的巨大变革，它将会看到一个未曾设想过的村庄，现在叫社区或小区，出现在它的面前。我这两年的时间里，一直在古黄河两岸村庄里行走，采访巨变中的乡村，亲眼看到古黄河两岸的人们经过紧张、茫然、抵抗、接受、不舍、欢喜等一系列情绪的变化，在村庄实现了历史性的颠覆之后，又产生了急切、开怀、自豪、庆幸、赞美和担忧等新的情绪。童年的河流，随着岁月而老去，又因岁月的更替，在今天为人们缔造出一个新的童年！

# 第二章

# 石板街上

## 5

这是一条石板街。小时候的老街是青石板铺成的。后来青石板没了，老街究竟是不是青石板铺的，记忆也变得模糊起来，人们甚至怀疑这老街是否真的铺过青石板。上了年纪的人说，铺过，从东向西，都是。不然，怎么会叫石板街？

随着回忆的深入，青石板又在脑海中逐渐清亮起来。许多街景，开始浮现在眼前。

这条窄而长的老街，每逢集日都挤满了赶集的乡亲，头挨头脸碰脸的。街西皂角树下是一个大鼓场，街东井水旁也是一个大鼓场。大鼓场就是露天的说书场。许多赶集的人，走几里甚至十几里路赶个集，并不是为了买东买西，纯粹就是为了来听一场大鼓书。

说书的艺人来得很早，有时会好几个人碰在了一起。那么今个集上由谁上场呢？几个人商量一阵后，就推荐最好的说书人出场。什么是最好的说书人？当地老百姓最喜欢的说书人，就是最好的说书人。老百姓不喜欢的说书人挣不到钱。钱是由听书的人自愿掏腰包，决定给多与少的。负责收钱的人，是街上自愿来捧场的"好佬"。说书人"且听下回分解"话音刚落，鼓槌和月牙板朝鼓上面"咚"的一敲，"好佬"就开始下场收钱了。

好的说书艺人放在今天，也是可以登上大雅之堂的。我记得一位姓朱的说书人，穿长袍，人标致，敲一只鼓，晃动一副月牙板，那个点，那个韵，轻重缓急，一招一式，字正腔圆，声情并茂，颇有风度，雅的很。即便是荤俗段子，从他嘴里说出来，也是男女老少皆宜，迷得人神魂颠倒。

那个时候，打铁的，锔锅锔碗的，修秤焊锡的，老街上全有。现在，锅漏了碗破了，没有人去修补，直接扔垃圾桶里去了。在那个艰苦年代里不行。锅裂了，锔上。碗破了，锔上。锔锅锔碗的人手艺很娴熟。各种工具应有尽有。不多一会儿，就可以完成工序了，赶集的人倚马可待。

这锔锅锔碗的人，长相很诚实，消瘦的脸上，总是一团和善的笑容。就是肤色像是一片秋天的叶子。虽然老黄，却质地厚实。

有的匠人不是这样的。比如那个银匠，中年人，长一对小眼，轱辘辘地转。虽然表面很老实，但许多人背后说他是装出来的，为人不地道。我的邻居家小女孩银手镯玩断了，怕爹妈知道会吼她，请银匠为她焊接上。银匠叫她罢集前来拿。小女孩拿到银手镯，高高兴兴根本没有多想，也没有戴在手腕处试试，装在身上就走了。到了晚上才偷偷拿出来试戴，却戴不上手腕了，原来银手镯被银匠截下了一小截。老街的人知道银匠是什么样的货色，很看不起他，很少有人愿意同他打交道，但也不赶他走。老街人说他不会得好的，老天爷不让。果然，没有人缘，银匠不但没有富起来，反而过得很孤独凄凉。据说，他死后下葬，没有邻居前来帮忙。

几十年里不变的摊位，一个是修秤的，一个是卖颜料的。这两个人都住在乡下。到了逢集日，他们无论来得早或晚，或者不来，在老街上摆摊的位置，差不多人人都知道，是没有人去抢占的，给他们留着。人家人品好啊。卖颜料的生一个女儿，高挑善良又漂亮，梳一根黑漆漆的粗辫子。偶尔会替父亲看一会儿摊位。那个时候人穷，衣服穿褪色了，就扯来一块白布做衣服，来他这里买一点颜料，回家自己染。你买他的颜料，只会多，不会少。据传，他是他们村的首富。究竟是不是，怎么看也看不出来。他的女儿嫁的也是普通的种地人家。大概在分田到户后，这卖颜料的摊位，从此消失了。

那位修秤的人，也是个半大老头。集日他的摊位上，插满了长短不一的秤杆。没有生意的时候，他专心地在那里制秤。来了生意，他就根据顾主的要求，尽快地为人家修好。天下人心是杆秤。他修的大大小小的秤，准确，精巧，用了放心。来街上做生意的人，对他十二分的敬重。他也是在分田到户后，再也没有在老街摆摊修秤。

老街上许多旧时的街景，大约都是在 20 世纪 80 年代初，开始慢慢消失的。也有的被保留下来了。比如理发店。原先的理发店刘师傅，快乐风趣，光脸是他的一门绝技，还会一手接骨活骨的技术。许多懂得享受的人，以等到刘师傅为自己理发光脸为荣，常常排队等候。有头有脸的人更是如此。小孩调皮，或者大人不小心，胳膊脱臼了，痛苦不堪，来到他这里求治。他看似漫不经心，一边与你闲话，一边摸摸你胳膊。就在你不注意的时刻，嘎巴一声响，胳膊接好了。神了。等到他干不动了，就把理发店交给了徒弟。徒弟破天荒又收了一个漂亮的女徒弟，那个时候女孩学理发，十分稀罕，结果闹出了一段绯闻。女徒弟远走他乡，自己开店去了。如今开理发店的，女性居多，叫美发店，或者起诸如"顶上绝技"之类时

尚的名字,光脸这门手艺,除了仍在街头的老把式,店里基本没有人做,
改为按摩了。

老街的食品站,是供销社的,其实就是一个屠宰猪的地方。老百姓家
家养猪,养肥了自己想杀就杀,拉到老街上,想卖给谁就卖给谁。民间有
杀猪卖肉的高手,一刀一块,要二斤不会是一斤九两九。杀猪的说,缺少
一钱,赔你一截手指头。自己不杀了,就把猪喂饱了卖给食品站。食品站
门前是青石板砌的高台阶。每到集日的早晨,猪的哀嚎声传遍老街。许多
人闻声而去,等着买自己想要的猪头、下水。现在,不让群众养猪了,食
品站也失去了存在的理由,消失了。

老街最繁华热闹的是年集。整条街摆满了各种各样的摊位。人声鼎
沸,此起彼伏。说书的,打扬琴的,卖鞭炮的,吆喝卖五香粉的,写对联
卖灯笼的,甚至卖布鞋草鞋针头线脑的,反正农村人需要的,老街上都会
有。过了正月初三四,或者初四五,各路杂耍的也涌上街头,锣鼓喧天,
旗幡招展,旱船花挑,舞龙耍狮,目不暇接。

时代不同了,街景也不同了。消失的已不见踪影,新兴的方兴未艾。
新街取代老街,超市取代小摊。小楼小车,闪亮登场,外出归来的务工
者,神采飞扬。姑娘小伙个个好似明星,飘逸如杨柳新姿。新街,有新的
气象,浩浩荡荡,都是崭新的面孔。

## 6

入伏之后,是农家菜园里最丰富多彩的季节。辣椒茄子,黄瓜豆角,
是吃不败的。一边吃着,又一边种下新的。头伏萝卜二伏菜,三伏里头种
白菜。边吃边种,可一直延续到秋末冬初。接下来是菠菜、蒜苗、上海

青、菊花菜、大白菜，然后就有了雪里蕻。还在品味中，不知不觉，荠菜香了，新鲜的春韭又拱出地面，春萝卜红的白的，也展示在人的面前。

农家菜园，真是体贴入微的好。

过去的农家，房前屋后是有些空地的。人们舍不得让它空着，哪怕巴掌大的一点，也会精心侍弄出一小片菜地。一年四季的颜色，就在这片菜地里变幻着，时时刻刻给你带来欢喜。

小小的农家菜园，各家品种不会很多。但这不是个事。邻居家种的和你种的不一定一样。他会，你也会，拿自家的菜与邻居互送。这样只要全村菜园子有的，你都会吃得到，而且是一成熟你就能吃得到。这不仅仅是时令新鲜蔬菜的事了，它把邻里之间的感情，也维持得四季新鲜。这是淳朴的乡风街情。

小菜园里的菜吃不完了，老乡们也会采摘下来，整理得干干净净，拿到集市街头换点零花钱。价格很实惠，有时候给钱就卖，给多给少的不大在意。

一次在集市上发现有香椿芽，扎成小把，放在一个小小的柳编筐子里，浓紫艳绿，鲜嫩可人，甚是喜爱。一问价格，也便宜得让人心动。原本打算买五把，想到还有亲邻，就买了十把，但买完十把之后，所剩也不多了，卖香椿芽的中年男人说，你都拿去吧，不用给钱了。你要是到我家来，刚才的钱也不会要，自家树上有的是，你想掰多少就掰多少。这卖香椿芽的，一听说话就知道是附近村子里来的。

种菜园子的乡下人是朴素的，厚道的。但这不是说他们不机智。当他无端受到嘲讽或戏弄时，也会幽默反讽，让你无地自容。

有一位乡下老头，清晨赶着驴车去城里卖黄瓜。那黄瓜顶花带刺的水灵。城里来买菜的人看到了，喜形于色，拦住就买。买完了还说，大爷，你这黄瓜下来，头一茬自己舍不得吃，拿城里来先卖给我们吃。老头也不搭话，直接拿一条黄瓜塞进驴嘴里，说我都是先给它吃的。

有一段时间，为了乡村人居环境的整齐划一，美观漂亮，打造示范点，上头不准农家在房前屋后的小菜园子里种菜，改成种花。老百姓心不甘情不愿，可又不得不唯命是从。种花的心情和种菜大不一样了。那花是种下去了，平时却不闻不问，死了也不心疼。菜没了，花也没长好。老百姓的理由是，没有比喂饱肚子更重要的事了。风花雪月，吃饱吃好了再说。这事没有坚持多久，小花园仍然被小菜园取代了。传统的习惯，是根深蒂固的。其实换一个角度看，农家小菜园的景象，比小花园更有接地气的美。这是生活之美。

这不能说是乡下人不爱花。其实他们很懂得赏花。常常在门前小菜园子边栽两株夹竹桃，或者月季花，秫秸花（蜀葵），用腊条花（木槿）扎篱笆墙，用马菜花（马齿苋）做盆景。只是他们舍不得占了菜园子有限的地方。但你在菜园子边上看到那些花，风情万种，眼睛自然会一亮，会满心欢喜。

## 7

石板街上的子山叔姓顾。按乡间俗规辈分，我叫他叔。我与他的友谊，产生于饥饿，又结缘于书籍。是不是很奇怪，在饥饿的年代里还看书？

一点也不奇怪。一个人倘若有一口饭能续命，那么就不会丢弃书籍，一个大字不识的人也知道读书的好处。石板街的人，尊敬读书的人。

石板街在地方上是很有名气的乡村集市，她的影响力不仅仅是因为历史久远，还因为她是一方红色的土壤。她是苏北"龙（集）姚（集）魏（集）"革命老区之首，发生过许多可载入史册的革命斗争事件，新中国成立后家乡的首任县委书记和县长，都是石板街人。就凭这点，她已经是非同凡响了。

老人讲，石板街在兵荒马乱的年代，被土匪称为是"条子集"。那个时候的石板街，从东向西，逐渐隆起又落下。街道两边，大多是店铺，高低排列，狭长而又紧凑，被夹住的街道，仿佛是山间的一条河流。集市四周有圩河，设有吊桥，易守难攻。"条子集"，土匪黑话，听起来让人畏怯。

子山叔住在这条街的中间。他住的那条南北小巷，房子一律是矮小的土墙草顶。他有一户本家，为人耿直，不惧权势，也不羡富贵，做炸鱼蚕豆花的小生意，做得很地道，馋嘴的人趋之若鹜。

子山叔不是鲁迅，门前有两棵树，一棵是枣树，另一棵也是枣树。他的门前只有一棵树，就是枣树，主干向西略有倾斜，对着他家的房门。到了秋天，枝条上的枣子，红的青的，满满一树，把枝条都压弯了。记得有一年，竟然压断了一枝。这是我见过的最能结枣子的枣树。它生长在普通人家的小院里，既不得风，也不得雨，但它得人。一年四季与主人相处，看主人平常忙碌的生活，听主人说柴米油盐，努力地结出又甜又大的枣子，回报它的主人，带给主人很多的欢乐，来抵御烦恼和困窘。枣树是一棵体贴人心的树。

我和子山叔打过枣子，竹竿摇动处，咚咚的如落枣雨，一地跳跃着欢乐。在不打枣的时候，他会在某一个晚上，月光朦胧，用小竹篮子，上面用一块布遮挡住，把枣子悄悄地送来。白天不好送的，一街上都是父老乡亲，好奇的人要看你竹篮里装的什么。一看是枣子，拿起来就往嘴里送，边吃边问你这是送给谁的？这让不善言辞的子山叔十分难为情，他家只有一棵歪枣树，得结多少枣子，够送好邻好朋的？

我和子山叔是小学同学。大概是四五年级时，放暑假了。我看到他有一本书，名字叫《红岩》，封面画的岩石上，是一片鲜艳的赤光霞色。我向他借来这本书，看完准备归还他时，封面居然被翻烂了半页。没有了完整封面怎么还？何况那书也不是他自己的。于是我突发奇想，在文具店里买来了颜料，在半页封面上照着样子拼接，描了一个封面，糊上书送给他了。他竟是没有一点意见，什么也没有说，把书收下了。我松了一口气。难道他没有看出来那是我拼接描画的封面？这是不可能的。既然看得出来，为什么不当面拒绝我呢？

他是一位只会做而不会说的人。

孩子总是好奇的，模仿力极强，却又毫无分辨力。看《三国演义》，认为"桃园三结义"是英雄豪气，就想跟着效仿。那个时候社会上是禁止这种结拜方式的，现在也不提倡。一个黑漆漆的晚上，在我家煤油灯下，四个小孩以很虔诚的样子，把鸡血滴在酒碗里，结拜成了异姓兄弟。我和子山叔又成了平辈的人了。可是我们从来也没有这样认为过，更别提当面称呼了。但在感情世界里，内心对对方，默默地多了一份承诺。但这种承诺又会时常忘记。毕竟，那个时候我还是个孩子，并不懂得承诺的分量。

少年时代，子山叔是有洁癖的。他的筷子是单独放的。他不动别人的，别人当然也不可以动他的。但是他后来改变了这个习惯，他是从什么时候改变的，我就不知道了。

小时候他的家境显然比我好。他家又窄又矮的草顶房子里，有一只柳编泥糊的囤子，上面用折子围了小半囤子白芋干。不能小看这并不多的白芋干，我家里当时连一片也没有。在粮食比金子还珍贵的岁月里，这是能填饱肚子活下去的唯一指望。农谚说"白干稀饭白干馍，离开白干不能活"。把一片白芋干放在锅灶底草木灰里烤干，大人舍不得吃，给孩子装在身上，是对孩子最大可能的疼爱了。

子山叔可能知道我家里没有吃的了，在一天夜里，用小布口袋送来半袋白芋干。我的天，这送来的是白芋干吗？是给在大漠中行将渴毙人的一滴甘泉，是给在深水中即将溺亡人的一条救生的竹竿。我猜想，子山叔家里的大人是不知道的，这个纯属他个人私密行为。我祖父母问我白芋干哪里来的。我说是子山叔偷偷送来的。两位老人家一句话也没有说出来。在饥饿关头，有人送你救命的食物，想想这是什么样的情分！

我突然长大了，意识到我已经能够在关键时刻，借助友谊，为这个家庭贡献出一份意想不到的力量了。

子山叔是分田到户后第一代外出务工的农民工。分田到户后，我有一个机会，介绍他到大庆油田建筑工地，当一名出苦力的打工者。春节前他回来时，给我带回来一支包装精美的人参。这令我十分感动。我心想，你那些流出的汗水，又能换回来多少碎银子呢，还带给我这么珍贵的礼物？

我们住的那条老街，渐渐被废弃了。被废弃的也不只老街。子山叔的老草屋被新瓦房取代了，原先院子里的那一棵老枣树也早没有了。他当了一段时间的村副职，不久就什么也不干了，就是一个普普通通的农民。日子平淡又安静。在繁华的世界里，他坚守着自己的波澜不惊，从从容容。

我离开龙集有些年头了。平时很少回去。即便有时因红白喜事回去一趟，也是来去匆匆。现在回忆起来，竟然没有一次想起来专门去看他。心里有许多愧疚。节气已经过了小满，布谷鸟开始催人准备收麦子了，他还有地种麦子吗？如果他的责任田流转了，那么在麦收之前，是不是应该找个机会，专程去看看他？

## 8

这是一条从古黄河引过来的人工河流。在一片临河的树林中，有一团燃烧正旺的火，从地面腾上半空。又像一片血染的朝霞那样，从半空飘落到地面。那是一棵树，在众多的树中间，与众不同。就像草原上一匹优秀的赛马那样，在众多的马当中，一骑绝尘，尽显特立独行。为什么会这么出类拔萃，不是在同一块土地上，享受同样的晨风，吸收同样的雨露，接受同样的阳光吗？这真的让人感到很奇妙，百思不得其解。尤其是站在远处，在和它一样生长的同类中间，就会一眼发现它艳丽鲜红的生动气象，蓬勃燃烧的灵动气质，在初冬的阳光里，别具一格，分外耀眼，令人惊叹！

这是什么树？五角枫吗？不像。乌桕？火炬树？或黄栌？也不像。在好长一段时间里，我从它们的面前过，春天看它的翠绿，夏天走进它的浓荫，会在不知不觉中，看到它变得高大茁壮，但从来没有注意过它在秋天里，或是初冬里的神采。我视它为一棵平常的树，被人们栽在这里，希望它能够好好地活下来，让这里有了生机，有了风景。而它在这个初冬里如此盛装，也并不是一时半会的事情，无论人们在乎或者不在乎，它从没有失去过燃烧的激情。

我去单位，在八年的时间里，每天都要从这儿路过。起初，这些树刚刚栽下，细小柔弱，却也迎风绽叶，欢欢喜喜地生长。一天，在河中的一座狭长的小岛边上，我突然发现了几只灰色的小小水鸟，叫什么名字？不知道。它们一会儿水上，一会儿水下玩耍，围绕着那片小小的岛，我估计它们的家就安在了草丛中。从此每从这儿过，都希望能见到这灰色的小水鸟，也真的可以见到。却又只可远看，不可近瞧。一旦走近，它们会迅速地游向远处。却没有想到过这河岸边的这些树。

今天看到这一树的红云纯属意外。我在医院里住了许多天，医院的护士看管得极为严格，进出的门是锁上的，有专人登记把守，没有充足的理由绝对不放病人出去。给出的理由无法拒绝，特殊时期，任何人都得配合。饭是一天三顿送进病房的，亲友探视是不安排的。好不容易终于熬到出院了，朋友打来电话，说下午过来带我出去走走，去看那一片银杏。还说他们每年这时候都要去看。我毫不犹豫，满口答应。

其实那一小片银杏离我住地并不远，我怎么不知道它的存在呢？这么说我该错过了多少风景？银杏一树明亮的金黄，地上也落了一层芳华。朋友在树下拍照合影，捡起一枚叶子在啧啧赞赏。他们平时也是生活忙碌的人，很珍惜这一时的闲暇雅致。我就是在这个时候，偶然间一抬头，发现了不远处这一树火红的娇艳。我喊道你看你看，那一棵树，怎么红成了那样？那是什么树？朋友说那个叫枫香树。

我记下了这个叫枫香树。又问朋友为什么这一棵格外的红？不是一样的树吗？朋友说也许这一棵品质不一样。

我和朋友很自然地来到了这棵枫香树下。我们对它的红看得格外真切。我看那红艳的叶子，想到了书画家使用的赤红印泥的颜色，每一片叶子是那么均匀光亮，它们是要为初冬的大地盖上印章吗？这一棵周围的枫香树，叶子虽说无法与之相媲美，但也映衬了集体丰富的美，多彩多姿的美。就是这一棵，也是向阳的一边是红艳的，背阳的一边是明黄的，也不一样啊！

朋友在这棵枫香树下，摆出了各种姿势，用手机拍下了许多照片。他们说既然出来了，就要尽情地释放。过后，看一次就会笑一次。似乎他们也成了枫香树叶子，只要给它机会，就会自由地绽放。

我把我拍的枫香树，发给正在艺术院校读书的小朋友，她惊奇地问我：它怎么那么红？

## 9

石板街种麦子的老乡，带着一脸无法描述的笑容，喜滋滋地告诉我，今年小麦又丰收了。

嗬！这话，去年麦收时他也说过，而且，一直说到今年的麦收。所以，他情不自禁在丰收一词之前加了一个"又"字，语气长而重。这个"又"字仿佛是他忍不住张口大笑的样子。我想，这大概是对他笑容的最准确的描述。

小满到芒种，是见证麦子奇迹的时候。展开的麦叶，是一小片一小片绿色的太阳板，充分吸收太阳的光和热，输送给麦穗。而地下无数条看不见的根须，就是一条条输送营养的管道，把水分和营养调配融合好，也向麦穗输送，在那里与阳光汇合成白色的乳浆。

一颗颗在麦穗上排列齐整的麦壳，伸展长芒，这是麦粒成熟的宫房。它们在那里安静地成长，一天天鼓胀起来。种麦子的农人看着它们的模样，会暗自微笑地伸手抚摸，仿佛在轻柔地对母腹中的孩子说着祝福。

白色的乳浆慢慢地开始凝固，直到在自己的宫房里膨胀成仁，期待脱颖而出的时候。像一只蝉，在晨曦中褪掉外壳，然后在杜鹃的呼唤声中，飞进农家，变成面条、馒头、煎饼、水饺、大饼，香气四溢。

麦子的品质是诚实的，它用一生的努力，塑造自己饱满的气质。饱满是有分量的，是风吹不走的爱，可以落在种麦人的掌心里。它知道，如果不用自己的努力，来饱满丰实，那么就会亏待了风和雨，昼与夜，辜负了播种它们的农人的信赖。麦子和农人的关系，是相依为命，是紧密相连。

那些农人对它们寄予了多么深切的爱。这些爱是温暖的，无私的，饱含期待的。它绝对不可以用干瘪来回报真情与厚望。如果那样，是没有良心的，风也不会答应，会把它吹落到无人问津的地方，它的生命从此就失去了轮回。大自然怎么能容忍一颗瘪种繁衍下去呢？

有一段时间，麦子是被赋予阶级立场的，分为"无"和"资"。必须种在"无"的土地上，坚持宁长"无"的草，不要"资"的苗。于是在这条红线里，那些"无"的草长得欢天喜地，压过了那些"资"的麦子，结果麦子干瘪了，杂草丰盛了。但人们的肚子是天生亲近麦子，拒绝杂草的，饥饿由此而生，抱怨也由此而生。

诚实是麦子的生命，回报是麦子的良知啊。如果用一生长成一棵虚假的麦子，结不出饱满的麦粒，那不就是对农人的背叛，等于在耍流氓吗？这不是麦子的操守，做不出来，也是绝不能做的。麦子的追求是结出饱满的果实。

种麦子的老乡当然也是一位诚实的人，否则怎么会种出诚实的麦子？播种时他一粒粒挑选饱满的种子，播下后看它生长出翠绿的苗叶，给它浇水，给它施肥，给它灭虫，给它锄草。给它全部的信任，相信它能诚实结果。那一个"又"字，始终伴随着麦子的成长，现在终于丰收了。

种麦子的老乡今年已经八十高龄了，说到麦子的"又"丰收，眉开眼笑。他已经不再种麦子了，住进了城里，但他无法割舍对麦子的惦念。他说当年他收麦时，是用镰刀割的，割到傍晚，看到田间一个个的麦捆子，一天的辛劳后也不觉得累了。孩子看到母鸡在下蛋，说爸爸，我要吃鸡蛋新麦面条。种麦子的老乡呵呵大笑，说好的，给你下溏心鸡蛋面条。孩子听了，就趿上鸡窝勾鸡蛋。然后他又逗孩子说，想吃溏心鸡蛋新麦面条，你得先给老爸挠个痒痒。孩子就伸出小手挠他的背，一家人为了麦子，荡漾起一阵欢声笑语的涟漪。

回忆麦子也是充满了甜蜜的幸福。今年收麦的天气真好，全是灿烂的艳阳天。他说当年收麦，没有十天半个月，收不完。现在机械化了，两天，收完了。是不是爷俩晚上该喝杯小酒？我连声应道，当然可以，必须可以。然后他又无不担忧地说，我儿子孙子这两代，考上大学的没有一个回来老家的。没有考上大学的高中生初中生，也去外地打工去了，只不过和上过大学的，干的活不一样。我那个小生产队，现在只剩下六十七口人住着。我家七亩多地，也流转出去了，加上种地补贴，一年有近万元收入。老二没有考上大学，现在在城里打工，两个月的工资，顶得上一年种七亩多地的收入，谁还会想着种地？以后，不知还会有谁来种麦子。

说到这里，他又自我宽慰说，吉人自有天相，船到桥头自然直，我们今晚还是来喝杯酒，庆祝麦子——又丰收了。

## 10

石板街上，有什么样的房屋门窗，就会有什么样的住户人家。豪华的高窗大门，不用问主人肯定是有些家财的。柴门低窗也毫无疑问是平头百姓的屈身之所。朱门酒肉臭，路有冻死骨，没有说肉多的臭在柴门之内。而日暮苍山远，天寒白屋贫。柴门闻犬吠，风雪夜归人。说的肯定是萧条之户。萧条庭院，又斜风细雨，柴门须闭。

在衣不蔽体、食不果腹、寄人篱下、居无定所的年代里，人民生活困苦。古黄河两岸的农家，差不多都是低矮的土墙草顶住房，有的有门而实际无门，只是土墙上留一个窄窄的洞，门内空洞无物。有的安上了门，却是用秫秸或芦苇夹的。这种情况一直延续到 20 世纪 80 年代，也没有全部消失。土墙上有窗，大多呈正三角形，扇面大小，可以用一只洗脸盆遮住，只有燕子与猫可以自由出入。它的作用自然是通光进气，但阳光却是进不来，屋内常年是昏暗潮湿的。别看阳光进不来，到了冬天，朔风呼啸，穿窗而入，主人不得不用柴草破絮，把这个窗洞堵上，努力抵挡吹得人瑟瑟发抖的北风。

多年以前，我到古黄河畔姚集镇，采访那里的乡村振兴事迹，为长篇报告文学《决胜故道》积累素材。在黄山脚下，看到许多被废弃了的小石屋，破败不堪，孤独寂寞，无人问津，颇有感慨。好的住房有了，旧的遗迹丢了，但它是历史的见证，也是农耕文化曾经的留痕。我对引荐我去的镇党委宣传委员张政红说，这些小石屋，应该利用起来，是乡村休闲旅游开发的一笔财富。后来果然是。《徐州日报》记者报道说，2018 年，在上级政府的支持下，黄山前村启动保留村改造和公共空间治理，山上闲置的石头房改造成了民宿。室外，修缮房屋、庭院、围墙、道路，添加花草树木；室内，重新装修，并根据房屋特点，划分客厅、卧室、卫生间。民宿由村里和农户联营，老房子焕发新魅力，村集体和村民也能增加收入。村支部书记清楚地记得，在修缮过程中，村里老人们对石头房的眷恋不舍和殷殷叮嘱。

旧时农民住房的门窗，方便了老鼠苍蝇蚊子小蠓虫，他们进出自由，毫无畏惧，肆意妄为。好在贫寒人家也不怎么搭理它们。即便身上某个部位被咬了，也只是扛扛一下就算了。人在那个境遇下，抵抗力极为强悍。往往一夜之间，浑身上下被叮咬的都是小小红疙瘩，却也一脸笑容，照样出门干活。他们的乐观，出于他们的无奈。与其抓耳挠腮，不如仰天大笑。

一部农村变迁史，就是一部农民的住房史。直到现在，农民只要腰包有了银，无不舍得倾其所有，在住房上投入。由瓜棚到草屋，由草屋到瓦房，由瓦房到小楼，由小楼到别墅。每一次住房的改变，都是对所处年代的印证。

住房是人的尊严。安得广厦千万间，大庇天下寒士俱欢颜，说的是人的理想。门窗是房屋的脸面，是五官形象。一位叫马斯洛的外国人提出，人有五大需求，分别是生理需求、安全需求、归属需求、尊重需求和自我实现需求。这五个层次的需求，被描绘成金字塔式的等级，从底部向上分别为生理、安全、归属、尊重和自我实现。细想一下，这里的哪一个方面，与住房脱得了关系？没有门窗的住房，不叫住房，有点像棺材。这样的房子，与外界自然环境是无法达到平衡的。门是人的额头，也是一张嘴，要光亮，要吐纳。窗户是人的眼睛，无论眼形如何，眼睛一定要明亮，否则面相再好，房子格局再完美，没有日月的照耀，也是没有意义的。所以看人先看眼，看眼先看神。没有眼神，一切皆空。那么看房先看的是门窗，门窗不通透明亮，住房还有什么价值？

　　这几年由于政府的推动和善意，社会上流行一个词，叫草危房改造。这个词渗透着历史感、岁月感。如今去农村寻找土墙草顶房，不是那么容易了，许是踏破铁鞋无觅处。连经多见广的外地人，来到古黄河畔，见到那一排排雅致的新农村农民住房，也惊叹不已。那门那窗，非昔日可比。各式高窗明亮耀眼，大门设计新潮时尚，据传说，有的地方还用上了指纹或人脸识别技术。不过，我在古黄河两岸还没见到过，估计经销商会很快来到这里的。

　　我的乡党告诉我，现在可好了，住在楼上，登高望远，都是美景。窗有窗纱，门有门帘，苍蝇蚊子根本进不来。一夏天，眼不见，心不烦，舒舒服服睡个好觉。乡党一脸的喜形于色。

　　我真为他高兴，住上了排场的小别墅，不费多大力气，就靠挂个窗纱门帘，就把苍蝇蚊子挡在外面，安心地睡个好觉，他能不感到幸福和惬意吗？

# 第三章

# 情系老村

## 11

当我站在古黄河岸边，痴情地看它缓缓东流，耳边就会响起一个浑厚的男中音，像影视剧中的画外音。

这里是我的家乡睢宁。金兴定二年，即1218年，家乡取意"睢水安宁"，始名睢宁，沿用至今。1194年黄河夺泗后，古睢水故道随湮，至乾隆四十八年，即1783年，古黄河于马路口决口，睢宁境内睢水河道全没，至此，古睢水走过睢宁，有文字记载的约为2300年。而古黄河从南宋绍熙五年，即1194年，大决于武阳（今河南原阳），至清咸丰五年，也就是1855年，在睢宁流淌了661年。古黄河北涉山东利津注入渤海后，留下一条故道，即今天的古黄河道。

"睢宁"两个字，是从水里捞出来的。历史上睢宁属淮泗水系，《禹贡》载：禹"导淮自桐柏，东会于泗沂，东入于海"。泗水、睢水横贯睢宁，睢入泗，泗入淮。春秋时期，当时的睢宁版图上，水利工程是"六水一陂"（水相当于现在的"河"）。泗水为总骨干（泗水，即现在的古黄河），有沂水、武源水两条河流，自北向南在下邳（今睢宁古邳）附近汇入泗水。睢水是睢宁县中部东西方向的一条大河，在下相（今宿迁）南入泗。睢水南又有乌慈水、潼水两支流，自南向北汇入（"六水"在北魏郦道元著《水经注》中均有记载）。陂即蒲姑陂，在今睢宁县中南部，"陂"即塘，相当于现在的湖、库。自古以来，睢宁诸河之水皆注入淮河。当时淮河宽广，泗、睢、潼通畅，纵有漫溢，与田地庐舍，尚不为灾。1194 年黄河侵汴（水）泗（水）夺淮河，黄河开始流经睢宁。此后黄河夹带上游大量泥沙，时常决堤，洪水泛滥。经查阅有关资料，从 1194 年至 1855 年，黄河流经睢宁 661 年间，有 74 年成灾（县境内决口成灾 50 次，县境外决口严重波及境内成灾 24 次），平均八九年一次灾害。其中元代 5 次，明代 21 次，清代 48 次。连续 2 年受灾 8 次，连续 3 年受灾 4 次，清嘉庆初年连续 7 年受灾，清嘉庆共 25 年中有 12 年受灾。灾害使睢宁河湖淤积，水系大乱，地形地貌大幅度变化。从 1855 年黄河再度北徙后，全县变成了三个独立水系，而且都是没有很好出路的混乱水系。

古黄河

古黄河改道走了以后，留下一座破落的老旧村庄，和一块荒芜的盐碱地，还有鸡鸣狗吠。没有多少人知道这个地方，它太小了，就像麦田里的一株麦子。它太穷了，穷到连兔子和鸟儿，见到它也扭头就走，不愿意与它为邻，建立亲密关系。谁还会注意到它的存在呢？

庞大的事物和富裕的地方，总会使人念念不忘。富在深山有远亲，穷在闹市无人问。对吗？没错。没错吗？也不尽然。

那么，谁在关注这个又小又穷的地方，并且一直在关注着？

一位老者的心里比我们明净。他告诉我，他今年已九十岁高龄了，比共和国还年长二十岁，再过几年，可称为是世纪老人！他该经历了多少风雨，看过了多少沧海桑田？他走过的桥，比年轻人走的路还长，他吃过的盐，比年轻人吃的米还多。他把九十年的足迹留在古黄河岸边的土地上，他把九十年的渴望埋在了心底里。他在这片土地长了九十年，把根扎在这片土地九十年。他知道有一个地方，就是这个破败的村庄，村子的一颗心脏在怦怦跳动。一双热切的眼睛，在关注这里的一草一木，一朝一夕。他参加工作之后，就触摸到了那蓬勃强劲的心跳，感受到了那热切的目光。六十年算一甲子，一个甲子轮回，他轮了一圈半，来触摸这心跳，来感受这目光。那是他魂牵梦萦的村庄，那是一个老旧的村庄。

他骨子里就是个农民，除了种地，除了亲近庄稼，他没有特别的嗜好。退休前，他是这个乡的党委书记。退休之后，他住进了县城儿子的家里，除了雷打不动地看《新闻联播》，看本省新闻，看本市本县的新闻，就是看书，不打牌，不跳舞，顶多在傍晚时分去逛逛公园，那里有从乡下传来的消息。他参加工作的时候，一亩地一年只收百十来斤粮食。他整天背着个旧军包，下乡访贫问苦，访过了苦问过了贫就向上级要救济，不是要粮食就是要衣服。他总是关心，现在麦子一亩地能收多少斤？生猪行情怎么样？农村环境还干净不干净？现在还有人住茅草房吗？厕所还是露天的吗？他能感受到乡村的心跳，感受到土地的呼吸。感受到的越多，心里的好奇也就越多。比如，现在土地流转了，大机械用上了，一亩地一年能收二千多斤粮食，还能养螃蟹养龙虾，还能种草莓葡萄火龙果，一亩地收入好几千元。吃是不用提了，穿也不用说了，旧宅不是拆除建农民小区，就是就地改造，住上阳光别墅了。村庄像城里广场一样干净，四季常青，四时花开。污水处理了，垃圾分类了，乡村也有"城管"了，还用上了沼气！如果建幼儿园、敬老院还不算新奇，那么建村史馆、艺术团、图书室、大舞台，一桩桩事让人不敢相信，可这一切都是真的！他在农村工作了一辈子，最大的愿望是让老百姓有房住，吃饱穿暖，日子平平安安。但直到他退休，也没有完全实现！他心有不甘，但也无可奈何。人，终有老的那一天，终有退出舞台的那一天。尽管心里不服老，但年龄不知不觉增加了，长江后浪推前浪了，前浪扑在了岸边上。就像秋天收获过的田野一样，要由新播下的种子当家做主，决定下一轮的收获。这不是他甘不甘心的问题，而是自然规律，种地人都懂，于是他很坦然地告老还乡，从此不再早朝。

现在，他的心里很兴奋！他又一次感受到乡村那蓬勃强劲的心跳，那饱含真情的热切目光。他相信听到的都是真实的，因为这都是土地上的声音，土地上的声音什么时候掺假过？正因为它真实，他才决定，他要一个人悄悄地到那发生巨变的乡村去看看。像过去下队访贫问苦那样，他不需要任何人带路，也不需要任何人陪同。他提前把他代步的电动三轮车，仔细检查了好几遍，确保路上万无一失，也确定自己完全行动得了。其他的不用准备，都在他的脑子里，都在他的心里。农民兄弟，他闭上眼睛也知道他们的言行举止，心里所思所想。他为自己设计了一条最佳的路线，驾驶电动三轮车向乡下进发了！他的目的地是去他曾奋斗过的老地方，这会给他带来怎样的感受？还会有几张他熟识的面孔？

## 12

他来到了在电视里看了几次、在公园里听了几回的新村。他曾在这里，洒下过汗水，张家李家门口朝哪儿，媳妇娘家是哪里，老人多大，孩子上几年级，家主是什么心性脾气，锅里的粥是薄是稠，他一清二楚。但是，过去的村庄连道痕迹也看不到了。连那棵被暴雷一劈两半的老桑树也不见了，那口全村人挑水的古井也找不到了。唯有当年老村支书带领群众，手拉肩扛，自力更生，在古黄河道上建的便民桥还在，只不过后来经他手，与县水利局商议，改成水泥桥了。这成了他记忆中仅有的标识。

下了黄河故道观光大道，通向新村的是一条银杏夹道的柏油路。路右是向日葵地，路左是菜园地。再向前走，是草莓采摘园，清一色的钢架大棚，高大气派。采摘园再向前，是沼气总站，站前是大片的猕猴桃园。向东转，不远处就进了新村大门。他在电视中看到、从人们口中听到的运动场、大舞台、村史馆、便利店、幼儿园、图书室、卫生室、便民服务中心、村部、服装厂全集中在这里。向前去就是商业一条街，门面都装饰得十分漂亮，还有酒吧与茶社。那些个民居二层小楼，白墙灰瓦，错落有致。门前枇杷，枝头硕果累累。池塘里的喷泉，好像是喷出的巨大花朵，在阳光下色彩绚烂。这是以前在睡梦中也梦不到的地方啊！百闻不如一见，身临其境，来了，看了，这九十年岁月没白活，长寿是多么的好！

他在村部门前停好三轮电动车，抬腿就进了办公室。两位年轻人不认识他，迎上来问，老人家您找谁？有什么事？他笑了，说我谁也不找，什么事也没有，就是来看看。两位年轻的村民立马搬来凳子，端上热茶，说老人家您休息一会儿！想看哪里，我们带您去。今年春节，每天有三四万人来这参观呢。他说，我当年在这里工作过，今天来看一看，地也不认得了，人也不认得了，老东西旧面貌都找不到痕迹了。年轻人说，一会儿请您去看看村史馆，那里还保存着。

说着又走进几个人来，像是村组干部，见了他都很惊奇，问他从哪里来的，怎么来的，今年高寿了？待互相一介绍，不由得人人啧啧感叹！他说你爹你妈我认识，在你们家一锅吃过饭，在地里一块干过活。村组干部模样的人说，我们听说过你，是乡里老书记，对群众可好了，跟自家人一样。他说那都是过去的事了，现在可好了，吃的住的，家里的地里的，以前想都不敢想。村组干部模样的人说也有不好的，群众工作不好做了，他们什么政策全都懂！他一听马上就反对了，说你们这样说不对！现在应该比过去更好做。我刚参加工作那会儿，要把老百姓手里的土地，把正干活的大黄牛，收归集体去，还一分钱不给，土地和大黄牛是老百姓的命根子，你说难做不难做？我都是喊人家叔叔大爷才做下来的工作。你们现在，拆了群众草房，给他们建楼房，把土地流转了，又给租金又能去打工，做的尽是好事。你把道理向群众讲清讲透，没有人不欢迎的，怎么会难做？你说说，说工作难做的人，都是什么人？买卖不成，言语没到。过去，村组干部天天干什么？处理群众吵架打架，争地边的，量宅基地的，护小孩的，骂偷鸡摸狗爬墙头的，现在你还能听到吗？这日子过得真好哇！几个人听了，不住地点头称是。他意犹未尽，又说，你看，谁在给你们撑腰，谁在给你们使劲啊！是村里老少爷们，他们的心是和你们一起跳动的！我从心底里拥护赞成现在的新农村！我老了，干不动了，但我头脑不老，我接受新事物，喜欢新事物。干不了还说不了吗？

村里的人要留他吃饭，他坚决不同意，骑上三轮电动车，开上了回家的路。他的心情，比喝了酒还沉醉！他又一次触摸到了他参加工作时感受到的那颗跳动的心脏，强烈而又蓬勃。他又感受到了那道热切的目光，亲切而又暖心。谁说这曾经又小又穷的地方，没有人关注？来看看今天的农村吧！于是他暗暗鼓励自己，好好地争取再多活几年，活到一百岁！好日子还在后头呢！

其实，他是一位外乡人。参加工作后才来到了古黄河畔，这里，成了他一生的家。

# 第四章

# 故土笨拙

## 13

有人说我的家乡，叫"刁睢宁"。这是一个有偏见的看法。其实我的家乡，恰恰是一块笨拙的热土。笨拙是一种可爱的质地，有毛茸茸的温暖。害人之心不可有，防人之心不可无。如果因为上过当而"刁"巧了，那有什么不对呢？家乡人的刁，那可以是精明的一个分支，是带着智慧的狡黠，同样是值得欣赏的。带刺的花，不折就不会伤手。

刁是一个弯，比如古黄河，它可以直达目标入海，但一路却拐出了九十九道弯。这不是刁，而是笨。这是多走多少弯路呢？难道不是更加艰难吗？为了一个目标，常常要过许多弯的。

故土的笨拙，是出于它的厚实和亲善，也出于它的诚实和宽厚，或是出于对困苦生活的抗争，绝不是无奈无助，无力无智无天分。相反，它用笨拙的方式来创造岁月，也用笨拙的思维来孕育历史。它的肢体语言，虽然充满了笨拙，却实在得让人喜欢。它不虚伪，除了真实，别无粉饰。所以，笨拙就是它的生命力，就是它的创造力。刁，恰恰是它的笨拙。

　　说一下它的物产吧，真的可以用包罗万象来形容。比如那片洪涝不断的泡砂土上，竟然结出了又圆又大又甜又沙的西瓜，而且圆滚滚地滚向大江南北，能让中央电视台来为它办一个西瓜节。同样的土地上，梨园下长出了小花生，一个西瓜甜出了名，一个花生香出了名。还有以种水稻出了大名，竟然叫味稻小镇！此味稻不是彼味道，但究竟是什么味道，必须自己去品。白莲藕，是献给皇上吃的贡藕，白脆细嫩，嚼而无渣。薹干绿脆响爽，行销东南亚就不说了，它还生产出一种中药材，叫邳半夏，下邳半夏全世界独一无二。伟人说过，中国人对人类有两大贡献，一个是中药，一个是中餐，这中药里是不可缺少邳半夏的，这名字既包含了季节，也充满诗意。季节是历史的季节，一部三国史，半部在下邳。诗意是李白在下邳圯桥上，写下了"我来圯桥上，怀古钦英风"的诗句，久诵不衰。这些精美的物产，它怎么就以笨拙的方式生产出来了呢？至于说到中餐，睢宁有誉满古黄河两岸的美食，戏称为"第十大菜系"，白水豆腐、凉皮、卷煎、香肠、烧鸡、乌鱼片、糖醋鱼、活油、千子、土锅草鸡、杂鱼喝饼、白山羊肉，高中低档菜品几百种，在徐州地区及周边，首屈一指。仅主食中的面食，就有朝牌、吊炉饼、烧饼、大饼、菜煎饼、西施馒头、鞋底卷子、牛蛋卷子、水发面卷子、细面条、粗面条、绿豆面条，等等。且都是传统做工，品质优良，以纯正为至高至上的追求，绝不会掺假使巧的。这就是睢宁的"刁"。

　　睢宁的山水钟灵毓秀、人杰地灵。苏北大平原上，耸立起一座山脉，人们叫它为岠山。相对于泰山、秦岭、珠穆朗玛，它的确连小兄弟也算不上，顶多算是一块山峰石吧。从大山深处来的一位诗人作家，听睢宁人说这山叫岠山，惊讶地整张脸只见着一张大嘴，说这也叫岠山呀？带着明显的疑问。怎么了？叫岠山怎么了？你那儿有大山，可你的山中有岠山胸中的两汉风云吗？有名垂青史的人杰张良吗？没有啊！山不在高，有仙则名。你那儿山多山大山高不假，但你起过岠山这个名字吗？睢宁人的胸怀，可是一览众山小啊！他们用笨拙的语言，给大山起了一个同样笨拙却气势磅礴的名字。中国的史页上，就记下了它，千年不变，万代耸立。这是笨拙的神奇和不朽。岠山之下，就是汉文化发源地之一，下邳。也是奚仲封国之地，邳国，至今已有四千多年的历史。

## 14

睢宁本身就是带着水的，睢水安宁，这里古老的河流曾带来缤纷的华彩。没有水，就不可能有世界上的生命。他们因水而生，也因水而活。那条古老的古黄河，钟情于这片土地，在这里陪伴着百姓过了六百多个春秋。黄河不是母亲河吗？母亲是不嫌弃笨拙的孩子的，反而是更加的溺爱。她在这里，用自己的乳汁，生产出了蒲芦，生产出了鱼虾，结出了莲藕，也收进了朝霞夕照。她伸出的手臂，拥抱着村庄，这村庄叫房湾、叫庙湾、叫黄河、叫骑河。她喂养了庄稼，也喂养了牛羊，让生活在古黄河岸边的人们，有了子孙，有了欢笑，有了不息的岁月，也有了不歇的脚步。她给土地带来的不仅是秀美的风景，更是延续了生命创造的力量。那些叱咤风云的英雄豪杰，那些挥毫泼墨的文人雅士，有谁不是她的乳汁养育大的？母亲的慈爱是笨拙的，却是伟大的。她不精巧，但她生育了精巧。她不宏大，但她养育了宏大。

这里的人们相守着同一条河流，相望于同一条河流。

人的名字很有趣，有小名，即乳名，是留给母亲喊的，带着乳香的甜美。还有大名,即学名,那是留给众人喊的,带着互融的体温。当然也有连根带梢的名字,即小名加大名,叫"连根倒"。小时候喊有童趣,长大了喊有乡情,死后喊就成了追忆。人是如此,村庄也是如此。才产生的村庄,与人一样是无名氏,有了村人,就有了村名。人姓什么,村子就姓什么。人爱什么,村名就爱叫什么。村人的追求,会随着时代而变化,村名也跟着变化。有一个穷村,过去叫铺子,现在叫社区。社区这两个字,过去村人是想不出来的,种了百代的土地,种地的姿势变了,长出的模样也变了。土地变了,村庄也变了。做饭不用柴草了,屋里养出花朵了。更为奇妙的是,人们敲击键盘,用互联网把村庄同世界连接起来。农人的手,可以不用去刨土了,可以开心地去感受阳光与春风了。

我的笨拙的故土,表达情感也是笨拙的。那些才拱出地面的小苗,总是羞羞答答的,小心翼翼的,躲躲闪闪的,不言不语的,在悄悄地生长,在朝露里生长,在月亮地里生长。等你注意到它时,突然间亭亭玉立了,临风含笑了,惊得你一愣一愣的。村里的姑娘,村人不叫她姑娘,叫她丫头,小时叫小丫头,大了叫大丫头,这种叫法真是又笨又拙又土,但听了只觉亲切。她是从泥土上开出的花朵,笨笨地开着。她用花朵表现自己春天的心事,也是笨的。她的爱是一针一线编织出来的,让你去体会。你明了,她一笑。你若笨,她还是一笑。而男人无论大小,差不多都笨手笨脚。果然笨到家了?且慢!你看过睢宁儿童画吗?睢宁是中国儿童画之乡,享誉世界。儿童画笨到没有技巧,只有绚美饱满的构图,孩子的心,初飞的鸟,满纸的好奇,自由,纯真,憨厚,笨拙。这是工笔细描无法做到的。

我笨拙的故土,生活在这里的人,行为再怎么灵动,也有着笨拙的底色。他们认死理，所有的追求，只会与土地达成默契，在它面前摸爬滚打，栉风沐雨，把汗水开成花朵，把花朵结成果实，却并不完全占有，喜欢与他人分享。我就奇了怪了，为什么睢宁会有一座圯桥，桥上怎么就来了张良与黄石公，他们为何不去别的地方，偏偏挑这么一座小小的不起眼的小桥，来谋划大汉江山？失败的张良，又为何不去别的地方疗伤，偏偏到下邳这块笨拙的土地上，为黄石公拾鞋？还有那位布衣皇帝刘邦，他没夺取江山时，曾是项羽手下的败将，哪儿不好逃，偏偏逃到了睢宁？他知道睢宁人会以自己的笨拙，救他一命，救下了大汉帝国，才有了汉民族。这些历史写入了《史记》，难道产生在笨拙的土地上的故事，才能成就史记？可以肯定的是，如果没有睢宁笨拙的土地，中国的历史，将会变成另外一种书写。人笨如牛，牛笨如土。可就是睢宁的笨牛，被画上了中国历史博物馆的门票，连带着在这片热土上耕耘的农民，以及那狗那鸟那庄稼。古人怎么就在笨拙的土地上，创造出了这么精彩绝伦的想象，而且使它变成现实的艺术？

出神入化的艺术创造，来自笨拙的生活之根。唯有笨拙才是永远灿烂的极美。我的笨拙的故土，素面朝天，自然质朴，是会延续新的乡土神话的，我相信。

这一切，是因为有了一条古黄河吗？是因为相守相望于这同一条河流吗？

卷　二

河之语

# 第五章

# 磨道漫漫

## 15

这是一盘古黄河畔的石磨。据战国《世本·作篇》记载，春秋战国之际的公输般（即鲁班）发明了旋转型石磨，使粮食加工变得容易多了。

1968 年，在河北满城汉墓中出土了一架距今约 2100 年的石磨，这是我国迄今所发现的最早的石磨。这架石磨系用两块厚重的圆形石盘组成，称为"磨扇"。两块磨扇上下对合，其中央部位凿有磨腔；上扇还凿有添加粮食的孔道，孔道与磨腔相连。在两片磨扇的对合面上，分别凿成凹凸不平的锯齿状，称为"磨齿"。下片磨扇的中心，安置一根向上突出的铁制立轴；上片磨扇的中心，则凿有能套在下扇立轴上的套孔。使用时，推动上扇使其旋转即可。

我感觉这石磨像乾坤阴阳八卦图。

## 16

儿时在脑海中留下的石磨印象，有的厚可盈尺，有的薄如大饼。大磨沉重，一个年轻力壮的男人，推起来也是撅腚伸颈，十分吃力。小的像小拐磨，即便是体力已衰的女人，用一只手也可以转得动。在需要用石磨咬合艰难岁月的时候，如果没有石磨，你很难想象老百姓是如何加工粮食的。古黄河长期肆虐带来的苦难，是靠石磨一点点磨碎，再被人吞咽下肚的。

石磨是古黄河家家户户离不开的生产工具，虽然是两扇石片做成的，非金非玉，却也不是家家户户都能买得起。能买得起的人家把石磨支在院子里，用起来十分方便，自然就多了一分满足和体面。买不起石磨的人家，就得提前向有石磨的人家借磨，问什么时候有空。借磨在当时乡下，是很平常的事，但有讲究。村子里谁家好说话，谁家的磨好用，大家都一清二楚。不好说话的富足人家，石磨再好，不到万不得已，也没有人轻易张嘴去借。

日子过得实在，人缘也好的人家，是开门过日子的，院子里不仅有大磨，也有小拐磨。早晨，很多妇女会来这户人家院子里，借用小拐磨拉稀饭糊糊，三五个女人，一边家长里短，一边互相推让使用小拐磨。这户人家待邻居很热情，需要什么帮助，只要有，一律提供。不像有些人家，院子里也有小拐磨，但大门紧闭是不开的，关门过自己的小日子，不与别人同吃一根葱。

借人家的石磨用，尽管用前磨膛是空的，但用完是不可以把磨膛里打扫干净的，这是一个忌讳。所以无论磨的是什么珍贵的粮食，这磨膛里的存留是留给磨主人的。即便再舍不得，一遍一遍，一边推一边用水冲刷磨膛，也冲不干净。太过分了，下次就借不到磨用，人家嫌弃借磨人太损了，费人家磨。即便磨闲着，磨主人想也不想就说没空，一口回绝，他实在是不愿意借。

于是攒钱买磨，是一件大事。街上有石磨市，大大小小、各种规格的石磨，随便选。有一天，祖父买来一盘旧磨，薄如大饼，而且是一边稍薄一边稍厚的那种。祖母高兴得一个劲地抚摸磨扇笑。买了磨，要配上磨盘，磨盘呈碟子形，由一圈凹槽组成，伸出一个汁液可流出的盘嘴。磨盘一般是由青石琢成，祖父也不能同时买得起。于是，祖父找来碎砖头，和泥在院子里支磨。院子是四家人共用的，磨盘是用水泥做的。上面是磨，下面是鸡窝。家家的磨都是这种支法。所以石磨用的时间长了，磨盘上会有密密麻麻的小坑，大人说那是小鸡啄的，只要推磨一结束，鸡们会立马飞上石磨开啄。那个时候，鸡们也是饥饿的。

## 17

推磨的事一般是女人干的，男人不推，以为是一件有失尊严的事。我从来没见过祖父和父亲推过磨。但我也确实看过一个比女人还会推磨的男人，凡是磨道上干的活，他一人包干。毫不在乎别人用什么眼神看他。他家是村里最为贫困的人家，是顾不上一个男人的颜面的。

街上人给他起了个外号叫老磨。人的名字带个磨字，比如叫大磨或小磨或磨道的，那必会有故事，很可能是在磨道上落地出生的。他或她的母亲辛苦啊，怀了他们，到了分娩时也不能休息，还要推磨，就把他们生在磨道上。

老磨的外号呢，是因为他常年老是推磨，不叫老磨叫什么？还有比叫老磨更符合他的身份的吗？老磨长得细长，抱磨棍推磨，要把腰弯下来像张弓。又很少张口说话，像头驴那样只顾埋头推磨。他家在集上做豆腐卖，推豆汁，挤豆汁，烧豆汁，点豆汁，直到豆腐上包，这一套活路，从三更天开始，直到吃早饭前豆腐做成，全是他一个人干。豆腐做成了，才由他娇小的老婆，推到街上去卖，他还要继续推磨，推煎饼糊糊。如果老婆忙于卖豆腐回不来，他推完煎饼糊糊，就把大铁鏊子用三块砖头支起来，坐在地上烙煎饼。还好，乡人同情他，很少有人笑话他是个大男人，干了他不该干的活。他老婆厉害，理直气壮地说谁规定这些活就该女人干的？他不干，我又干不了，老婆孩子还吃不吃，喝西北风活着？

我小时候随祖父母生活，推磨的活几乎成了祖母的专项。祖母还是一双小脚。虽然是一盘旧小磨，一直在磨道里转，对祖母来说，也是一件艰难的劳动。尽管是这样，她往往还嫌磨扇太轻了，上面还要加压上石头。我那时正上小学，星期天推磨都是在清晨，祖母舍不得喊我，先自己抱磨棍推了一会儿，才去喊我起来搭个磨棍。就是这样，一遍一遍喊，我也起不来。弄得院子里的邻居，见到我会学祖母喊我起床推磨的腔调："你可起来啦——！"有时需要推的煎饼多，也会在下午推磨。这时我可能早跑到学校打乒乓球了。祖母会一边气愤地说又去打"定邦球"了，一边迈着小脚去学校把我找回来。她老人家总是把乒乓球说成是"定邦球"。

推磨，无论是推煎饼，还是推面，都是一件难熬的事。一圈一圈的磨道，永无尽头。我会推着推着就打盹了，磨棍会自动从肚皮上掉下来。使劲推，磨棍是在肚皮上的，偷懒推，磨棍是在肚皮下的。磨棍一掉，祖母就会喊我，你醒醒，磨棍掉啦！

那个时候，磨里推的不是粮食，没有粮食可推。我在这磨道上，推的多是白芋丁白芋干。记得村里人说，白芋稀饭白芋馍，离开白芋不能活。还推过南瓜秧鲜玉米棒。这都是推给人吃的，放在现在，猪狗都不会看一眼。石磨齿磨损很快，用不了多久，齿磨平了就推不出来了，需要找锻磨的来，把磨扇重新锻打一遍。

我祖父请来的锻磨人，是个半大老头，一条腿有点跛，背一个破布包，里头装着大大小小锻磨的工具。左手小拇指弯曲伸不直，可能是锤子砸残了。他干活十分认真，一下一下，不慌不乱。锻磨锤和普通的锤是不一样的，当中有一韭菜叶宽的横口，可以夹住琢磨齿的片状如刀的锻头。半大老头双手抱锤，如同小鸡啄食一般，不停地叮叮作响琢磨齿。琢过下扇琢上扇，不笑不说话，喝酒时从不喧哗。有时来赶集，不锻磨祖父也留他吃饭，好像他为祖母锻的磨，从来没有提过要钱。给他钱，他生气。他说我祖父："老亲世谊，拿你的钱，我就混毁喽！"死活不收。这小老头！

## 18

说一件与推磨无关、与械斗有关的石磨故事。某年某月，山东一个叫水裹龙的地方发大水，一名何姓汉子用一条扁担担两只筐，前筐是一对儿女，后筐是锅碗瓢盆。一路逃荒要饭，来到古黄河大堰，举目四望，见不远处有村庄，近处是大片的泡沙盐碱地没有人耕种，就对身后媳妇说："就住在这里吧，我开荒种地，你喂猪养羊，饿不死就行。"

何姓汉子在这里住了很久，孩子渐渐长大了，仍然是孤零零的一家人。如果发生了急事，连喊个人应急的也没有。他想加入不远处的村庄。庄主看他长得人高马大，迟迟疑疑地对他说："村里人都姓陈，年年因与邻村姓钱人家争地边子发生械斗，输的多，赢的少，两边都出过人命。你要想来村子里住，必须改姓陈，帮助把邻村姓钱的人打败。"何姓汉子毫不犹豫地说："行！"这一年收秋时，果然因为抢收一片黄豆，陈姓的人说这片河滩地，水没退前我们就种了。钱姓人说明明是水退之后我们种的。两村人又械斗起来。改姓陈的何姓汉子，手持一条粗麻绳，一头系着一片小拐磨石扇，似猛虎下山，蛟龙出水，舞起来冲进人群。钱姓村民，哪见过这样不要命的鲁莽大汉，纷纷逃离。何姓汉子凭两片小磨扇，从此在古黄河边的村子里，立住了脚跟。

## 19

村里人说当年黄河在家时，夏秋两季，说不上什么时候发大水。一旦发水，一片汪洋。夏季时收麦，是从水里捞的。秋季收庄稼，碰上连阴雨天，地里根本下不去。别提玉米豆子淹黄了脸，连白芋也沤烂了，一股馊味。烂了馊了也得吃，总比啃草根树皮强。放进磨里推，流出来的水都是黑绿色的。那个时候，这里的人，还不知道栽水稻，只知道有一种上好的粮食，叫大米。古黄河养人，也害人。那些泡沙盐碱地，都是古黄河带来的。地上不长粮食，磨里哪来的粮食？

我有一位姨大爷，祖母胞姐的孩子。新中国成立前参加革命，新中国成立后在省城里当了劳动部门一个不小的官。他回来看他的姨娘就是我的祖母，走的时候，把我父母带去省城当国家运输工人，拉大小板车，把不懂事的我留下来，交给祖父母留在身边。20 世纪 60 年代初期，城里人没有饱饭吃，工人实行大下放，本来没有父亲的名额，但他认为回到老家就有饱饭吃，坚决要求回原籍。单位派辆大汽车送来，很风光。拉回来的家具里，有一张简易的八仙桌子，半条街有红白喜事的人家都来借，不久，就被借散架子了，成了一堆碎木条子。

父母回来不久，要生活啊，就在屋里支了一盘厚石磨。靠河吃河，靠街吃街，开始做小生意。做什么呢？父亲自己摸索着打朝牌。朝牌这个东西很有点文化历史。说是古代大臣怀抱笏板上早朝，皇帝在后宫腻歪迟迟不起来上朝，大臣们就必须站立等候，时间长了，肚子饿得咕咕叫。大臣们后来变聪明了，把原来用玉或象牙做的笏板，改成用面做。皇帝不来，可以偷偷咬上几口解饿。后来家乡这一带，民间就有了笏板形状的面食，叫朝牌，可随意决定长短厚薄。父亲用一只柳编的篮囤子，里面糊上泥巴，做成朝牌炉，就在街上开始打朝牌卖。里面是黑色的白芋面，外面裹一层薄薄的小麦面，公开自欺欺人，居然卖得还可以。

朝牌炉旁边，是一个剃头匠的地方。剃头匠是从上海下放回来的，在《51号兵站》里演过国民党的兵。他的剃头手艺也是自学的，竟然逢集日也不闲着。他一边给人剃头，一边和顾客讲笑话。他的笑话讲得很好，好像许多人不是来剃头，而是来听他讲笑话的。后来，他穷得实在连笑话也讲不下去了，带着老婆孩子跑新疆去了。去了就再也没有回来，最终葬在了一个叫温泉的地方。另一边，是还俗了的老和尚，摆摊收蝉蜕等废品，也会偷偷买卖"大鬼头"洋钱。

生活就是这样延续着。但打朝牌就必须有面。面从哪里来？无论是黑色的白芋面，还是白色的小麦面，都得用自家石磨推。于是磨道里的记忆，终生难以磨灭。推磨大部分时间在夜晚进行，由母亲带领，我们姐弟依次换班，不能提前睡觉。我们推磨，母亲负责箩面。借来一个船形的柳编的箩面筐，架一杆光滑的细木棍，推动面筐在上面来回摇动。无论是小麦还是白芋干，要一遍一遍反复磨，直到把麦麸子磨出黄面，这才收手。黄面打朝牌，既可以卖，也可以给我们吃——不过机会很少。

## 20

如何在磨道上不犯困？我的姐弟们有一个主意，就是人人编故事讲。谁编不出来，谁就得在磨道上多转一会儿。记得有一次，母亲不在，我和老三发生矛盾，吵不过他，就干仗，结果在磨道把他鼻子揍出了血。他长大结婚生子，当我面说过这事，说永远不会忘记，你在磨道把我鼻子打出血了！我也无地自容，悔不当初。人家已经是带博士的人了，我啥也不是，现在人家有资本开始秋后算账了。

磨道的西边是一道山墙，土垒的，很粗糙。我用墨汁精心在上边写上一行大大的黑体美术字，"好好学习，天天向上"。为此我得意了好长时间。那次被老三记恨当面羞辱过之后，我心里暗暗地不服气，带博士有什么了不起？我没有机会上学，我要是上学了，兴许也带个什么士，还要比你早！不就是一人一个命吗？

记得那是一个深秋的早晨，我们被母亲吆喝起来推磨。迷迷糊糊当中，母亲出去，很快又回来了，神神秘秘的，说刚才在家后大路上，捡到几张粮票。母亲不识字，不知道是多少。我们也激动得心怦怦乱跳，磨也不推了，围过来看粮票，还是全国的！数一数，共三十斤！真是一笔横财！母亲说不要吱声，更不能让你们的父亲知道！原来他们在省城当国家运输工人时，我母亲捡到了一条毛巾，满心欢喜地告诉了父亲。满以为父亲会高兴，未料父亲脸一沉，立即说："从哪儿捡到的，还送到哪儿去！"母亲当然不甘心，可这哪里是她甘不甘心的事？父亲在家里有至高无上的权威，母亲只好把毛巾送回原地。一步三回头，还没有三回头呢，那毛巾就被人捡走了。父亲如果知道捡了三十斤粮票，重演把毛巾送回原地这一出，我们不是白高兴了？

我们守住了秘密。后来，母亲把这全国粮票悄悄卖了，换了钱给我们交学费。告诉我们，要好好上出来学，就不会再推磨了。我虽然没有上出来学，既不是父母的原因，也不是我的原因，更不是磨道的原因。是当时的大队书记剥夺了我上中学的机会，把名额让给他女儿了。可惜，他女儿没有读出来，这并不要紧，他女儿高中一毕业，当大队书记的他，为女儿安排做了民办教师，一个月领十四元工资。虽说大队书记就这么大的一点权力，可有用，给了他女儿一生不用推磨的命运。

## 21

我与石磨的缘分并没有结束。那个时候我盼过年，也害怕过年。虽说过年可以吃到好吃的，比如猪肉炖粉条，可过年前推磨更加频繁，磨道更加漫长。除了过年时朝牌卖得多，面比平时用量大，还要准备过年自家吃的煎饼。连续推三五天磨，不稀奇。好消息会在这时候传出，生产队长发话，到了年底前，各家各户可以使用集体的牛驴推磨。只允许使用一次！等到谁家排到号了，早已准备好要推的东西，是平时的好几倍。天还没亮，就去生产队的牛槽边牵牛牵驴，这是早已经瞄好了的，去晚了能干的牛驴就会被别人牵跑了。

这牛驴被蒙上眼罩，只要一上磨道，这一天就别想下来了，推吧。心善的人家，当中或许给点草料和水。有的人家根本不管驴累死累活，这驴就别想吃到草料了。畜生又不会说话，只能在磨道一圈一圈埋头干活。这使我想到了和驴一样推磨的老磨。也有的瘦驴干到干不动时，罢工不干了。主人怎么呵斥，鞭抽棍打，就是立定不动。实在被打急了，干脆就在磨道躺下不起来。这要是被别人看到了，就会引来一顿指责。驴是畜生，它又不会说话，你使得这么狠，简直连畜生也不如！把你套上一天，在磨道里不给吃不给喝试试？要是脾气火暴的饲养员看到了，就更不得了了，不但会骂人祖宗八代，还会直接把驴牵走。那驴也通人性，饲养员一牵，立马起来，像个小孩似的就跟走了。祖父说过，牲口也通人性。

我们家过年使驴推磨，别说是父母心疼它，就连我们，也会把磨上正在磨的东西，偷偷地拿来喂它。它推了磨，省下我们在磨道上熬，得感谢它啊！母亲见了当然也会生气阻止，但并不过分。祖父会说："人有人心，驴也有驴心，除了不会说话，其余的都是一样。伤天害理的事不能做，会天打雷劈。"磨推完了，把驴送回生产队去时，一定会让驴在地上打个滚，给它饮上一口水。算是对它们的回报。我敢说，我们家对拉磨的驴，是全生产队里最善待的人家。

生产队里也有一盘石磨，那是全队里最大的一盘磨，不用牲口，一个人是推不动的。这是饲养员专用的磨。他要用这盘磨每天拉一些豆渣伴麦草，喂那些牛和驴。社员说怎么贱年，也饿不死饲养员，是说他们会偷吃牛饲料。究竟偷还是没偷，没有人抓到过。哪怕饲养员用石磨时，有人专去偷逮过，也没有逮到。饲养员赌咒发誓说，我要是偷吃牛饲料，丧了良心，天打五雷轰，下辈子投胎不是牛就是驴。还是有人不信，说天在哪儿呢？

## 22

分田到户后，石磨开始欢快起来。过去，麦收前青黄不接，人们把刚硬仁的小麦穗子撸来家，用小拐磨或大磨拉糊糊做稀饭。不这样怕熬不到收小麦。现在不用了。小麦刚一收下来，晒一个白天或两个白天，就上磨推煎饼糊了。煎饼刚烙下第一张，由"糊"变"煳"，就香气弥漫，很远就能闻到。几乎是家家都烙新小麦煎饼，香气飘满一个村子。迫不及待地咬下一口，和着口水咽下肚，那种满足的幸福感，是无法描述的味道。人有个舌头，真的是聪明，能品出天下不同的滋味。有邻居或熟人从门口路过，会说："这是谁家烙的小麦煎饼，真香！"主人听了马上接话道："来来，吃一张尝尝再走！"那人回说："谁家现在会缺？鸡蛋炒盐豆，回自己家吃！"

这个美味的日子，我的祖父母都没有熬到。他们在分田到户前就去世了。否则，祖母推那盘旧磨，会眉开眼笑的啊。记得上小学五年级时，语文老师布置作文，题目是《和爸爸妈妈比童年》。我回家问祖母，是以前的日子好过，还是现在的日子好过？祖母一脸笑容地说："过去推白芋丁煎饼，还有几粒大黍（玉米）粒子，现在哪儿还有？"我回学校就照实写了。第二节作文课，语文老师把我的作文抄在黑板上，发动全班同学批判。我第一次感到什么是害怕。这件事的结果是，我的中心小学少先队大队长被撤了。后来大队书记不让我上中学，是不是拿这个作为理由，就不知道了。祖母的一句话，让我失了学，损失是无法预料的。

我家的石磨什么时候不再用，具体时间记不清楚了。不是我们一家，别人家的石磨也不用，用机器了。省事倒是省事，大家众口一词说机器煎饼，不如石磨推出来的香。想想，那石磨长年累月，慢慢由厚变薄，是不是石磨粉都磨进煎饼糊糊里去了，煎饼才变得好吃？

石磨退出家乡老百姓的生活必需后，家家吃的主食煎饼馒头饼，再也不自己做了，一律去买。偏偏又寻着石磨煎饼去买。卖煎饼人家也成了专业户，会标榜他家的煎饼是石磨的。问是人推的吗？答说你上哪儿去找人推？都是机器推的石磨。

附近鲤鱼山旧村改造成鲤鱼山庄，多了一个"庄"字，成了全省特色田园乡村和"网红打卡地"，每到旅游旺季，涌进来天南海北的游客，住到民宿。村里在银杏树院子里，支起了几盘石磨，建起了煎饼房，几位女村民专事烙杂粮煎饼。问："为什么不是小麦煎饼？"她们说："杂粮煎饼比小麦煎饼营养更均衡，更香，更受游客欢迎。"她们做的菜煎饼，是用从田野里采来的新鲜蔬菜，打上鸡蛋，煎得两面亮黄。切成小块，放进藤编的小筐里，摆成一朵花的形状，分外诱人。旁边还有杂粮稀饭，香气四溢，客人还想吃别的吗？所以每到中午，游客餐厅里人来晚了，这石磨菜煎饼是吃不上的，提前预订也订不上，只好谁先到谁先吃。这石磨菜煎饼必须是趁热吃，外焦里嫩，一咬热气直冒才是正宗的吃法，只是现在人们吃得更为雅致，更艺术化了。不知是什么原因，煎饼房并没有坚持下去。

小城东西南北，开了许多大姐二姐菜煎饼店。是在炉子上放一个直径不足一尺的小鏊子烙的。如果没有这么多人爱吃，哪里会开这么多店？有两位在外打工的女孩回来了，开了一爿杂粮煎饼店，案板上摆上了几十种菜馅，旁边是热气直冒的稀饭。女孩围一件蓝底白花的布围裙，头顶也是蓝底白花的小方巾，忙得不亦乐乎，客人们也吃得兴高采烈。有一天县委书记也慕名前来品尝，问身边的食客："你这是石磨推的煎饼吗？"女孩回答他说："您吃一口尝尝，您说是就是，您说不是就不是。"书记又问："听说你们两个小姑娘，是返乡创业的，还走不走了？"姑娘说："好干就不走了，不好干就走。您要天天来吃，我们就不会走了。"书记说："只要有空，我天天来吃！"引起食客一阵善意的笑声。

头脑灵活的人，开了一个石磨市场，各式各样的石磨都有，可谓是石磨大全。方圆百里的人来石磨市场挑石磨。他们买的石磨，没有一家是买回去真当磨用的，而是做景点小品的摆设，或是铺成公园里的石磨小路，偶尔也现身在村史馆里。

走在乡村石磨小路上，踩着脚下的石磨，人们会想到什么？这铺的是乡愁吗？还是铺的记忆？是宣布与过去的日子彻底告别，还是迎接更美好的明天到来？即便是这样，若干年后，有谁还会知道石磨曾经的用法和那时磨道漫漫的岁月？

| 第六章 |

# 社场终结

## 23

社场也是打麦场，在村南头的旷野边，紧靠一片桑园地。打麦场为什么不叫打麦场，却偏偏叫社场，大概就如同生产队的人，不叫队员而叫社员一样。生产队是属于人民公社的，打麦场是属于生产队的，是集中展示群体劳动成果的地方，当然得叫社场。人也是人民公社的人，随人民公社的姓，姓社，所以得叫社员。都是社会主义的，公家的，集体的，大家共有的。社，代表着大家，代表着责任共担、利益共享。

社场是社员过日子最牵挂的地方，村子里人的命运与社场息息相关。从有生产队起就当队长的老党，对这点最清楚不过。老党是位老党员，大家索性就喊他叫老党。社场是他选的址，在桑园地旁边，因古黄河的常年泛滥，这里是一片重碱地，结了一层斑秃的厚厚的白碱壳，不长庄稼，桑树也是半死不活的样子。显然，这儿已经是没有希望的一块废地，老党对自己选了块废地做社场，非常满意。老党的选择，说明他心疼耕地，这自古以来就是农人的天然选择，就像人天生爱护自己的眼睛一样，自自然然，天经地义。另外一个考量，就是离村庄住家稍远一点，可方便防火防盗，不过这个他心里有，嘴上不能说。人民公社的社员，哪一个觉悟不高？防火还可以，防什么盗，都是乡里乡亲，敢说防社员是防盗？

社场北面是社屋和牛屋，社屋就是仓库。仓库安两扇木门，并不牢固，轻易就可以挪开。看仓库的保管员，是一位老实可靠的五十多岁的农人，睡觉很机敏，有一点风吹草动都知道。要说力气，别说来了贼撬门，来头公羊他也未必赶得动。他唯一让人放心的就是可靠。冻死迎风站，饿死不做贼。社场，就是他的家。

社场东边有一间大车屋，只有南北两面墙，东西是敞开相通的，方便大车出进。旁边有一个高高的土坟，埋着我的祖先。坟墓旁长着三棵大柳树，说明坟墓里的人有三个儿子，下葬时插在坟边的三根哀棍，发芽长成了三棵大柳树。大车是木大车，四个木轱辘，很笨，用牛拉。一般只在收获季节用，平时就静静地躺在社场大车屋里。大人很少来这里，旁边有坟地，胆小的更不来。小孩不懂事，晚上月亮升起，社场笼罩着清冷的月光，小孩子就来了，围着大车爬上爬下疯玩，直到听见大人着急地喊着他们乳名，才恋恋不舍回家睡觉。

听说有一回大人晚上也来过大车屋，是一对年轻的男女社员，在大车上搂抱在一起，被人发现了。发现的人是个蔫坏的，不吭不响地走了。第二天这件事就在村子里悄悄传开来了，很快被老党知道了，他一刻也没有停留，找到了那个发现者，在一个没有其他人的地方，狠狠地把他臭骂一顿，说："你个蔫坏的，闷不哼声的狗夹尾巴咬人！是不是想算计我，让我这个生产队长不能当了？人命关天，喝药上吊，你赔上？你还给不给村里留个面子？传出去你哪点好看？你是不是嫌村子里清静了？还是想给我找点麻烦？丑事家家有，不露是好手。再听有人传这件事，我把你嘴撕烂了，你信不信！"之后，果然没有人再敢对这件事挤眉弄眼、添油加醋加以传扬。当然也更没有大人晚上敢去大车屋。听说老党背后也对去大车屋的一对男女，明是规劝，实是教训，骂了一顿，但没有人看见。

我那个时候还小，不知道什么叫男欢女爱。但我说不上是什么原因，喜欢上同村的一个女孩，晚上和她也知道躲进大车屋，一人一边坐在大车上，说过什么话，早已经忘记了。没忘记的是，她只是笑，我心乱跳，像是偷人一样，连手我们也没敢拉过。她说，你不准过来！她不说还好，说了我就有直接过去的冲动。冲动是冲动，还是没敢动。后来懂得拉手了，人家嫁到很远的外地去了。不嫁外地不行，她家里需要用钱，给她弟弟说媳妇。她拧不过父母，鼻涕一把泪一把被媒人带走了，从此再也没有回来过。在那个时代的农村，婚姻是由钱财做主。老党对这件事，并不关心，装聋作哑，一点意见也没有。反而嘿嘿笑了几声，意味深长。

## 24

从收麦到打麦，整个麦季，所有的农活，都得听老党的安排。老党个子不高，寒冬酷暑在地里操劳，背早早有些驼了，短头发也花白，一脸沟沟坎坎，却很有精神。平时总是笑眯眯的，半真半假，爱和老少爷们骂大会（互相调侃取闹）。不是他骂人，就是人骂他。

刚开始准备收麦时，老党不去开社员会，而是对喂牛的，使牛的，看地的，看社场的，各家各户的主劳力，一个一个左一遍右二遍地嘱咐，要收麦了，把该做的做好，别到时候手忙脚乱的。到了真正动镰割麦时，天还蒙蒙亮，就听到他从东喊到西，又从西喊到东："下湖割麦了——"吆喝大家干活的声音很洪亮。一个麦季下来，等到小麦在社场上打干扬净，粮食进仓，他的声音都嘶哑了，几乎发不出声来。社员说再喊几天，小老命就喊没了！

芒种之前是小满，农人看得见的希望，伸手可抓。但农人也知道，一不小心，小满不满，二麦必有一闪。二麦，指的是大麦和小麦。闪，指的是闪失，到了小满麦仁还不满，很可能会失收。如果真的是这样，从去秋种麦到今夏收麦，七八个月的巴望白瞎了，饭碗没有了着落，这才是最可怕的。老党明白，没有什么比饭碗里没有吃的，更让农人提心吊胆了。没饭就没命。

到了小满这个季节，老党头戴席篷子（高粱皮编的草帽），跑麦地的次数多了起来。他手握麦穗，感受它的饱满。剥一粒新麦，放在嘴里咀嚼，品尝它清新甜美的浆水，心中有无限期待。他天天想的是，这浆水硬起来麦仁能不能饱满？他是生产队的当家人，知道在芒种之前，还有十多天的煎熬。比如刮干热风，比如天大旱，比如连阴雨，任何一种灾害，都会导致前功尽弃，失收或无收。那个时候社员聚集在社场上，会是一片唉声叹气！他们会说，小麦一天不吃到嘴里，都是个空！老党再牛，也斗不过老天爷。然后人们七嘴八舌，出一些努力减少损失的主意。比如向上级要救济，比如说去闯关东，比如让生产队组织会盖屋的人，去外地搞基建，杀羊剥狗收废品，等等。

芒种前二三天，社员会在老党的安排下，套上牛，把荒废一冬春的社场，重新犁起来。摩拳擦掌热血沸腾的社员，好像过泼水节，水桶脸盆一齐上，往犁开的社场上泼水，再铺上去年的碎麦草，浸一夜，第二天早上，套牛拉碌碡压实。

铺好了打麦场，老党才放心吆喝人去地里割麦。蚕老一时，麦老一响。黄金铺地，老少弯腰。麦子是九成熟十成收，稍一怠慢，麦子掉地里就是损失。那时候没有机器收麦，虎口夺粮，上至八十三，下至手里搀，全部一手拿镰，一手提水罐磨石，向麦地涌去。老党早把麦地查看清楚了，先割哪块，后割哪块，全由他说了算。他会在人群里，一遍一遍地交待清楚。对割麦割不好的，他总是会骂骂咧咧的，不留情面。像麦茬留长了，他会说留这么长，烂在地里，冬天牛还吃不吃？

拉麦进社场时，就显示出大车的威力了，把它从大车屋里推出来，套上黄牛，到了地里，车上小麦捆装成了小山样。黄牛拉着，缓慢地向地头移动。万一拉麦时大车陷进地头，赶车的赶不动，老党就会及时出现。他会一把夺过麻编的短把牛鞭，站在牛的身后，把身子立稳了，抖一抖手中的牛缰绳，把牛的注意力集中起来。然后骤然间爆发出赶大车的号子，持续不断，手中的赶牛鞭在牛身上空炸响，人和牛同时发力，地动山摇。牛鞭在空中像长蛇飞舞，拉车牛低头弓背，鼻子喷着粗气，这小山似的拉麦大车，会摇摇晃晃走出地头。这一连串的动作，是一气呵成的。中间一停顿，大车就赶不出来，得把小麦捆卸下来，空车上路重装。你不佩服老党也不行啊，换个人真赶不出来。危急时赶大车的牛号子，和平时是不一样的喊法，别人喊不出来，喊出来牛也不听招呼。除此之外，下地的赶牛号子，耕地的赶牛号子，耙地的赶牛号子，打场的赶牛号子，号号音调不一，老党无一不会。走出地头的拉麦大车上了路，老党还要再赶一小段路，才放心把牛鞭和缰绳交给原先赶车人的手里，自己继续去麦地里督促收割情况。他几乎是一整天都奔忙在地里，那个哑嗓子人人都习惯了，一会儿听不见，就会问，老党嚎去哪块地了？

把麦子拉进社场，堆放在四周。老党会眯着眼观天，判断阴晴，比天气预报还准。好天气早上一放晴，等场面露水晾干了，他会告诉负责在社场领人干活的人，赶紧带领大家把麦捆解开，铺满一场，在太阳底下暴晒。在社场上打麦的人，是经过老党亲自指名道姓挑选的人，一是可靠，二是能干，三是会干。社场上打麦的任何一项活路，这些人必须都能拿得起放得下，独当一面。社场上打麦，是要眼力见的，一点看不到，就是损失。务必确保任何情况下都不会出乱子。譬如要提前预判天要变，雨要来，赶紧起场。慢一点雨来了，把一场正打的麦淋了，是一件既麻烦还误工的事。当然工分给得也高。被挑选上的人，脸上十分有面子，无疑是一等一的劳动力。

等到快中午了，套上牛拉碌碡。牛们很聪明，早在树荫底下等人来牵了，缰绳一解，一路小跑向社场。套上牛，牵动碌碡，一圈圈地碾着小麦，小麦秸噼噼啪啪一阵阵炸响。头一场麦子，必是老党站在麦场中间，以他为圆心，喊着嘶哑的赶场号子。牛在号子声中，有节奏地走动，碌碡很欢快地吱吱嘎嘎唱着歌。打到得意处，老党的赶场号子也就是一首歌，虽然嘶哑，音韵却很丰富。有时社员把老党换下来休息，那赶场人的号子就比老党的公鸭嗓子洪亮悠扬得多了。如果赶场人去大车屋里喝水躲荫凉，会把牛缰绳交到小孩子手里，牛也不欺负小孩，仍然老样子不动声色拉着碌碡。赶场人手中的牛缰绳，只牵着领头的那头牛的牛鼻子，其余牛的缰绳依次拴在前牛拉的碌碡上，牛们就会按部就班地跟上了，像沙漠中的驼队。小麦打得干净不干净，技术在赶场人的身上。这个是有规则的，他必须保证碌碡一圈滚花套住一圈滚花。小孩子们哪里懂得？只过了一把好玩的瘾，就会被大人换下来。老把式打场，那一圈一圈的碌碡滚花，看得清清楚楚。打过的麦秸，柔软如金条，闪闪发亮。整个社场上，散发着新麦的清香。

起麦场是个集体的活，都是在下午进行，打头遍麦，很少有一天打两场的。生产队能干活的男男女女，知道什么时候该起场了，不用老党再去喊，他们就来了，杈耙扫帚扬场锨，十八般社场打麦工具全上。拉麦草的，堆麦粒的，立时烟尘四起。把麦草拾干净，金灿灿的小麦粒，厚厚地铺了一地。

把麦子堆好准备扬场，就是借着傍晚的微风，把麦粒与麦糠分开。傍晚时一般风力就小了，风太大，会把麦粒扬得跟糠一起跑了。老手扬场，无风也能扬出麦来，唰的一声，一道漂亮的弧线，落下来一边是麦，一边是糠，界线清清楚楚。新手就不行了，就是有风，怎么使劲用力，扬出去麦和糠也分不开，落成一堆，惹得旁边的人一阵哄笑，耻笑他只会使蛮力，不会用巧劲。他只好放弃，跑一边老老实实地看别人一招一式扬麦。我们孩子，会光着屁股，赤条条地在扬场时跑进落下的麦雨里，让麦粒砸在自己身上，痒痒的，大呼小叫。大人就会虚张声势呵斥，把我们赶出来。但麦子扬完后，我们会在麦堆里打滚，弄得一头麦粒儿，大人只笑也不再呵斥，任由我们与麦子亲近。

打出来的麦子，用笆斗，当天扛进社屋仓库，决不隔夜。那动作很潇洒，男社员只手一提，装满小麦的笆斗瞬间就到了肩上。有力气大的嫌扛一个笆斗不过瘾，摞两个在肩上一起扛。扛麦的笆斗是杞柳编的，上面还写着生产队的名字。一笆斗也就装五六十斤新麦。有女社员忍不住也想一试，笆斗一挨肩，就笑趴下了。个别不笑趴的，也是身子软得歪歪斜斜，却也有人叫好。这位女社员就立下了威望，被称为女大力士，以后没有人再轻易斗胆与她抓抓挠挠，占她小便宜。但是麦子进仓后，男社员会趴在地上，一使劲用两条腿把石碌碡夹起来，没有任何一个女社员敢这么试一下。男社员起哄怂恿也没有用，她们早跑开了。

小麦进仓，有一套盖印板的程序。木印板上凹进去"丰谷印板"四个字，由一位军属老妈专人收着。麦子是用芦苇或高粱皮编的折子围好。把顶部摊平，保管员、老党、会计、社员代表在周围看着，军属老妈用印板，把麦子盖得严严实实，一丝一毫空隙也不留下，才放心走开。如果需要开仓晒麦，也要把这些人全部召齐了，仔细看印板花纹动了没有，连老鼠爪子也不放过，确定没有疑问了，才可以打开。等到再进仓时，盖印的程序重新来一遍。军属老妈的印板权威至高无上。喊她来社场，就会直接说，叫你带印板去社场了！

粮要进仓，草要归垛。归垛时要把社场上所有的麦草全部捞一遍，直到颗粒进仓。麦草拉来堆垛，垛顶得上堆垛的老手，换生手上去，麦草铺偏了歪了，会倒下堆不起来。麦垛越升越高，一般人叉子挑不上去麦草。这时力气大的人开始显示威风了。一叉一叉把麦草抛向垛顶。这会引起女人们啧啧地赞赏，那力大的男人就更加起劲，还不忘和结过婚的女人开句荤话玩笑，说来试试，看看我是不是比你男人有劲？马上招来对方一顿臭骂，引起一阵放肆的哄笑。所有麦草上垛了，有经验的人开始扯垛，一把一把，把麦垛扯出垛檐来，蘑菇形、四方形的麦秸垛就出现了。垛成之后，要用麦糠和泥，把垛顶封上。到了冬天，这个麦秸垛可以掏个洞捂盐豆子。盐豆子是当地农民传统家常咸菜，可以把黄豆煮熟了，装进蒲包里，塞进麦秸垛里，以长出发亮的黏丝为上。当然了，热恋男女也可以偷偷钻进去，像躲进大车屋里一样，需要小心的是别被人发现。

## 25

冬天下雪了，社场一片白。麦秸垛成了人们最向往的温暖地方。有人会穿一双毛翁（草编的保暖鞋），咔嚓咔嚓地来到麦秸垛前，扯两把麦草，塞进脚底下，到家了又赶快掏出来，当引火草。早饭吃得晚，三五个社员溜进牛屋，扯一把麦草，点燃豆秸，解开空心旧棉袄，敞开怀烤火，就会有虮子掉进火里，噼噼啪啪一阵炸响。麦草是牛们的粮食，干这事千万别让老党和饲养员看见。好在老党和饲料员明明知道，却又有意避开撞见，撞见了会不得不骂上几句，把烤火人立即轰走。

饲养员在铡麦草时，会落下一小捧瘪麦，他们会暗暗偷着高兴，吹了又吹，揣在怀里带回家，这是被公开允许的。上等粮食啊，那个时候家家缺粮。可惜这位饲养员没有等到分田到户，正当中年就得了一场无钱医治的大病。去世前他媳妇去邻居家借来一张煎饼，给他泡了一碗烂煎饼。他问哪来的小麦煎饼？听说是借的，坚决不吃，弄得连左邻右舍的女人，都陪着他媳妇在背后偷偷抹眼泪。

饲养员喂了一辈子的牛，却没有活过一头牛。送他下地那一天，大家还在议论，为他惋惜。说有一回谁谁使牛耕地回来，在社场上，他发现牛身上有被鞭子抽出的血痕，气恨使牛的人心太狠，先是当面骂他不是人，接着两个人对骂还不过瘾，又干了一仗。可是他没有干过使牛的人，不过也没有白白吃亏。老党知道了，再也不允许那个人使牛了，活干得再好也不用。其他人使牛耕地时会提醒说，小心点鞭子，吓唬吓唬一下牛就行了，别真抽！要是让饲养员发现了，到老党那儿去你告一状，说你不心疼牛，你就难堪了！饲养员听说后就笑了，他知道他为了社牛，赢了。

送这位临死也不吃借来的麦煎饼的饲养员下地的棺棚，是搭在社场上的。全队老少爷们都来了。他老婆很意外的没有放声悲泣，对劝慰她的人说，他去享福了，不用受罪了，还哭什么哭？那时候还是土葬，抬棺下地，老党要抬头杠，被小青年一把拉开了。说你只管动嘴就行了。这抬棺架杠，哪能让你来干！

堆麦秸垛的这天，就是宣告麦收结束的一天。生产队准备了猪肉炖粉条，小麦面死面饼，全队会餐，老人小孩个个不落，人人有份。大人会喝酒，纷纷与老党干杯，老党嘿嘿笑，不一会儿他就招架不住了，喝多了，开始骂人，骂得很受听，很亲切。其他人继续猜拳行令，是兴高采烈的日子。

麦季可以持续一个多月，割麦用的时间短，少则五六天，多则七八天。可社场打麦需要时间，没有个把月结束不了。一旦结束，社场就会空闲起来。这时的社场光滑空旷，又在漫野湖边上，四面来风，无遮无挡。到了傍晚，孩子会在场上挥扫帚舞蜻蜓。星星出来了，会陆续有人顶着一条凉席，来社场上乘凉，晚了就干脆睡在社场上。手中有蒲扇，不怕小虫蚊子叮咬。不远处会传来姑娘的歌声，好像是故意逗逗在社场上乘凉的男人们的，歌声唱道："星儿闪闪缀夜空，月儿弯弯挂山顶。老房东半夜三更来查铺，手里儿捧着一盏灯……"这边场上年轻人兴奋起来，高喊过来过来，过来查铺！可是除了笑声飘过来，没有人真的过来查铺。说鬼讲怪，一会儿人就睡着了，第二天早上起来觉得身上痒痒，才发现是蚊子咬的包，也不在意，用手抓挠几下，回家吃饭干活。

社场腾空清闲的时候，也会请唱大鼓的在这里摆晚场。老党对这件事情不反对，但不答应由集体出钱。有表现积极的好事者，就去各家收集粮食，不管你去不去社场听书，每家三斤五斤得出，卖了当说书人的酬金。

有时一唱就是十天半个月，连附近村子里的人也会闻声而来。夜深了，大鼓声越发响亮。这社场就显得有些神秘。

除了唱大鼓，天不冷的时候，放电影都会在社场上进行，少不了老党讲话。老党的话，尽管有时骂骂咧咧的，但社员是想听的，很少有人嫌烦。听着听着，就是一片笑声，有人说老党骂你了，对方说那是骂你的。真有人烦了，老党就真真假假地说，不听我的，想听谁的？听别人的，两口子也得分家。他没有料到，大家一直听他的，后来两口子没有分家，大家却把生产队给分了。

分生产队是先从分社场上碌碡开始的。四周关于分田到户的消息越传越多，有人把持不住，偷偷把碌碡推走藏起来了。接着木叉子木锨也被人拿走了。有人说，别的地方地也分了，我们怎么还不分？老党孙子说，分，立马分，分干净拉倒。真的没几天就把地分了。分了地之后，牛和牛槽也分了，社屋也扒了分棒。有人说，社场还没有分，也得分！话一出口，人人忙着去社场占地盘，有的洒石灰，有的摆石块。有的说我要分家另住，有的说我孩子要结婚，都有要占社场盖房子的理由，你划一块，他划一方，为了抢占有利地形，还差一点互相打了起来。社场谁占是谁的，被瓜分干净，这还了得，简直是无法无天！惊动了上级，派人来宣布按需要重新分配，这才平息了这场强行分社场的闹剧。

## 26

社场从此消失。老党是分田到户两年后，睡在家门口麦秸垛傍晒太阳时，睡着睡着就走了的。他活着时看土地分到了各家各户，很心疼社场也没有了。有人对他说，还留它有什么用，等有一天再翻天？他一言不发。

分地后，麦收时再也不用他亮着哑嗓子吆喝人下地，操心社场的一举一动了。他坐在门口，看邻居们忙来忙去，喜滋滋地把粮食往自家拉，把麦秸垛堆在自家大门口。他也不想问丰谷印板被军属老妈收藏到哪儿去了，没有用了。他走后不久，军属妈妈整整一百岁那年，一天早上，家里人去喊她起来吃饭，才发现人已经悄悄跟随老党的脚步驾鹤西去，什么话也没有留下。如果她还活着，现在村里建了村史馆，丰谷印板肯定是件历史文物，那是一个时代的见证。村史馆建起来时，有人想起来应该收藏一辆木大车。上哪儿寻找木大车去？包括大车屋在内，很长时间没有人去关心它的所终，用不着它啊。村里分光时，人说这叫五鬼分尸，可大车叫哪个鬼推走了，没有人想起来追问。

村里人分到了责任田，收麦时，家家在地头，按一片小场。麦子打完，这片小场立即又翻起来种上，或是种辣椒茄子，或是种大豆玉米，绝不让闲着浪费了。生活艰难时出走他乡的人回来，疑惑地问社场也能让人盖屋？村人就会笑着回答，社都没有了，还要什么场？现在种地，哪儿还有需要社场的？

村里年轻人陆陆续续，一个接一个，去能挣钱的大城市里务工，走得差不多了。现在，麦收时连按小场也不用，坐在地头柳树下，一边喝着啤酒，一边看收割机突突地收麦。然后把麦子装进口袋，用电动三轮车拉回家。有的人家怕费事，更利索，在地头就把刚收下的鲜麦卖掉了，钱装进腰包，该干吗就干吗去。不久，上级号召流转土地，有的农户干脆把土地流转给村合作社，或种粮大户，麦收与他们过日子再无紧要。

至于社场，永久地消失了。村里人说，现在收麦，真是省事，人真享福，谁能想得到今天会这样？

# 第七章

# 古井清泉

## 27

古黄河畔的井，滋润一个个村庄的土地，滋润每一位村人的心田。喝了古井水，就有了一生一世的乡情记忆。

这些井都是些年代久远的古井。高党村的井，陈井村的井，戚姬村的井，岠山顶上的井，鲤鱼山下的井，还有我老家龙集街上的井，井井都是古井，井井都有故事，仿佛一口井就藏着一个村庄的秘史，藏着村人的喜怒哀乐、悲欢离合、兴衰成败、爱恨情仇。

本来挖井是为了吃水，水是生命之源。井是人类的智慧结晶，谁也不会想到，一口井会藏着一个时代的故事。睢宁最有名的井，既有岠山顶上葛洪炼丹的井，也有戚姬村的那口可以载入史册的井。就是这口戚姬井，藏下了布衣皇帝刘邦，才有了后来大汉帝国的诞生。没有这口井，大汉也就没了！

据说，单骑逃命的刘邦到了戚家庄，被戚氏父女放走了战马，将他藏匿于一口枯井下，蜘蛛迅速在井口结网，把枯井口封住。项羽的追兵赶到井边，看了看结满蛛网的枯井，并不在意，继续向前方追去。这口井救下了刘邦一命，井的主人还向未来大汉皇帝，贡献了民女戚夫人，而戚夫人却遭到了人间最为恐怖最为惨绝人寰的折磨。

这口井就在戚姬苑旁边。戚姬苑，传说是汉文帝刘恒为报答戚氏父女当年搭救汉高祖刘邦之恩，在藏匿刘邦的枯井处修建的。现存西厢房三间，以及清代重修时遗下的一座断碑等。见到戚姬苑旧物，不免想到戚夫人满腹怨愤为自己也为赵王如意招来杀身之祸的那首舂米诗："子为王，母为虏，终日舂薄暮，常与死为伍，相离三千里，当谁使告汝?"吕后听闻此歌，下令砍断戚姬手足，挖取双目，熏聋耳朵，喝下哑药，迫害成"人彘"，丢进猪圈。

戚家被吕后满门抄斩后，为避免殃及九族，将戚庄改为王庄。后戚姬苑建成时，刘恒帝亲题金匾，塑戚姬像，按生前皇宫装束，头戴金冠，身着龙凤袄，坐于井旁的供台上。百姓四时祭拜，香火不断。

## 28

那口岠山顶上的葛洪井，传说是葛仙人取水煎药，炼人间长寿仙丹之井。葛洪认为，人饮井中水不染时疾，人长寿的原因，不是居其屋而是因为水井。如今炼丹井依然在，葛洪却带着他炼的长寿丹驾鹤远去了。如今井上有亭，延续着葛洪对生命的敬畏和祈愿。人祈求长生，无非是留恋青春，留恋世间。

鲤鱼山的井，就完全不一样了，它是一口热爱人民的井，是一口与土地相依为命的井。井在山脚东北方向，村人说它有300年的历史，实际上有多大岁数，无考。只传当年大旱，方圆几十里地的百姓，全依仗着这口井而活。井水清澈澄净，除了民饮，亦可浇地，它身边的庄稼，因它的滋润而葱郁蓬勃，给人们以希望。

就是喝这口井水长大的烈士周斌，于1932年4月17日凌晨，根据中共江苏省委指示，为了天下穷人翻身得解放，推翻国民党黑暗统治，在这里发动组织了曲头马浅农民暴动。不幸因叛徒告密，暴动失败。国民党反动当局以5000银元悬赏捉拿周斌人头。1936年6月，因叛徒再次告密，周斌被捕。面对敌人酷刑摧残和威逼利诱，周斌毫无惧色，大义凛然，婉拒祖父的生死营救，视死如归。反动派说，只要你回一下头，即可回家。周斌绝不回头。1933年7月30日下午，周斌烈士英勇就义，时年仅35岁！鲤鱼山的井水，铸就了革命志士钢铁般的信仰和英雄清澈如泉的灵魂。

现在的鲤鱼山庄，格调古雅俊逸的民宿旁，有咖啡馆，有酒吧厅，还有儿童画创客中心和电子书屋，以及百姓大舞台。古黄河绕村而过，村中鲤鱼湖中，莲花之下，有游鱼与游人同乐。当然，周斌的故居依然在，那口古井也依然在。村民把它们保护得很好。

鲤鱼山庄

　　与鲤鱼山相距有一箭之地的陈井，也有一口颇具传奇色彩的井。历史上朝廷为了平息叛乱，指派官兵四处抓壮丁补充兵源。一陈氏儿子被抓走时，陈母痛不欲生，生离死别之际急中生智，抓起村口古井边的一块碎石头，塞进儿子的行囊，保佑儿子勿忘家乡亲人，平安归来，母子团圆。

　　背井离乡的儿子怀揣着母亲塞给他的古井石，日夜思念故乡和慈祥的母亲。许是石头有情，许是古井有灵，许是母爱的护佑，在随后的平乱征战中，怀中的井石挡住了迎面的箭雨，使他幸免于战祸。多年后平叛结束，同行的数名乡人皆战死沙场，只有他平安归来，但老母亲已与世长辞。他再来到井边，只见汩汩涌出的井水，似母亲在诉说盼儿思儿之情，潸然泪下，对井长跪不起，呼喊母亲。

　　与陈井村、鲤鱼山庄同在古黄河畔的高党村，也有一眼古井，传说与岠山上的葛洪井相通，其井水可医百病，可解疾苦。此话也许真实可信，理由是高党村与岠山相距甚近，一袋烟工夫可达。二是井边有一棵古桑树，粗可二人搂抱。20 世纪 90 年代一个夏天的中午，雷电交加，滚雷落地处，古桑树腾起一团火球，树干从顶至半腰处被一劈为二。村民惋惜，以为古桑必死无疑。然而第二年春风拂绿，古桑树重新萌叶发枝，愈加青翠！原来古桑的根已深扎于古井之中，生命才能如此顽强坚韧。高党建成全国美丽乡村示范村时，这棵古桑树便被复制到了村史馆中，继续滋润着这片神奇土地的记忆。

　　至于王圩村里的那口古井，叫双胞井。现在在这口古井上建了一座亭子，旁边立一石碑，上写"王圩古井"四个红色大字。碑后刻有"双胞井碑记"，介绍的文字说，在古老的黄河故道边的王圩，有一口百年古井，

高党村

周边村庄的妇女，喝了这口井的井水，多生双胞胎。

这口古井是怎么来的呢，为什么喝了就能生双胞胎？原来古黄河泛滥成灾，给当地百姓带来了无尽的苦难。为了挽救黎民百姓脱离苦海，村里一名张姓少女主动献身水神，怀上了水神的骨肉。早已垂涎少女美色的村霸诬陷她怀上了鬼胎，在村里四处煽动不明真相的群众攻击她，想置她于死地。少女逃到村口土地庙前的一棵榆树上躲藏，榆树显灵，现出树洞，把少女藏于洞中。少女临产时，产下一对双胞胎，可胎儿一出生，就变成了一汪泉眼，成了村民的生命之井。村民感恩少女，在井口嵌一青石井圈，称之为双胞井。可以做证的是，村里七十多户人家，竟生有十多对双胞胎。建王圩新社区时，这眼古井差一点被掩埋了。幸运的是有心人在古井上做了记号，这才让这口古井起死回生。村书记说要让更多的人喝到这口井的井水……

王圩社区

这个想法真的很不错。在我的记忆中，不是所有的井都这么传奇美好。那些贫贱之年，经常听到某某村谁投井了，或因生活所困，或因爱情绝望，或因家庭琐事，或因邻里纠纷。总之大事少，鸡毛蒜皮多。投井者多为女性，年龄因人而异，一条命轻易就投井里去了。井里救人，井中捞人的事总会发生。

29

好井出好水，好水也当然滋养好人。小时街上有一家余姓茶馆，专烧井水卖茶。所谓茶馆，根本没有茶，就是白开水，也很少有人坐在那里喝茶，太奢侈。烧茶的余老头，是个极为老实本分的人，年岁不大，就把腰烧得弓下来了。他烧茶用水的那口古井，我见过，深深的，黑洞洞的，水清且甜。井口石一圈，有几道深深的井绳沟痕。过去吃井水，是用井绳系上水桶，一桶一桶从井中提上来。有力气的人双脚叉在井口上，提上来一桶井水不费吹灰之力。但年龄小的，年龄大的，没有力气的女人，就不敢又在井口上打水，提不上来，只好顺着井口石往上拉，遇到刮风下雨天寒地冻，就更是艰难。时间久了，井口石上自然就磨出井绳沟了。余老头烧茶用的水，大多是他媳妇从这口古井里，一桶一桶挑回来的。据传，余老头相亲时是别人代他去相的。他把女人娶到家，尽管女人有十二万个不情愿，也只好认了命，人高马大的她，一年四季，寒冬酷夏，风来雨去，挑水烧茶，从不间断，也从不叫苦叫累，怨天恨地，挑水无言，烧水无声。那时去茶馆买一热水瓶开水，才一分钱，后来涨到一分五，涨到二分钱。即便如此也没干长久，割资本主义尾巴时，被供销社收割去了。想必那余老头很痛苦，也想不通，却又无处说。他怎么也不会弄明白，那一瓶白开水后来是怎么涨价到五分钱又涨到一毛钱的？他想起他的女人去世前，指了指她的腰，他才发现，那里收藏着一个小布袋，里面装的都是一分二分的硬币，带着她的体温。女人说，她不能再去井边挑水了，这是留给他将来为儿子娶媳妇用的。

余老头烧茶烧得十分艰辛，每次出炉灰，他细到在炉灰渣里，连黄豆粒大小的炭粒，也要挑出来，重新投入炉火中。他欠了谁的一瓶水，谁赊了他一瓶水，心中记得清清楚楚。只是余老头早已作古了，现在能记起他和古井故事的人，已经很少了。

# 河之灵

# 第八章

# 老杜如槐

## 30

老杜的名字叫杜长胜，认识他的人喜欢直呼他为老杜。

老杜，古黄河人，像一棵老槐。

认识老杜后，随着接触多了，心中对他就更加敬仰和钦佩。这位土得掉渣的古黄河滩上的普通农民，一见我去就笑，笑得像田野里绽开的朴素的花朵。我心里一动，开始问自己，老杜像什么呢？琢磨来琢磨去，觉得他像一棵老槐。

这老槐是国槐，当地老百姓也叫它本槐，是古黄河畔农家喜爱栽植的本地树种之一，老百姓认为它是吉利的树，且材质坚硬如铁，将其栽植在家门口可驱邪护宅，荫佑家庭平安富贵。

我家的西邻，是一位民间劁猪匠。他的院门口植有两棵本槐，长得枝繁叶茂，密不透风，小雨漏不下来，阳光也筛不下来。他在槐树下搭了一张石桌，长方形的，约二尺来宽。春秋季节早晨，一把劁猪刀，一盆清水，一瓶碘酒，仔猪羔羊，排着队等他手术。他动作娴熟，边与他人闲话，边走刀不乱。他的工作是免费的，一早上活干完了，会落下一小盆清水里的猪卵羊蛋，这是他中午的佐酒菜。平时到了吃饭的时候，不论早中晚，都会有邻居手捧饭碗，聚拢在两棵本槐树下，边吃边聊村子里的大事小情。谁家吃什么饭什么菜，一清二楚，可以互相品尝，好赖并不遮掩。他家槐树下的风景，全村独此一份。

但最有名的本槐树，并不是他家的这两棵，而是另有其主。在离老杜家不远处，有一棵古下邳张飞拴马槐。

史料记载，东汉时自下邳城（今睢宁县古邳镇）"白门楼"（吕布殒命处）南去一千米，有巨槐，形如伞，高二十五米，三人合围，树荫一千多平方米，邳人喻为神树。兴平元年（公元194年），陶谦死，刘备任徐州牧。次年。备击袁术，留张飞守下邳。飞时常出城饮酒，于古槐树下拴马。元大德六年（公元1302年）夏，下邳城淫雨五十天，沂、武大溢，禾麦淹没，墙倒屋塌，邳人苦甚，祷叩龙神，不久，雨止水退。元泰定四年（公元1327年）冬，又奇降雷雨，邳人建庙酬神，名为"龙兴寺"（俗称大王庙）。明洪武九年（公元1376年）新建邳城后，龙兴寺迁建于城南现古黄河北堰，古槐居寺院正中。清康熙四年（公元1665年）春夏大旱，至七月又涝，大风三日，古槐折干大半，以至枯萎，三年后复苏。此后三百年中，槐虽中空仍枝叶繁茂。庙、槐各有传奇，相得益彰，名扬古黄河两岸。新中国成立后，庙废树存。后因养护缺失，1987年冬，古槐枯死颓立。2011年7月15日中午，古槐躯壳訇然倒地。2012年冬，古邳镇政府、古邳社区在古槐遗址处立石碑。2014年冬，又新植国槐一棵，以作纪念。

杜长胜老人的家，就住在离张飞拴马槐不远处的梁集镇梁集村乔庄组上。

**31**

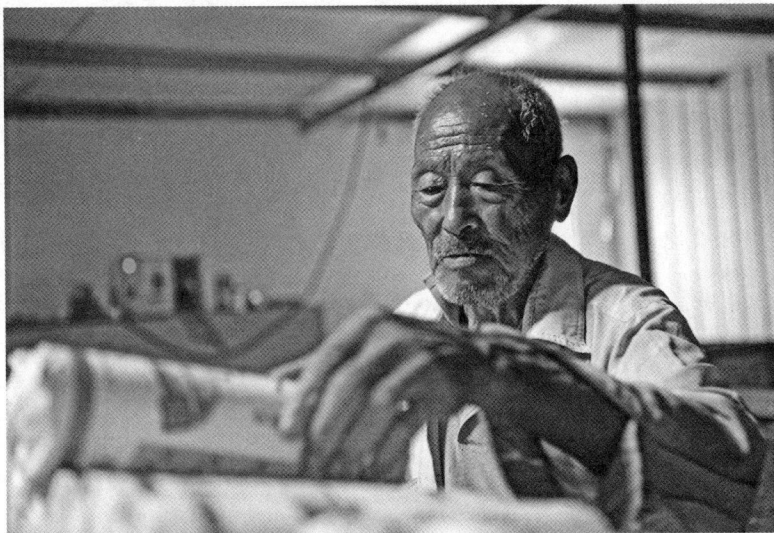

杜长胜

2011 年前后，老杜的大儿子夫妇先后遭遇车祸不幸离世，撇下老杜夫妻俩和一对幼小的儿女。此外，还欠下 330 万元巨额债务。老杜挺起他七十多岁的腰板，在三年多的时间里，省吃俭用，卖房卖厂，为儿子还清了全部债务，被评为第五届全国诚实守信道德模范，去北京人民大会堂，接受隆重表彰。

老杜，不就是一棵老槐的化身吗？

睢宁是具有历史文化底蕴的"信义"之县。久负盛名的"季札挂剑"的典故就发生在老杜的家乡。

据西汉著名文学家刘向的《新序·杂事卷七》记载，在距今 2600 多年的春秋时期，吴国王子季札受父王的派遣出使晋国，路经徐国的时候，徐国国君设宴相请。席间，徐君见季札所带佩剑非常精美，流露出喜爱的神情。季札也看出了这一点，只是出使途中，这佩剑有权杖和礼仪的作用，不便立即相送。于是，他心中暗暗发誓，等回来的时候，一定要将佩剑赠送给徐君。可惜，待季札出使晋国归来，徐君已经突然病逝。季札心中悲恸，便带了随从到徐君墓前凭吊。祭奠完毕，季札解下佩剑，毕恭毕敬地挂到了墓旁的槐树上。随从不解地问道："徐君已经死了，你把佩剑留给谁啊？"季札回答道："当时，我心里已经将这把佩剑赠送给他了，只是不便相送，现在岂能背信弃义，违背心中许下的诺言？"言毕，如释重负，飘然而去。

几年前，我去造访过紧靠古黄河南堰的八一村。看到他们复建的"季札挂剑台"，在村部北边，辟了一片小广场。村民说过去徐君墓就在村子北面杨树林里，我们叫它徐公坟。集体干活时，问去哪里？回答说去徐公坟东或西，南或北。村里老人去世了，也埋在徐公坟旁边。《睢宁县志》记载，距县城 50 公里处，象山西南，1956 年尚有土堆存在，呈南北状，长约 20 米，宽约 10 米，土堆上布满牛角色火石碎片，称徐公坟，是吴国季札解剑悼念徐君的地方。明代杨于臣在《咏睢宁》中说："季札报徐君，冢树挂剑锋。至今泗水南，高台遗芳踪。"

后来，我又去了古黄河北岸的大花山，这里距八一新村大约 15 公里。村干部对我说，"季札挂剑台"其实在我们这儿。这里出土过国家一级文物铜牛灯。具体位置在大花山山坡下、清水畔水库西侧。这里才是真正的"季札挂剑台"原址。与八一新村距离这么近，究竟哪一个是真遗址，似乎并不那么重要了。反正这里都曾是徐国的故地。不过，如依据县志中记载的距县城 50 公里，大花山的位置显然比八一村更符合这一说法。但历史上他们的先人同属于古徐国，谁又能确定八一的徐公坟是假的。也许，有一位徐君，还有一位徐公呢！

"季札挂剑"的故事，在我国历史长河中闪耀着珍珠般的光芒。如今，在睢宁县古黄河畔，又出现了一位当代草根"季札"杜长胜，中央电视台在报道这位普通古黄河人事迹时，称他为"信义老爹"。

## 32

这里是一个宁静的村庄。老杜的家，向西北 50 里，就是"季札挂剑台"遗址；向北 40 里，是张良三进泥中履，在圯桥得黄石公授《素书》的地方；向南不足 20 里，是睢宁县城，城河东侧曾是建于明末清初的昭义书院；徐沙河畔，是二十四孝中卧冰求鲤的王祥履墓和供奉至圣先师的文庙遗址。

睢宁，取"睢水安宁"之意。地势平坦，良田沃野，草美水丰，一马平川。古黄河像是一条绿色的绸带，系在睢宁的腰间。这里盛产五谷，牛壮羊肥。如今，阵阵轻风从古黄河上吹过，清波微澜，阳光普照，千村万树，环境宜居。可是，生活在这里的亲邻，都在为老杜担忧。

2010 年 10 月 28 日，老杜的大儿子因车祸去世。9 个月后的 2011 年 7 月 8 日，他的大儿媳妇又因车祸去世。这一年，老杜已经是 73 岁的老人了。白发人送黑发人，送走从他心头活生生割下的一块肉，他已经万念俱灰。他内心的悲苦，悲到极处无语，苦到极处无感。他嘴巴紧闭只字不说，在平淡的脸色上，你甚至发现不了他内心的挣扎。他走路的姿势，你也看不出东摇西晃。细心的人，从他一双失去光泽的眼睛里，可以体察得到那份无法遮掩的痛楚。他和他的老伴，都是年过七旬的人了。现在，在这个家庭中唯一不可倒下的，就是老杜，他是全家人活下去的希望和支柱。这些，老杜心里清清楚楚。老杜告诉自己，无论活下去多么艰难，他都不能一狠心，跟大儿子两口后边走了！

老杜是那种典型的苏北农民，普通得如同路边的一株野草，在众多的草里，都无法分辨出哪棵是他。或者你说他是一棵玉米一支麦穗也可以，他不希望自己与众不同，只希望能与普通的植物一样，分辨不出来，与乡亲们在一条古黄河岸上相守相望。他有近一米八那么高，身板瘦瘦的，脸上的皱纹纵横交错，深深浅浅，似被雨水冲刷过的土地。胡须短而淡黄。略长的脸上一双眼睛，像是没有了泉水的枯井，只能让你想到它们曾经清澈过，也曾眺望远方过。一年四季，很少见他穿新衣服，仿佛对旧衣服有一种习惯或喜爱。杜老抽烟，是那种价格低廉的纸烟。他家里的某个地方，也许会放着一包高档的卷烟，却不是留给自己享用的，而是拿出来，招待尊贵的客人的。

我第一次听说老杜这个人的事，是从我曾经一位县报社的同事那里。那次是去乡下看望一位收留孤儿的爱心人士。我的那位做新闻采访的同事对我说，我给你讲一个人，你可能还不知道，这个人叫杜长胜。三年前，他的大儿子和大儿媳妇，因为车祸都去世了，欠下330多万外债。在他身上，这可是天文数字。人死账烂，何况欠账的是他的儿子，不是他本人。可他砸锅卖铁，一咬牙，三年多时间还清了。现在他家里已经一无所有，夫妻俩住在一间板房里。

我被这叙述震撼而深感意外，问："这事是真的？"

"我们同事这么多年，你见我说过假话吗？"

同事的话语，留在我的脑海中挥之不去，老杜是一个什么样的人，身上竟然蕴藏着这么大的一股力量？

去看老杜是个初秋的日子，田野里的庄稼，开始染上了厚重的成熟颜色。路过古黄河，碧水缓缓东流。河边的荻苇已经开花。老杜所在镇的韩镇长是我的老乡，来之前我与他通了电话，说要去看看老杜，他十分热情，安排工作人员陪同。老杜见到我来了，素不相识，他稍一发愣，旋即热情地把我让进板房。

这是一间司空见惯的普通板房，房间里有些凌乱，吃完饭的碗碟还摆放在一张矮饭桌上。一张简易的床，中间凹了下去，上面是简单的被褥。这张床是老杜的，对面还有一张更小的床，老杜说是他老伴的。老伴比老杜大三岁，没有从矮凳子上站起来，但依然看得出她已经行动不便，腰已经弯下来了。这时的老杜，已经 77 岁了，那么他的老伴，刚好 80 岁高龄。她对我们笑一下，说："你这大哥，坐啊。"房间里的空气密封得有些浑浊，除了床沿和两个矮凳子，没地方可坐。我们和老杜把矮凳子移到简易板房的门前坐了下来。

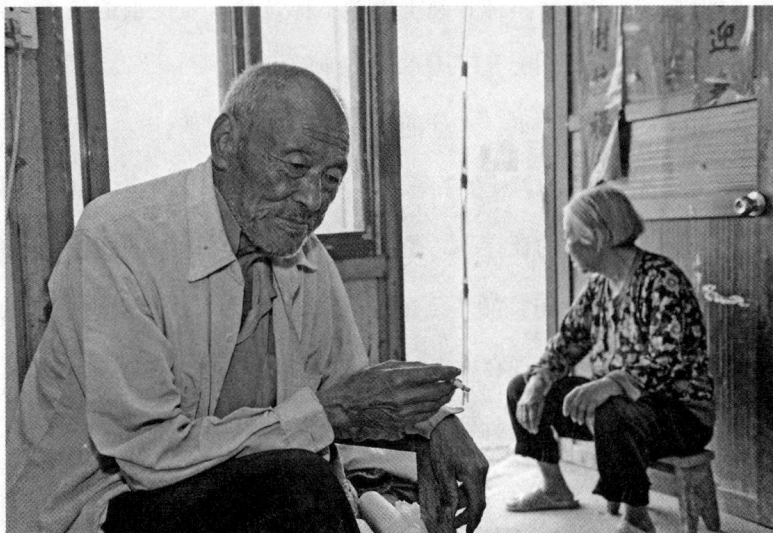

杜长胜与老伴

面对老杜，我一时不知道从何说起。我知道一旦我开了口，他的失子之痛，是无法回避的话题。这是老杜的伤口，会被我再次揭开，我不忍这么做。老杜只平静地抽着烟，也不说话。就像一块默默无语的土疙瘩，不声不响，也不抬头看人。他已经知道我的来意。看得出来，他对我的这种要求从心里是排斥的，抵触的，却又说不出。

他老伴这时慢慢站起来了，手挂一根拐杖，颤颤巍巍出去了。就像一丝不易察觉到的微风，没有一丁点儿的声息。她避开我们，去了哪里？不知道。乃至后来，我们熟悉了，只要我和老杜在，她总是不在我们的视线之内。直到她早于老杜三年去世，我一直不敢去触动这位母亲的内心深处，她那孱弱瘦小的身体里，该堆积着怎样的丧子之苦。

## 33

2010 年 10 月 23 日，这一天，在老杜的心里，是暗无天日的日子，火烧不掉，水洗不掉，刀铲不掉，锤子也砸不掉，是流血流泪的日子，是伤痛欲绝的日子。这一天，大儿子因车祸离他而去。

老杜的大儿子叫杜存平。老杜的这一支人家，到老杜这一代，已经是 8 代单传，有了杜存平，老杜的欢喜，不是用语言可以形容的。毕竟他有了第 9 代传人。长大了的杜存平，是他能干的儿子，聪明的儿子，孝顺的儿子。是老杜心尖上的肉，额头下的眼珠。是老杜一家人传宗接代的根，对未来美好生活的寄托。现在，老杜的心里泪流成河，泣血如瀑。无论他怎么呼唤，大儿子再也不会听到了。完完整整的家，破碎了，往下的路还怎么走？

心爱的大儿子走了，但日子没有走，大儿媳妇朱艳丽没有走，他们的一双儿女没有走。关键的是他和他老伴也没有走。老杜意识到，他必须挺起腰板，像大儿子曾经那样，把全家的生活担子扛在肩上。这时，另一个心事悬在了心头，大儿子走前，为了建面粉厂，借了亲朋好友330万元，账还在那儿。人死了，账还活着。此时此刻，它压在了老杜的心头，他感到那些借钱给他们的亲朋好友的目光，正无限疑虑地盯着他。

自己的痛，自己能忍受。老伴的痛，老伴也可忍受，因为身边还有他在。可大儿媳妇天塌地陷、撕心裂肺的痛，谁来为她分担？

老杜安慰痛不欲生的大儿媳妇说："人死如灯灭，走了拉不回来，活着的人又不能跟他去。能跟去我早跟去过了。有我在，我帮你把面粉厂弄起来，日子还得过，两个孩子，就是我们活下去的天。"

大儿媳妇朱艳丽泪流满面，无言地点点头。她完全懂得这位慈祥爸爸的心情。她自从嫁到这个家庭，从来没有同两位老人发生只言片语的摩擦。公公婆婆视她如亲生女儿。她体会到了两位长辈对她的疼爱、信任、寄托和鼎力支持。她相信公公说的是掏心掏肺的话。

大儿子杜存平活着的时候，为了养家，过上好生活，在老爸的支持下，开了一爿小小的家庭小面坊，为乡邻打面提供服务，同时兼做挂面生意。由于爷儿俩齐心合力，一家人全力跟上，对乡邻亲切厚道，生意做得非常好。在老杜家买挂面，回家复秤，只多不少。老杜平时有交待，每一把挂面，不管标的是多少，只允许多，不允许少，亏了良心的事不能做。所以，上门打面买挂面的人，越来越多。面坊一次次扩大，机器也一次次更新换代，还是供不应求。杜存平对父亲说："爸，咱建个面粉厂吧？"杜长胜思考了好久，对大儿子说："建，钱从哪儿来？"杜存平胸有成竹地说："这个不怕，先贷再借。"杜长胜说："那就建。有人在，有厂在，不怕还不上账!"

天有不测风云,人有旦夕祸福。让爷俩没有想到的是,面粉厂刚刚建起来投产,大儿子竟然遭遇不幸。

那天,杜存平在家小酌了几杯白酒,傍晚时骑上摩托车,去朋友家谈事。由于天色已暗,又没有路灯照明,再加上杜存平自己是酒驾骑行,注意力不能集中,出于误判,导致摩托车直接撞到立交桥下的栏杆上,杜存平当场重伤身亡。

处理完丈夫的后事,朱艳丽小心地问杜长胜: "爸,这面粉厂还干吗?"

杜长胜很坚决地说:"干!怎么不干?我给你打下手,你领着干,不能让人家看俺家笑话!"

坚强的大儿媳妇朱艳丽,在更加坚强如槐的杜长胜帮助下,为了孩子,心中燃起了重生的火焰,面粉厂重新运转起来。朱艳丽里里外外,一刻也不敢怠慢。她还把娘家的大哥请过来帮忙,负责收粮付账,公公也支持她这么做。杜长胜的主要任务是做好后勤保障。

## 34

2011 年 7 月 8 日,下午。

面粉厂刚刚恢复生产才仅仅 10 天,连续阴了三天。这一天像平常的阴雨天一样,谁也没有发现什么预兆。唯有老杜对这天气有了几分担忧,却又说不出什么具体理由。大儿媳妇朱艳丽说:"爸,雨要停了。我想开车去县城一趟,马上开学了,我去给孩子收拾收拾房子。"杜存平生前在县城买的一套商品房,是为了孩子上学方便才购置的。

老杜迟疑了一下，一朝被蛇咬，十年怕井绳。他心中想到大儿子的车祸，这阴雨天，车多路滑，总是让他心生担忧。他说："这种天，路滑，你还是等天晴了再去吧。开学不是得到9月1日吗？又不在乎这一天半天的。"

朱艳丽却坚持要进城。她说："爸，这点小雨，不怕，路上我会小心点的。房子收拾好了，我才放心。"

老杜看大儿媳妇坚持要进城，再说，又是为他心爱的孙子、孙女上学，也感到欣慰。交待了一句路上小心点，也就不再阻拦。

老杜后来最后悔的是，他在此刻没有坚决阻拦。

世上没有后悔药。这连阴天，就是来要大儿媳妇朱艳丽的命的，也是来要老杜的老命的。老杜事后说："这都是命！老天爷安排好了的，躲也躲不过。"

朱艳丽开着三轮车，冒着细雨，进城送面粉。她没有任何预感，想到孩子上学，反而干劲满满。她从失去丈夫的悲伤中，随着面粉厂的恢复生产，慢慢走了出来，心逐渐放在经营上了。她盘算早日把欠账还上，面粉厂也就完全属于她们一家了，这就为孩子的未来创造了一份家业。她绝对想不到，有人开车撞了她！

大儿媳妇进城之后，老杜仍然在干自己的活。下午3点多，他突然接到朱艳丽娘家人打来的电话，瞬间如同晴天霹雳，把他惊得目瞪口呆。大儿媳妇朱艳丽出事了！老杜脑袋"嗡"的一声，本能地问了一句："在哪儿出的事？"

"在县城九月广场被车撞了。"

"现在在哪家医院了？"

"县人民医院！"

老杜一刻也没有停留，骑上自行车就向县城冲去。赶到县人民医院时，他见到大儿媳妇的娘家亲戚们，都围聚在那里焦急地等待。老杜急急地问："人呢？艳丽她人呢？"

回答说人在 ICU 室了。

"我要见艳丽！"老杜不顾一切要往重症监护室里闯。

但是，他被众人拦住了："这个时候，医生不让任何人见她，你也进不去！"

老杜愣住了！医院里的规定，谁也改不了。他一筹莫展。

亲戚劝慰他："你先回家吧。你在这儿也没有用。这不是人多的事。这里有我们，你还不放心吗？"老杜觉得亲戚们说得有道理，他们是艳丽娘家的亲人，他在这儿，也不是救命的神仙。家里还有面粉厂，还有老伴和孩子。没有主事的人，肯定不行。

老杜在这时，突然想到了大儿媳妇的哥哥，他不是艳丽请来帮助打理面粉厂的亲人吗？找到他，也许就多了办法，说不定可以见得到大儿媳妇。可是，老杜在人群里搜寻了半天，也没有发现他要找的人。亲戚们都知道艳丽出车祸了，他人去了哪里？怎么在这人命关天时，作为主心骨的人，居然不见了？

老杜是把心攥在手里回到家的。老伴见到他第一句话就问："艳丽怎么样了？"老杜泪往肚子里流，没有说一句话。老伴了解他，越是在最痛苦最受难的时候，他在家里越不说话，只是抽烟。

夜，漆黑。屋里，更黑。雨已经停了。是因为朱艳丽出了车祸，就停了吗？老天爷的事，没有人知道。为什么下午阻拦艳丽进城不坚决点？如果自己就是坚持不让她去，她也会听话的。可他怎么会坚决不让她去呢？他又不是神仙老天爷！老杜的心里一片懊丧。天下买不到后悔的药。

第二天，面粉厂还得照常营业，顾客买挂面，需要找零，六神无主的老杜，才发现自己身上没有零钱了。他向孙子、孙女要来保险柜的钥匙，那里不仅有零钱，也有一叠一叠的整钱，还有艳丽平时送面粉时，人家给她打的结算欠条。这些是面粉厂正常经营的全部保障。保险柜的钥匙，平时交给两个孩子保管，这是全家人的意见。

当老杜把钥匙伸进保险柜，拉开柜门一看，霎时两腿都发软了，浑身的血液凝固，眼睛发直，魂飞魄散！

保险柜里空空的！连钱带欠条，踪影全无！记账本也不见了！那可是几十万元的现金啊！还有几十万元的欠条。

老杜回过神来，才想起来问孩子："咱家谁来过？保险柜被谁动过？"

惊恐万状的孩子，吓得嗫嗫嚅嚅的不知所措。半天才告诉爷爷，昨天是谁问他们要去了保险柜的钥匙。那人说："你妈妈出车祸了，在医院里抢救，需要拿钱去救人！"两个小孩吓得乖乖地交出了钥匙。

······

老杜似乎明白了什么，但他无法述说，也没有想到任何补救措施。

## 35

就这样，老杜的大儿子走后九个月，大儿媳妇也走了。

老杜老两口无法承受这种骨肉分离阴阳两隔的剧痛打击，谁也无法承受这种打击。为什么这种凄惨的命运，要降临到这样一对忠厚实在的普通老人头上呢？

黑发人尸骨未寒，讨债人开始上门。大到几十万的，小到万把元的。有的是亲朋好友借的，有的是银行贷款的。更为让人想不到的是，有的是大儿子生前打了借条的，有的只是口头约定，没有任何文字证据，而且借款人双双离世了，这个死无对证的账怎么算？不是老杜经的手，他不可能对这些借账的来龙去脉，了解得清清楚楚。父债子还，天经地义。子债父还，在古黄河畔，还没有人听说过。

"你大儿子不在，有你大儿媳妇在时，我们不着急来要账。现在你大儿媳妇也不在了，这钱是我们用血汗挣来的，也不是走路弯腰捡来的。你可不能'人死账烂'啊！"来要账的人差不多都对老杜这么说。

老杜的脑袋里一团乱麻。他现在的脑子里装的不是欠账，而是一个字——死！他感到自己实在支撑不下去了，随大儿子大儿媳妇的脚步去吧。一了百了。不死，欠账也会把他活活压得喘不过气来！

老杜终究还是没有死成。他后来说："我怎么去死？死不掉！孙子孙女，丢下不问？人家借给你的钱，不是大风刮来的，也不是顺水漂来的。欠账不还，装孬耍赖，既对不起死的，也对不起活的！我要是再撒手去了，这个家，谁管？谁问？"

既然不能死，那就得挺起脊梁骨活！

要活下去，就得千方百计把欠账还清，才能心安理得。

千金之产，万金之邻。老少爷们，对俺姓杜的情义不薄，都是喝古黄河水长大的，我要给孙子孙女一个交代，不能让他们活在世上，听到有人背后骂他们的爹娘！

老杜做出了让所有人大吃一惊的举动。他在家门口贴出一张告示，上写："凡是欠你钱的，都来找我要！"

讨债的人一看老杜贴出了这个告示，果然纷纷上门。老杜说："所欠的账我都认，由我重新为你们写下欠条。我还在，面粉厂还在。你得让我缓缓，这么多不可能一次都还清。我现在能挤出来多少，就先还多少，最后不会少还大家一分的！"

讨债的人一听，也认为老杜说的是个理。好在老杜认这个账，就有希望要回来。他们拿着老杜重新打的欠条走了。

可还有没有来上门要账的。老杜一一把电话打过去，询问是否借钱给他大儿子了。如果借了，来吧，我老杜还！

姜兆庆，一位直爽的汉子，与老杜的大儿子杜存平是好朋友，曾经借给他八万元钱。现在好朋友夫妇俩都不在了，他心里估计这八万元钱也打水漂了，有借无还，跟随杜存平走了。他不打算要这笔钱了。这一天他突然接到老杜的电话："兆庆，你来一下，借你的八万元钱，我重新给你打个条，等于是我老杜欠你的。"姜兆庆吃了一惊，他感到太意外了，不可思议，杜长胜老人居然会这么做？等姜兆庆来了后，老杜毫不含糊给他打了借条，郑重地签上自己的名字，杜长胜。

又一位要账人上门了，面对杜长胜，有些吞吞吐吐。老杜说："你有什么事，尽管直说。"来人说："我以前借给你大儿媳妇一万元钱，没打欠条……"老杜想起来了，大儿媳妇生前曾对他提起过这件事。老杜对来人说："没事，我听说过这件事。我现在就给你补个借条。我儿子买变压器，向人借了15万也没有打借条，我都认了，别说你这1万元了。"

一位村民曾借给杜存平12万元，杜存平出事后，他整个人都傻了，12万元钱啊，放在一起，好大的一堆，现在谁还会认这个账。没有人认，自己就是血本无归。他接到老杜的电话，像做梦一样，不相信这会是真的。"天下还会有这样的老人?"

他的担心,自然有他自己的理由和根据。

他听到过一个故事。说有一个女人的丈夫,同样是因车祸去世了。肇事者赔了一笔钱,但这女人对上门讨债的人说,我是得到了一笔钱,但这是我男人拿命换来的,是留给孩子上学成家立业的,不是用来还账的。谁给你打的借条,你找谁要去。结果,所有上门讨债的人,一分钱也没有要走。讨债人很无奈,却又没有办法,只有哑巴吃黄连,有苦说不出,自认倒霉。

他咨询过法律人士。对方明确告诉他,当事人死后,其父母是法定遗产继承人,如果需要偿还债务,需要先剥离一部分老人的赡养费、未成年人的抚养费等,剩余的财产才能用来偿还债务。对杜长胜来说,儿子儿媳妇留下的厂房、住房、钱物都是遗产,在支付赡养费、抚养费后,余下的应该用来还债。大儿媳妇的死亡赔偿金不属于遗产,拆迁补偿款属于老人的自有财产,都可以不用于偿还债务。对于那些可以用来偿还的财产,如果他就是不愿意用于偿还债务,难道讨债人会与他拼个鱼死网破、你死我活吗?在古黄河两岸农村,一般不会出现这种情况,人们普遍同情不幸遭遇横祸的人,乡里乡亲,低头不见抬头见,一代一代还要在一起过下去,没有人会把事情做到无法收场的地步。

实际上,在老杜替子还债这件事上,身边也有高人为他支招,说钱是你儿子儿媳妇借的,但他们人已经不在了,你认个什么账?再说了,你也还不起啊! 330万呢! 你都70多岁的人了,还能活几天? 拖一拖也就过去了,谁会来难为你一个老头子? 现在借钱跑路的人多了。人死账烂,自古以来都是这样,你还什么还? 你脑子又没坏,别硬挺着当英雄好汉,争那一口气有用吗？

老杜想，这些关心他的人，说的也没有什么不对啊？但他见到一个个上门讨债人的眼神，心立刻软了下来。觉得这一辈子没有干过一件亏心事。借钱给你渡过难关的，都是恩人好人，都是相信你帮助过你的人。搁在自己身上不也是一样的吗？儿子儿媳妇不在了，孙子孙女还在啊！儿子是我的儿子，孙子是我的孙子，都是我的血脉骨肉，不可能撇得一干二净。儿子不在了，我不还谁还？人活一辈子，钱算个什么？做个腰板能挺直的人，才是重要的。

## 36

对于言行不一的人，世界上最不费力气的活，就是说话，上下嘴唇一碰，话就出来了。出来以后跑到哪儿去，就不管了。而对于君子一言，驷马难追的人，是吐口唾液砸个窝，重如千斤的。什么人说什么话，老杜对自己承诺的话，一刻一时都不会放下。他的目标就是还账，一分不欠地还干净。

他把面粉厂的生产继续维持下去，他需要机器转动，这是他最大也是唯一的指望。孙子孙女放学回家后，也要帮忙干活。终于有一天，孙子对老杜说："老爷，这学，上不下去了。"

老杜心疼，又有什么办法？他年纪这么大了，不是年轻的时候了。想来想去，孩子念不下去，也不是硬着头皮念下去的事。对孙子孙女说："不上就不上吧，回来家帮我干面粉厂。"

于是，孙子打面，孙女收粮。

正常运转，面粉厂一年需要缴30万元电费。

十几名工人工资，一分也不可以拖欠。

一袋面粉 50 斤，每天要装车 200 多袋，孙子和大伙一起，装车卸车，扛上扛下。

要坚持，必须坚持。只有坚持，才能挣钱还账。老杜祖孙三人，坚持了一年多。最困难的时候，一个月只能生产 12 天，资金周转跟不上。

肉体和精神上的双重压力，让小小年纪的孩子，备受煎熬，已经承受不住了。孙子说："老爷，再干下去，要累死了。我宁愿出去打工，也不回家了。"

老杜心疼，说："无亲无故，你去哪里？"说完，忧从中来。他看看躺倒在床上的孙子，想了想，幽幽地说了一句："这面粉厂真的开不下去了，我看卖了还账吧！"

孙子问："卖了可够还账的？"

老杜说："我算了一下，连老宅房子，你爸在城里买的供你们上学的房子，一块都卖了，就差不多了。"

孙子说："够还账的全卖了！"

听了孙子的话，老杜并没有多想，卖厂卖房，还清欠债。老杜放话，把自己的决定传了出去。果然有人来联系老杜买面粉厂，而且还是个熟人。

来人问老杜："你打算多少钱出手啊？"

老杜说："建厂前后你也是知道的，何况你和我大儿子的关系也不错。不是为了还账，我能舍得卖它吗？"

"你就说你想卖多少钱吧？"

"我建成花了 400 万啊，都是借人钱弄成的。我现在急着出手还账，你看，260 万能行吗？"老杜的口气软绵绵的，卖家仿佛是在央求买家。

买家听了，说了句："有点贵了！"头也不回地走了。

老杜很失望，并不认为这个是买家的故意为之。两个月后，买家又来了，对老杜说："你再少要点吧。"

老杜咬咬牙说："你真要想买，出 200 万，卖给你！"

买家说："我是替朋友来买的，200 万，他还是嫌贵了。"

老杜说："你的意思我懂了，我再去 20 万可行了？180 万，想买就带人来看吧。"

买家依然是不动声色，沉着冷静，对老杜说："我回去和人家商量，看人家态度，再回你个信吧。"

买家水有多深，老杜试不出来究竟。大年正月初二，买家又登门拜访了，说："你是一个直性子人，这样吧，厂子可以买，你还得少要点。"

老杜的耐心磨得所剩无几，问道："少到多少你可以买？"

"160 万，怎么样？行，就定了。不行，就算了。"

"我光一个地磅就花了 30 万，一条输送带还 1 万多呢！400 万建成，你还到 160 万，连一半也不到，太少了吧？你这不是一刀一刀，活活地割我的肉吗？"

"就 160 万。要卖，大过年的，咱今天就定了！"

"一笔两清？"

"一笔两清！"

"卖给你！谁叫我欠人这么多钱呢！一分钱憋死英雄汉，人到危难处，不得不低头。"

卖了面粉厂后，老杜说了一句话："人的关系再值钱，也不如钱值钱！"

卖一个面粉厂，显然只够还一半的欠账。接着，老杜卖了大儿子生前在县城购置的商品房。100 多平方米，外加一个车位，按照当时市场价，价值 45 万元，但只卖了 35 万元。

家里老宅，评估为 160 万，结果 80 万元，老杜说卖！

能卖的，值钱的，都卖了。

老杜说先还银行贷款 60 万！再还变压器 15 万。

盖板房自己住时欠了一万元，债主以为一万元太少了，老杜不会给了。不给就不给吧，老杜太可怜了。他没有想到，腰硬如槐的老杜打来电话："你现在来拿盖板房的钱！"

"你还真的给啊！"

"这是什么话？欠人的还能赖账吗？330 万都得还，还差你这 1 万吗？"

只有一个债主是例外。他说："老杜，除了 20 万元本金，还该有 5 万多元利息，你也要给我。"

老杜心里的痛苦一下又被点着了。老杜忍了忍说："兄弟，我儿子儿媳妇没有了，面粉厂亏了 240 万卖了，老宅子亏了一半卖了，县里的房子，孩子一天没住，亏了 10 万卖了。孙子家业没有了，搁你，会吗？我卖的目的是什么？不就是为了把欠账还清，还儿子儿媳妇一个名声吗！除了你，没有一个提要利息的。"

要账的人也感到羞愧，说："老杜，大哥，什么也别说了，这利息我不要了！"说完，当场把借条撕了。

## 37

我说："老杜，我们抽一支烟吧？"

老杜立马高兴起来。才想起来，我们已经聊了好长时间。老杜说："中午我们喝一杯！"

"去哪儿?"

"去兆庆的饭店,家里不方便。"

"行,找不找镇里领导陪?"

"就我们兄弟俩,谁也不找。"

我就笑了,问他:"你这一辈子,当没当过什么官?"

他也笑,说:"当过几天生产队长。"

"你还当过生产队长?"

老杜说:"当过,一上来,我就把生产队的规矩给改了。"

原来,当年生产队改选队长,社员举手选的是杜长胜,这对他来说是个意外。他本来没有当生产队长的心思,但原来队长的一些做法他又看不惯,认为早换早好。他怎么也想不到,换上的是他。既然选上了,那就干吧。他上来不久,就破了"队规"。

原来的"队规"是这样的。生产队的社员,谁家遇上红白喜事,还有批给宅基地盖房,由生产队给40斤粮食,算是无偿援助。被无偿援助户,往往会摆上酒席,宴请生产队"领导班子"撮一顿,作为感谢。

杜长胜说:"吃这一顿,不是把40斤粮食,一下子就吃完了吗?粮食照给,吃饭免了!"从此,新"队规"就这样立起来了。

生产队有200亩耕地,4口机井,能排能灌,在老杜的带领下,全年可生产12万斤粮食,每户可分到300斤小麦,这在全县农村,也是顶级标准。上级领导和社员都说,杜长胜,这个队长干得好!

杜队长还带人搞副业,做豆腐,砍扁担,炒粉丝,打桌子,挖树拐粉,编筐挝篓,总之,农村过日子用得上的,队里能干的,他都带人干。

杜队长决定集体养猪,从外地买回来30头小猪仔。他没有料到,大队书记相中了其中一头小母猪，把它逮回了家。杜队长想不到大队书记不给钱，这叫什么事？不给钱，要他这个队长干什么？杜队长决定去问大队书记要小猪仔的钱，他说："这头小母猪不是我个人的。是我个人的，就是头金猪，我也送你了。但它是集体的，钱不能不要。不要，我这个队长没法干！"大队书记把小母猪钱给了杜队长，从此，也给杜队长穿了不少小鞋。杜队长感觉到了，一怒说："老杜不受这个气，不干了！"

不干也不能就拉倒了。大队书记说查他账。结果，一分钱问题也没有查出来。杜队长平时从来双手不沾集体的钱。他认为公家钱是个脏东西，个人能不沾尽量不沾。

杜队长辞职之时，正在秋天种麦的节骨眼上，秋播播不下去。于是有人劝他，把麦子种下去再不干吧，200口人，来年喝西北风啊？杜队长只好答应领人种过麦再撂挑子。有时干到半夜三更，"领导班子"中有人说饿了，央求杜队长弄点吃的犒劳一下。杜队长很爽快地答应了，说："那就弄点山芋煮煮，顶多贴几张破面饼子。想吃别的，自己掏钱自己买。你不怕社员背后骂，我怕！"

老杜吐口烟，望着我说："人在古黄河堰活着，就得硬气。什么是福？天天吃肉就见得好？做人，不能做猪狗不如的事！"

## 38

我问老杜，你的账还清以后，外面很少有人知道，后来，是怎么被媒体人知道了？

老杜说："事情都有巧合。有一天，一个女的来向开发商要账，当时，正好镇党委书记、镇长也在场。那女的知道我欠债的事，问我，你的账都还清了吗？我也没有多想，对她说，都还清了，一分不欠了。镇长听了就多问了一句，还了多少钱？我说 330 万。镇长听了很惊讶，说这么大的事，怎么没有安排请人来报道一下？我说欠人钱该还的，还要人报道什么。镇党委书记也说，那不行，这样的事，要请记者来采访。后来，县里来了个女记者，这件事就传出去了，很多人知道了都来打听我是一个什么样的人。什么样的人？守在古黄河边的人，农村种地的，普普通通一个老头子。"

2015 年 6 月，杜长胜荣登"中国好人榜"，当年 10 月被评为第五届全国诚实守信道德模范。10 月中旬，杜长胜从北京参加完第五届全国道德模范表彰大会后，回到省城、市府、县里，直到回到他的梁集。各级领导先后亲切接见慰问了他。他回到镇政府后，突然提出不回家了，说什么也不愿意走。问他为什么？老杜说："求你们不要搞欢迎仪式，这样做我就回不了家了。你们把欢迎的东西全撤了，让我一个人，安安静静地走回去。"

杜长胜被评为全国诚实守信道德模范

老杜载誉归来后，原本平静的生活被打乱了。许多企事业单位和个人，纷纷前来看望慰问他，送钱赠物。

上级文明办送来15万元困难道德模范补助金，希望老人能够改善生活。不料，老杜经人劝说收下这笔钱后，第一件事是跑到梁集镇政府，要求捐给贫困学生，但镇政府没有答应。最后在老杜的坚持下，不得已收下了2万元钱，筛选了20名家庭困难的中小学生，给每人发放助学金。

尽管获得了全国最高级别的荣誉，老杜还是老杜，没有一丝一毫变化。一身衣服，该老蓝老蓝，该老黑老黑。

我问他："你在北京，见到党和国家领导人了？"

"见到了，见到了！"

"你当时激动吗？"

"给你说实话吧。越是这样，我心里越是难受。如果我大儿子大儿媳妇在，我能上北京来吗？那些账还用我还吗？"

"那块奖牌是真金的吗？"

"不知道。真金你能买来吗？不管是真金的，还是真银的，我又不卖。我留给孙子当传家宝了。一代一代传下去！"

## 39

"信义老爹"老杜替子还债的事自从被发现被宣传，直到被评为全国道德模范，这当中老杜最信赖的有两个人，一个是时任梁集镇党委宣传委员的王荃，一个是直至现在仍然担任梁集文化站站长的谢艳梅。老杜把王荃当成知心朋友，把谢艳梅当成自己的女儿。直到老杜弥留之际还在念叨这两个人。

那时，时任梁集镇党委书记孙超远、镇长韩超得知老杜用了三年多时间替子还债的事情后，就要求宣传委员王荃，把老杜的事迹宣传出去。令王荃意外的是，当他把镇领导的想法和安排告诉老杜，希望老杜配合时，老杜一口拒绝了！

"一个老百姓，一个老头子，这有什么好宣传的？"

"您不希望更多的人和您一样吗？宣传您是宣传一种精神。这种精神，不是您个人的，是梁集镇的，是睢宁县的，是徐州市的，是江苏省的。大家都以您为榜样，是不是很光荣？"

谢艳梅是一位直爽善良也会办事的镇文化站站长。她有一辆私家轿车，老杜外出附近参加宣讲活动什么的，都是谢艳梅陪同。她说责无旁贷，她高兴愿意。她有一次接到老杜，说："杜老，今天穿得真俊啊！帅呆了！"老杜就咧开豁牙笑。活动结束，她把老杜送回家中，说："杜老，好好歇歇。想吃什么，我给您做。"老杜连忙摆摆手，说："不能再劳累您了。"

这一天谢艳梅回家，猛然间发现车上有一盒包装精美的老人参！噫？这不是我的，是谁坐我的车落下的？谢艳梅怎么也回忆不起来，但她又急于找到失主，她着急地打手机，询问最近几天可能坐过她车的人，是不是大意了，车上落下一盒老人参？所有被询问的朋友，回答是一致的："没有，我上哪弄根老人参，还落在你车上？"

一个多月里，谢艳梅也没有问出个所以然来。可是老人参总不会自己跑到车里吧？

这一天，谢艳梅又送老杜去一所学校参加活动。坐上车，她就把这件奇怪的事对老杜讲了。老杜一听，开心地笑了，说："那是我送给你的，怕你不要，就没有对你说。"

"杜老杜老，您真是！我哪能要您的老山参！"

"我又没吃过，我也不会弄。"

"我替你弄，泡酒喝，泡茶喝，炖老母鸡汤喝，给您补补身子，多活几年，多享享福！哎，对了，杜老，您这根老人参是哪里来的？"

"那天，我在家里没事，突然有人敲门进来。来人说他是南方的一个老板，到了睢宁高速出口，看广告牌子上有介绍我的事迹，便打听离我家远不远。他听说不远，就在附近，几个人就开车来看我，送给我这根老人参，还有一大堆礼物。说完，连姓名地址也没有留下，就急着回去了。我留他们也没有留住。"

谢艳梅"哦"了一声，感动于这位外地企业老板的善举。

老杜去世后，他的家人也遇到了一件奇怪的事。一天深夜，大概一点多了，守灵的一家人正困得迷迷糊糊的。突然没有打招呼进来一个人，对老杜跪下磕了三个响头，烧了一把纸，什么话也没有说，起身就走了。等家人回过神来，再去寻找，连个人影也看不见了。究竟是谁？深更半夜来给老杜烧纸磕头，恐怕永远也不会有人知道了。

我对谢艳梅说起了这件事。我说："那个半夜来为杜老吊唁的人，会不会就是送人参的那位南方老板？他知道杜老去世的消息了？"

谢艳梅说："是与不是，我也不知道。"

我说："你陪同杜老去北京领奖了吗？"

"我是个女的，陪他去北京不方便。是王荃委员陪同的，你去问他。"

王荃回忆他陪同老杜去北京领奖的情景。要做的第一件事是买衣服。老杜问："买新衣服？"

王荃说："必须得买新衣服啊。这可是去北京领奖，代表的是古黄河畔农民的形象，哪能不买？得穿板正的！"

王荃开车专门陪同老杜去县城逛品牌服装店，几个店看过之后，老杜在一家品牌店试了一身西服，感到很合身很满意，说就选这一身了。在王荃的安排下，老杜从里到外，从头到脚，全身穿戴更换了一遍。王荃说："给您换个里外三新！"

这次去北京接受表彰的全国道德模范共 55 人，老杜以 78 岁高龄当选，按照通知要求，只允许一人陪同。经过全面考虑，征求老杜家人的意见，地方党委政府派王荃全程当好老杜的贴身生活秘书。

王荃陪同老杜住进了京西宾馆。从这里，又陪同老杜走进人民大会堂金色大厅。幸福来得太突然，令老杜激动不已。他对王荃说："真没有想到我能来到北京！真没有想到党和国家对我这么关心！你带我去天安门前照张相吧。"

全国著名的书法家李铎为老杜题写了"诚实守信"匾额。这块装裱精美的匾额，由王荃为杜老背着，从北京背到南京，从南京背到徐州，从徐州背到老杜的家。

老杜说："这是我们家的传家宝，必须一代一代传下去。"

## 40

2021 年 10 月 18 日晚 9 点 50 分，83 岁的老杜停止了呼吸。23 日上午，他的遗体告别仪式在县殡仪馆举行。前来吊唁和送别的，不仅有他的亲友、邻居，更有列队而来的机关干部、公安干警、医务工作者，还有认识的、不认识的人，更让人惊讶的是从中央到地方的各级文明办送来的花圈，那是对老杜一生的肯定和褒奖。老杜用他一生燃烧的信义之火，点亮了人们心灵深处圣洁的诚信之光。人们深情地追思这位"信义老爹"!

"信义老爹一路走好"……

父老乡亲夹道送别，网友隔空哀悼，国人无不泪目……

老杜，天堂已为您铺好了道路，您是古黄河畔人的榜样，是儿子的好爸爸、是孙子的好爷爷，您是挺立的国槐。您人虽远去，但信义长存、名垂青史。"信义老爹"的名字会被烙印在国人的心中，成为一座不可磨灭的丰碑。就好比一盏指路明灯，燃烧了自己，照亮了他人前行的路。

岁月就像那条古黄河，清澈流淌，向前奔去。杜长胜，像是站立在古黄河畔的一棵苍翠峥嵘的老槐，平静地注视着远方。

# 第九章

# 岠山柏花

## 41

柏花十字裂，菱角两头尖。——谚语

过完正月气温高了许多，可以直接把冬衣脱下了。去年在岠山看过杏花的友人，有些急不可耐地询问我，岠山杏花开了没有？这几天天气暖和，杏花是不是要提前开了？别和去年似的，去晚了就开败了！我心中窃笑，看杏花的人真是太着急了！我说现在才到八九，九尽花开寒不来，那时的杏花桃花梨花苹果花，才会次第盛开啊。杏花不是不开，是还没有到开的时候。杏花不会漏掉任何一分春光的。

云龙山下试春衣，放鹤亭前送落晖。一色杏花三十里，新郎君去马如飞。苏轼说的是他任徐州知府时云龙山的杏花。而今天的岠山脚下的杏花，同样给人惊喜。新郎无马可骑，但肯定是有新郎的，不骑摩托就是开"宝马"，来这里与杏花合个影，仿佛热恋中的情人名字就叫杏花。

发现岠山杏花，纯属一个意外。我们到岠山游春时，是冲着满山春天的新绿去的，还不知道有杏花，而且居然有那么多，盛开成一片妖娆的花海。

## 42

经常有外地朋友问我，这几年你们家乡的发展，有什么特色？

我想，我也这样问过别人。是好奇，也是关切。

一般情况，我的回答很简单，就是两个字：绿色！

绿色就是我的家乡这几年里发展的特色！

我的朋友眼睛里射出兴奋的光，像把我穿透了。连连说你说说看，什么样的绿色？

绿，但你见过这个世界有统一的绿吗？你知道有多少种绿吗？我对你说，土地上有多少种庄稼，就有多少种绿。这地球上有多少种植物，就有多少种绿。这是用语言表达不出来的。语言没有这些绿色发达，也没有这些绿色准确。所以你要了解我家乡的发展特色，只能用你自己的眼睛去看，去感受那些绿。

我的家乡有一座岠山，那是用历史传奇故事堆起来的大山……只是几年前，这山上除了稀疏低矮的草，是看不到绿的。乱石铺地，飞鸟不落。前后数次植树绿化，竟无一成功。仿佛这座山与人在斗气，耍脾气，耍大男子主义。但在最后一次向它进军的时候，它非常配合，非常温顺。所植之树，成活率达到90%以上。因为植得过密了，三年之后，人入密林，行动异常困难。鸟和兽都来了，它们好像是喜出望外，又重回家园了。满山的绿，绿得连山石也流出了清澈的泉水。林子太密了，你想，你得用多大的力量，才可以在这么短的时间里，把秃山变成绿山？

你知道黄河吧？肯定不陌生，连幼儿园孩子都知道，那是中华民族的摇篮，我们的母亲河！但你不一定知道，她流经我的家乡六百多年之久。它在时，家乡人说黄河在家了。她改道时，家乡人说黄河走了。当她留下的黄河故道再次泛滥时，面对滔滔洪水，家乡人说黄河又回家了。黄河故道被治理后，再无洪涝发生，家乡人好像对古黄河十分怀念，说她好长时间没回家了！尽管古黄河在家时很任性很不省心，时常制造许多大大小小的麻烦。而且，只要她路过的地方，留下的都是泡沙盐碱。那些盐碱地，白茫茫一片，农民去扫碱熬盐，对付艰难的日子。那坚硬的盐碱地，可以揭下一层壳来！你看不到绿色。古黄河，就是荒凉、贫困的代名词。

而今，这条东西横贯全县百里的故道，完全改变了模样。水是清的，地是绿的。水里有荷花飞鸟，地里有瓜果五谷。在这条黄河故道上，满眼是绿，是绿中的花，是花中的绿。从人的眼睛里绿到心扉上。绿得让人不忍离步，绿得让人欢呼雀跃，浓浓淡淡的绿，深深浅浅的绿，远远近近的绿，家乡成了一个绿色的世界。绿水青山，哪一处不是由绿色构成的呢？绿色是生命的颜色，现在成了家乡的发展特色，你说说这代表着什么？是人的眼界、觉悟、思维，在发生改天换地的转变吗？

我的朋友对我的描述只是不住地点头。我已经看出来他对我家乡的绿色产生了浓厚的兴趣。他问我，有机会去你们的岠山上看一看吧。我说当然可以，那里的绿，也会把你染成一枚绿叶的！

## 43

古黄河边有一座山也叫黄山，因为栽树人栽下了奇迹而出了名。真是山不在高，有栽树人则名。

那是山树长成形的一个春天，山下杏树、桃树、梨树、苹果树，争着开花。山上也不例外，树把春天的颜色涂满了山峰。山路很窄，像探路的游蛇那样。这山，树长得真好哦！是什么样的人，栽下了这么多的树呢？

那是一座石头砌的房子，很小，却立得很高。估计站在房子顶上，可以看得见整座绿山。

我见到过那位栽树人，像一块山石那样，不爱说话。我指着一棵开花的树问他，怎么开了这么多种颜色？他这才笑了一下说，嫁接的，一棵树嫁接了四五种，花朵从二月开到五月，果实从五月吃到十月。

许多年以前，山上除了碎石，只有从石缝中钻出来的瘦瘦的山草，没有树。树是房子的主人承包了荒山栽的。他的身躯并不高大，山风把他的脸吹出大大小小的沟壑，把他的头发吹成硬朗的野草。一双眼睛是明亮的，专注的。他带着女儿，扒开碎石，一棵一棵栽树。手套磨烂了，石块上沾了血，开出了鲜艳的花。山也不说话，鸟也帮不上什么忙。山是寂静的。栽树人的身影，就在山风中移动着。

但这一对父女的心中并不寂寞，反而生长着一片葱绿，开着满心的花朵。他们栽下了树，垒起了小石头房子。他们要看这些小树长大，他们要防猪防羊，防狂风暴雨，担心它们伤害了小树苗，小树苗又小又柔弱。

终于山不负人，树不负心。开始绿了山头，蔓延到山坡。花也开了，从山坡开到山顶。

日子不断飞逝，树渐渐长大，长成了茂密的森林，长成轻易不会受到伤害的样子。树有了扎进石头的力量，石头也有了抓牢树根的渴望。许多小树苗，在大树下冒出了地面。

又是许多日子过去了，栽树的人老了，老到被日子安静地带走了。他没有带走一片树叶，也没看到树长成森林的样子。老人的女儿也长大了，她把树留给了青山，也把童年和少年的童话留给了青山，长大了的女儿嫁到了山外，她的嫁妆里也没有一片绿叶。

山上的空石头房，还在陪伴着长大了的树。树以为守护他们的人还在小石头房里，围绕着空石头房子继续生长。空石头房子也老了，门窗都掉了牙，只有树白天黑夜对它说话。可空房子只听不回答。就那么静静地守在那里。或许，那空房子里，还装着当年栽树人编织的绿色童话和山歌。

山下的人没有忘记山上的那幢空寂的小石头房子。他们把一条宽敞的水泥路修到了山脚下，要把这座青山和那幢小石头房，打造成一个乡村旅游景点。让与日子一起逝去的栽树人重新回来，把他当年心里描绘的美景告诉来看风景的人。看风景的人看到树，就看到了他年轻时的模样。

山越来越年轻了。

然后山下来看风景的人告诉小石头房子，我们那里的山上，也栽下了和你这里一样的树。树听了就舞动起来，好像为他们有了远方的朋友而高兴，轻轻地唱起歌来。

## 44

友人想念杏花就如同想念出嫁的女儿，终于没有忍住，去岵山探访杏花了。他们迈上"岵山绿化纪事碑"的台阶，重温碑文，想象着当年绿化荒山的细节，对付出艰辛汗水和智慧的栽树人，发出由衷的赞叹。

记得去春来岵山时，是从山上下到山脚，才发现这一带杏林的，引起我们一片欢呼，仿佛发现了一个世外杏园。护林员老周和他的一个伙伴过来了，不说话只是笑。老周很瘦，只有骨头没有肉。守山护林 27 年每天巡山，已经穿破了三百余双黄色解放鞋。开始时背着煎饼咸菜上山，没有工资。现在守得树长高了，杏花开了，他的待遇也增加了。老周也笑成一棵开花的杏树。

我的友人今天再来到杏林前，他们不禁笑了，杏花果然没有开。他们笑自己的心情比春天的脚步还迫切。他们并不因此而失望，反而十分兴奋，看着枝头鼓胀的花蕾，回忆着去年站在哪里留的影，说过什么笑话。接着开始计算，还需要多少日子才可以完全绽放。十天？二十天？争论不休。最终统一说道千万不要错过它今年开得最美的时候！

## 45

山有山道，水有水道，鸟飞的是空中的道，鱼游的是水中的道。道与道虽然条条为道，却又有各自的奇妙。重阳节这一天，诗人管一邀我同登家乡岠山。他说他知道一条别人不知道的神秘小道，比古黄河还要神秘，可以抵达顶峰。我对他的话心生疑问，既然是道，无论大小，肯定是被前人踩出来的，怎么会没人知道？没人知道他又是怎么知道的？只不过知道的人少而已。诗人在对我故弄玄虚？

神秘小道必有神秘奇景，我立即答应随他从小道上山。谁知刚进入路口，就被山石绊了一跤，管一幸灾乐祸，说我大概在别的地方，或者是在心里说狂言妄语了，山神在警告我，这是诫勉谈话。我也并不把他的话放在心上，继续随他走向大山深处。

家乡的岠山我自然熟悉，山体庞大，气势磅礴，像是苏北平原昂起的

岠山

头颅，时光铸就了它坚挺的山脊，岁月刻下了它绵延的山峰。它预设了一场场旷古大戏，让山脚下的人们，从车正奚仲封国起，直到今天，演绎了四千多年。轰轰烈烈，腥风血雨，惊天动地，波澜壮阔，久盛不衰。我朝圣般来过多少次，真的记不起来。以前上山，有盘山碎石路可以让小车颠到山顶，开到康熙行宫大门口。

人都是喜欢走大道的，因为大道平坦。现在走在这条小道上，感觉果然不同。密林深处，漏进来的阳光，打了许多折扣。小道崎岖蜿蜒，一弯一景，或金黄，或火红，或蓝绿相间，突然闪出，寂静无声。小道上除了我们，再无人影。半腰峭壁上突现一处偌大的洞穴，看得见洞中摆有石桌供品和烧残的香烛。待走进去又是一团漆黑，有恐惧感，急忙退出，说这就是葛洪炼丹时用的山洞？回头再看山下，大地苍茫，小村远隐，不禁对土地心生感激。如此宽广无私，人们吃的喝的，穿的用的，都是土地的奉献。又顿觉这岠山的伟岸雄踞，似乎就是在守护这片土地。有了它，就有了村庄的安宁祥和，有了希望和生长。

管一说这条小道还没有人命名，我们给它起个名字好不好？我说有现成的名字啊，你写诗，你发现的小道，就叫它岠山诗道吧！它一路上不都布满新鲜的诗意吗？管一当即说好，就叫它岠山诗道。及至山顶，他就喊山，岠山诗道，我来了！声音从脚下的山谷，传到另一道山谷，又跌落在山下广袤的农田里。

护林员老周迎面走来。老周说，曾有一个时期，山上的树被扒河的民工以集体的名义砍个精光，成了一座秃山。但老周的身影，仍然像一棵会行走的树那样，不离不弃。老周说哪怕只有一棵树，他也要守好！几年前，一场声势浩大的岠山绿化造林运动，让群山重新披上绿装，满目青翠，老周的脚步就更加轻快了。我说老周，报纸电视上说你入选"中国好人榜"了。老周就笑，说当初来看山守林时，谁想过这个了？岠山就是老百姓的江山，不看好怎么行呢！

我突然联想到那条刚被我们命过名的小道，那肯定就是老周们踩出来的诗行啊！老周他们才是守护青山的真正大诗人，把诗写在岠山秀峰之间。写得如此庞大葱茏，千姿百态，百读不厌，而且是可以传世的久远葱绿！他们希望自己就是长在山中的一棵树，流经家园的一条河。他们希望每一缕阳光都能照进普通人家的窗口，像一丝微风，能吹绿普通人家的院落，吹开老人和孩子淳朴幸福的笑容。

老周守护的山间绿色小道，终究会把岠山写成一座绿色的诗山！

## 46

老周叫周云鹏，今年70岁了，骑一辆警摩巡山。问他岠山上什么树长得最好？他说是柏树，你没有看到吗？树能看到树，人看不到树吗？

周云鹏拄杖仰望

山有山语，树有树话。山语树话人不是听不懂，也可以心有灵犀一点通。山谷里吹拂的风，山涧里流动的水，都是山的语言，是山歌，是山谣，是山的絮语。而树的一枝一叶、一花一瓣，都是树说的话、树的表情。懂的人一听就明白。不懂的人，上看下看，左看右看，还是看不懂。懂的人看山山是活的，看树树是生动的。比如说那风，阳光走不到的地方，风可以跑到。它会从密密的树隙中穿过，从山的皮肤上拂过。它跑过的地方，树就会发出声音，"唰唰——"，仿佛在和风说话，你是来给我透透气？风说是的啊，"呜呜呜——"，我担心你闷得慌啊。周云鹏说，这我能听懂。

周云鹏说，有时阳光走不到、风也跑不到的地方，他的脚步可以到，比如葛洪洞。人也是山，也是树。你看啊，心里有山，山就盛在心里。山上的树，就是山的皮肤，绿莹莹的，翠生生的，多好看。长在山上，是长给来人看的。谁来都可以看到，谁看到都高兴。我是美丽岠山的护林员，是队长，也是山上的一棵树，旱时知道缺水，要忍耐，山洪来时，知道要抓牢石缝，站得住。满山的树长得好，我也就高兴了。

把一块山石，砌于老宅墙上，叫泰山石敢当，你说这是不是山在说话，洪亮震耳，你可以感受到山的力量、雄性的力量。它可以压倒一切魔鬼邪气，护佑一家老小平平安安。门前栽一棵梧桐树，招的是凤凰。没有梧桐树，招不来金凤凰，这是不是人和树说话。你看现在的岠山，有鸟叫，有黄狼子，有野猫，有长虫。你看树一天天长高，树看你一次次抬头微笑。树知道人的想法，越发长得起劲。人也知道树的心情，从来不缺对它的爱护。

高山为父，江河为母，千年百代，周云鹏说的我懂。

周云鹏心中的岠山，是他的朋友，也是他的家人，他一天见不到，吃饭就不香，睡觉就不安。因为山上有他守护的树。那些树，有大有小，有粗有细。大的笑容可掬，小的小鸟依人，粗的立足磐石，细的摇曳腰肢。周云鹏喜欢它们，见到它们不由得就浮出笑脸，伸出手掌，摸摸它的"头发"，捏捏它的"耳朵"，和它说几句家常话。

岠山是一座名山，堆满了一山的三国故事。它的面前就是古下邳国，奚仲在这儿造车吱吱嘎嘎，白门楼上吊着吕布的满腔仇怨，里人巷的深院里，隐约传出孙权落地的嘤嘤哭声，更有张良圯桥进履，张飞槐下拴马沽酒。岠山顶的康熙行宫，影影绰绰，仙气升腾。南天门牌楼上写着"独秀"二字，气魄不凡，雄视天下，从此处登上行宫，有 785 个台阶，直线距离 490 米。2700 亩山林，每天巡山，周云鹏要走数十里。他从没有工资到现在退休留守，从满山赤裸巡到满目青翠。春节时，镇领导登门去给他拜年，带米带面带肉，还吹着喇叭擂着鼓。周云鹏说这哪里是来看我？是为了那座岠山来做宣传的。没有守护好岠山的树，哪有我今天的光荣？我这一生，哪儿也不会去了，就和岠山在一起了，想想值得了。怎么不值得，就是因为他爱岠山，从心底爱，把岠山爱成了一座青山，登上了"中国好人榜"。他说到这里，对我哈哈一笑，说我以前都不知道还有"中国好人榜"这个叫法。

周云鹏在巡山路上

周云鹏的故事像山上的石头和树，多得数不过来。其中每一块石头、每一棵树，都是大山的一部分。山下有一片杏林，大约 60 亩，结的杏有红有黄。酷暑六月，他把巡山的警用摩托支在路边，坐在杏树下被遗弃的半根水泥棒上，跟我讲他和山和树的故事。他问我热不热。我反问他你热不热？他说不热。我就说我也不热。其实，真的热。路人见了，会认为是两个傻子，要不然也是两棵杏树，不怕热。

然后他突然莫名其妙地说，有人看我骑警摩来巡山，在背后很是不爽，说我凭什么能骑警摩？我有什么资格骑警摩？

是的，他周云鹏有什么资格骑警摩，而且骑得这么潇洒自信，惹人眼红？我说就凭你是岠山老护林员，你的岗位和责任需要一辆警摩。他说，这是政府配给我的，我也配得上这辆警摩。当年，我从家骑自行车来巡山，把车子寄存在山下老乡家，步行上山，怎么没有人说？说我没资格骑警摩的人想当护林员，但人家不相信他，当不上，骑不了这辆警摩，眼红也没有用。

那些眼红他的人，以为护林员是这么容易当的？你光看到他胯下的警摩，怎么没看到满山的树木？怎么没看到蓬勃的柏树，栽下时手指粗细，半人来高，现在成了巨树，郁郁葱葱，人在树下，只可抬头仰望？

周云鹏说，这是我家乡的山，这是我家乡的树，我没有什么其他想法，只想用我的一生，用我的生命，守护好它，活是它的人，死是它的鬼。没有理由，热爱就是理由。

除了周云鹏，还有多少人会说这样的话？配得上这样的一辆警摩？

## 47

岠山又名峄阳山、葛峄山，算是苏北平原上的高头大马，横跨邳州市和睢宁县两地。南踞睢宁县古邳镇，北依邳州市八路镇，为睢宁之北大门，邳州之南大门。此山西南-东北走向，纵 3000 余米，横 1300 余米。平列四峰，西峰最高，因常有云蒸霞蔚，故称"白云崖"，亦称"白云峰"，海拔 214.7 米。古时，山巅有寨，寨内有"泰山行宫"。今山顶重建"弥陀寺"，又名康熙行宫。山有葛洪洞、葛洪井。据传，葛洪洞为晋葛洪居留处，葛洪井为葛洪炼丹所用。1960 年，解放军在弥陀寺东百米处建雷达站，曾为歼灭入侵敌机立下汗马功劳。雷达站撤走后，江苏省于 1980 年在此建成"徐州地区电视转播台"。其余三峰海拔分别为 149 米、158 米和 109 米。东北一麓向北回绕，形如半月，又名"月牙峰"。民间传说，岠山腹空有门，需用金钥匙打开。进得山门，满眼金银财宝，任由捡拾，却又很少有人走得出山门。传说，打开岠山大门的钥匙是一个金瓜蛋子，你得寻得到这只金瓜蛋子，拿在手中，念念有词，这岠山大门就打开了。走进去看，堆的全是金银财宝，闪闪发光。开山门的人大喜过望，就往身上装这些财宝，越装越多，直到装不下了，才准备走出山门。谁知这山门早已经闭合上了。金瓜蛋子也打不开。这人就被封在了山腹中，再也无法走出来了。

周云鹏是本地人，家距岠山不到一公里。他手中有守山的钥匙，就是绿树。

人在小的时候，心灵上撒下什么爱的种子，就会生出什么苗，开出什么花。周云鹏小时候去过的岠山，是他和小伙伴的山，童年的山。那些扎根在脑海中的记忆，是山的伟岸雄浑。但他做梦也没有想到，后来他上了岠山，当上了护林员！于是，无意播撒在他心中的爱的种子，遇到了萌芽吐翠的环境，开始孕育着自己的花期。

那是在 1992 年的春天，上级领导要挑选一位年轻力壮、敢于较真、忠厚实在的人，当岠山护林队队长。护林队包括周云鹏共三名护林员。三位护林员都没有工资，每月有点补贴，相当于茶水钱。这个不算什么事，令人哭笑不得的是山上没有树，哪里有林可护？护棵草吗？碎石山，光秃秃的，草色遥看近却无。

周云鹏知道岠山原来是有树的，那些树被扒河的民工砍去搭工棚，当柴烧，等于给岠山推了一个光头。只在山上庙后留了两棵，庙院内留三棵，庙东边留四棵，总共没有十棵树，全是洋槐树，平均每个护林员看三棵树，还给你发什么工资？

史载，古下邳有一名人叫汤应曾，擅弹琵琶，人称汤琵琶，他弹的古典名曲《十面埋伏》，所用的琵琶是岠山孤桐木做的。其音质金戈铁马，昂扬壮烈，如暴风骤雨、旌旗呼啸。那孤桐曾是岠山盛产的名木。如用其他材质的琵琶，根本就弹不出这种音质。此木，早已绝迹于岠山了。

岠山毁林，纯属人祸。毁了岠山，也毁了自身。再想绿化，谈何容易？数度植树造林，无一成功。即便侥幸存活几棵，又被清明节上山祭扫先人的人，在点燃纸钱时引发山火，化为一缕青烟消失了。

## 48

周云鹏的梦想，正在一步步变为现实。

2008 年 12 月，南京林业大学森林资源与环境学院和徐州市林业技术指导站，受睢宁县委、县政府的委托，对岠山绿化进行规划设计。

2009 年 1 月 28 日，岠山绿化规划设计方案在县长办公会议上获得一致通过。随即，县委常委会同意并支持了这个实施方案，要求迅速组织落实。

对于岠山来说，方案是史无前例的。总造林面积 3700 亩，需栽植各种苗木 117 万余株，共 30 余种。高矮树种搭配，常绿与落叶齐备。季相色彩四时变更，乔木与灌木相扶。确保形成多效益多层次多色彩的森林群落。

2009 年 3 月 12 日，植树节这天，岠山绿化拉开序幕。

岠山绿化的情景，可以用很长的文字来介绍。山下有一座"岠山绿化纪事碑"，那碑文的初稿，是出自我的手笔，对其景其情有过描述，现节录如下。

睢宁岠山，磅礴耸峙，纵横延绵，巍峨独秀。古黄河折于山前，古下邳筑于襟怀。挂剑台，青陵台，台台生辉；石崇墓，陈琳墓，墓墓传奇。更有古圯桥英风不绝，葛洪井丹香碧野。山蕴日月精华，史书人间杰章。

岠山绿化纪事碑

"轻帆飞渡下邳城，两岸青山鹢首迎。"岠山自古林木葳蕤，堆翠叠嶂。据北宋王谠《唐语林》载，山南半腹，其处生桐，相传为《禹贡》峄山之桐，为贡品，献于尧帝。20 世纪 70 年代，自生林木，毁绝殆尽，山体裸露，废为荒山。

2009 年春，绿化岠山工程开始实施，历时 74 天，8 支专业队施工，2600多名民工，近百台套机械设备，昼夜鏖战岨山。县四套班子领导全部参战。信心之坚，希望之殷，情动热土，激励千军。悬崖烂石处，铁镐断石，劈山开路，身背肩扛，匍匐攀岩，运送客土11000余方。疏水渠，筑河坝，引水山下12华里。布水管，强加压，5条输水管提水至山巅。保水剂，生根粉，塑料膜悉数用上。全部工程投资1700余万。

走进今日之岨山，满目锦绣，风姿绰约，林海绿涛，四季涌翠。植树造林，绿化荒山，泽被子孙，古邑翕然。

这碑文，全刻在周云鹏的心中。他心中也耸立着一块石碑——成为一名名副其实的护林员。

## 49

把一座光秃秃的山，守成一山轰轰烈烈的绿，得需要多少心血浇灌？而且心无旁骛，无怨无悔，初心不改，谁能做到？护林员周云鹏能做到。正像有的人把一首歌演成绝响，有的人把平凡的人生走出一路辉煌。

岨山绿化成功后，周云鹏心里也一片葱郁。他说，花了那么多的财力，流了那么多的汗水，树全活了，连一棵也没有补，谁也想不到会活这么多。这些树栽下不易，我们不管付出多大的代价，都要把它们保护好，一棵也不允许毁坏掉。现在每年春节、清明节，一天上山十几万人，山下的小车停了十几里路，这还是有公安管控的。山下老百姓卖吃的喝的，没有卖不完的。人多了，护林的困难就大，我们围着山转，一点也不敢大意，吃口饭都不安心。树还太小啊，它需要精心呵护。仿佛有一根看不见的线，一头拴着周云鹏，一头拴着岨山树。真是，山上没有树时盼着有树管护，山上有树时又难以管理。这不，岠山绿化好了，老百姓拍手叫好，说政府干了一件好事。可临到自己的头上，情况就变了。山上栽的果树开始结果了，尤其是山下的杏子，又大又甜，喜人啊。山下有不自觉的人，还没有等杏子熟透，就来摘杏子。你发现了，不让他摘，他就不愿意。说这是共产党的杏子，又不是你周云鹏的杏子。共产党的杏子，人人可以摘，你周云鹏管不着。老周气得干瞪眼没有辙。

老周说到这件事，有一肚子火气。睢宁有绿化得这么好的岠山，山下埋藏着这么多的两汉文化，还有一条古黄河，为了老百姓将来都过上好日子，真的要好好设计规划一下岠山风景区，尤其是那些果林，四周可不可以设置围栏，明确界线？别的不说，山下那一片杏树，一年该收获多少岠山杏呢？

每年春节时，是老周和护林员最为提心吊胆的日子。他们别的不怕，就怕引起山火烧了树。怕什么就来什么。树刚刚长有一人多高，大年三十傍晚，周云鹏发现山下有一处冒烟。这烟仿佛是一枚炸弹在他心中炸开，他急奔冒烟处，发现是山下一户人家，来山脚为先人烧纸，周云鹏一边打电话报警，一边和户主一起，去扑灭已被引燃的枯草！好在发现及时，没有发生灾害。但这引起了周云鹏的高度警觉，要求按《中华人民共和国森林法》和政府颁布的岠山管理规定，执法处罚 1500 元。户主苦苦求情，想逃过惩处。周云鹏说，火如果着起来了，你怎么去救？这山是谁的，树是谁的，损失是谁的？告诉你们多少遍了，不允许清明节春节上山烧纸点火，你们当耳旁风。警车去村里执法时，惊动了周边的群众，他们被周云鹏上了一课。事后，周云鹏对上坟烧纸的人说，如果你今后生活有困难，可以对我说，罚你的 1500 元钱，我宁可拿工资给你补上。

老周对我叹了一口气，说护林需要当地老百姓的支持理解啊。我这么做，是为了争取大家都来爱护这座青山。不是说绿水青山就是金山银山的吗。

树长大了，会招来眼馋人。偷树人如同盗鼠，白天不来晚上来。这天晚上，周云鹏站在山顶，突然听到东南角有令人怀疑的异响。他立即打着手电筒，向发出异响的地方奔去。等到周云鹏跑到斧痕深深的一棵大树前，盗树贼已经无影无踪了。周云鹏知道，盗树贼看到了他手电筒的光芒，听到了他急匆匆的脚步声，逃之夭夭了。周云鹏抓起一捧山土，涂在大树的伤口上，又用盗树贼慌乱中丢下的绳子把树包扎好，才放心回去。拯救了一棵树，等于拯救了一条生命，周云鹏感到一阵欣慰。

松子成熟了，山下附近的村民，知道这些松子采回家，可以换来真金白银，就带着镰刀口袋，避开周云鹏偷偷上山。松子米一斤26元，松子壳一斤5元，一天能采200多斤，收入诱人，哪里还顾得上被疯狂折断的松枝？周云鹏说，我看到那些耷拉着的松枝，心疼！周云鹏和他的护林队队员，就和偷采松子的人，展开了一偷一擒的斗争。这天深夜二点多，周云鹏在松子最多的东山坡，抓住了正在偷采松子的许姓村民，知道他是个好吃懒做的家伙。姓许的见事败露，央求周云鹏高抬贵手，放他一马。"叔，放过我吧，改天请你喝酒。"毁林人哪里会知道护林人的想法？周云鹏说："不行！你折断了松枝，必须罚款，跟我上派出所吧。"周云鹏话刚说完，姓许的对他当头一棒后，撒腿就跑。

不知过了多久，清醒过来的周云鹏做的第一件事就是报警。天亮时他艰难地回到家中，姓许的母亲提着一篮鸡蛋加水果，哭哭啼啼赶来求周云鹏："他们两口子整天吵吵闹闹，闹离婚，不安生过日子。还有两个孩子，如果他被逮了，这一家子真的就散了。我这把年纪，土埋到脖子了，你同情同情我，给他一个机会改邪归正吧。"

姓许的村民从派出所出来后，赶到正在养伤的周云鹏面前，泪流满面认了错，保证从此再也不上山偷采松子了。而且，他后来居然成为义务护林员，谁要是上山偷采松子，他先是劝阻，劝阻不听，他就报告给周云鹏。

## 50

人生有得有失，不可能全得，也不可能全失。如何取舍，全看自己的算法。有的人算大头，有的人算小头。有人问周云鹏，假如你不当岠山护林员，你的得失怎么算？

周云鹏说，算个人小头，肯定是失了。算大头，我守住了岠山一山的树，这就是得了。你说我是得了，还是失了？我年轻时会开船，有驾船证。我会开车，有驾驶证。开船，有人请，开车，也有人请，一个月挣的钱，相当于护林看山一年的工资。我还会安装水电，20世纪80年代中期，我在家自装了一套自来水系统，一开龙头，水哗哗地流，全村人看了都惊奇。我那会儿就是去收垃圾，到现在也早发财了。我一个邻居没文化，不识字，家里穷得叮当响。后来就凭收垃圾，在家里盖了两层小楼，在县城买了商品房。我呢，如今还是住三间老平房。但我还是比他富有，我心中有一座青山，他怎么比？再说了，我是一名共产党员，他是一名普通群众，又不一样。我不护林有人护，但他不一定有我护得这么真心实意，毫不动摇，问心无愧。十年树人，百年树木。这一山的林木，怎么用个人得失来衡量？这树里有我流的汗，有我留下的情，一百年后，人家看到树，会说这是当年一个叫周云鹏的人，带人护大的。人的一生，不就是图个雁过留声、人过留名吗？

2021年11月，周云鹏登上了"中国好人榜"，却也到了退休归田的年龄。按说，车到山前马到站，功成名就，他有理由心安理得享受晚年生活了。可他不愿意。我耳不聋，眼不花，腰板如钢，腿脚如风，就这么与满山林木告别了？不行，我还有没用完的力量，还有没倾洒完的痴情。他找到领导说，我还是要坚持守山护林，别让我告老还乡。领导看了看他，哈哈大笑，说："老周，你继续看山护林，依然是队长。只要你愿意，我们一百个支持！"

周云鹏把他深情的目光投向岠山丛林，问我："我像不像山上的一棵柏树？"我说："山和山上的树都知道，你和它们分不开。"周云鹏笑了，说："等我不在的那一天，要把我的骨灰埋在岠山的柏树下！"

| 第十章 |

# 啄木声声

## 51

现在该详细介绍周云鹏依靠的森林医生姚遥了。

她被誉为人间一只美丽的啄木鸟，她如火的青春在森林中葱绿了34年。也许是命中注定，也许是与树有缘，只此青绿，一生暗许，千树绰约，万树芳华，她用34个春三月的细雨，润湿了萌芽的新枝；她用34个秋八月的皓月，明媚了园中的果香。她用春秋之丝，把自己编织成了全国"十佳最美森林医生"！

8月16日，国家林草局防控中心公布寻找全国"最美森林医生"活动结果，经过各地推荐、网络投票、专家评审等环节，姚遥——这位江苏省唯一候选人，当选全国"十佳最美森林医生"，位列第五。

人们看到了这只美丽的森林啄木鸟，绽开了美丽的笑容。

## 52

姚遥，一个带着诗意与远方的名字。她歌甜心巧，天生的美人坯子。

16 岁那年，她已经出落得如雏凤梧桐，娉娉袅袅。一米七的身高，惊为天女下凡。明眸皓齿，一颦一笑，清纯如杏。在她的眼中，一草一木、一花一叶都是那么美好。她从城里来到乡下条子集，拜一位德高望重的杜老先生为师，学习书画。她的到来，在小镇上引起一阵小小的涟漪。人们惊讶这小美女来自何方，她的艺术感觉那么好，莫非是天上掉下来的？

"最美森林医生"姚遥

她对这一切并不知情，知道了也不理解。她还小，对人世间的种种一概懵懂，满世界都是她的书画艺术。她一心想的是好好学习，考大学，当一名艺术家。然而，正当她对自己的人生充满憧憬的时候，她的母亲告诉她，回城参加工作吧，有一个内部招工机会，已经为她选好了岗位，可以是财会，也可以是林业战线上的一名职工。

面对母亲的安排，听话的她别无选择。告别刚熟悉的乡下，告别尊敬的老师和友爱的同学。34年后的她，从16岁的少女，成长为50岁的林业高级工程师、睢宁县自然资源和规划局林业有害生物检疫防治站站长、局机关妇联主席、一名优秀的共产党员。

从事森防工作34年，她像一只不知疲倦为何物的辛勤的啄木鸟，践行自己的使命天职，在森林的天空中飞翔，在森林的枝叶间穿行。森林医生，对树望闻问切，厚德为林，尽善尽美，唯树至上，用青春和汗水浸染着共产党人的赤诚奉献，为每一棵树把脉，为每一枚叶子问诊，抓药配方，标本兼治，除害灭灾，默默守护着家乡的青山绿水，守护这一片锦绣的"金山银山"。

她的脚步，走遍了睢宁县70余万亩林区，她的汗水洒进林间每一寸土地。她潜心钻研林业有害生物防治技术，在学习实践中不断积累经验，凭着对工作的执着和高度的责任心，中西结合，治未病，祛杂症，连续出色完成了上级下达的各项任务，先后获得：国家林业和草原局生物灾害防控中心授予的"全国优秀测报员"称号，江苏省绿化委员会、省林业局授予的"绿色江苏建设暨国土绿化先进工作者"称号，江苏省林业局授予的"全省十佳最美森林医生"称号，中共徐州市委、市政府授予的"创建森林城市先进个人"等荣誉称号，并荣获江苏省政府颁发的"第九届江苏省农业技术推广奖"三等奖。

《小背篓》是她至今最喜欢唱的歌。

> 小背篓晃悠悠
> 笑声中妈妈把我背下了吊脚楼
> 头一回幽幽深山中尝呀野果哟

头一回清清溪水边洗呀小手哟

头一回赶场逛了山里的大世界

头一回下到河滩里我看了赛龙舟

……

## 53

每一次来到岷山，眼里的翠峰绿嶂，总是使姚遥想起开展绿化工程时的热烈场面。那是 2009 年的春天，3 月 12 日植树节，岷山大规模绿化拉开序幕。这座蕴藏着半部三国史的山，是一座没有树的裸石山。在绿化岷山的工地上，一个忙碌的身影，常常使姚遥感动。她知道这个身影叫周云鹏，是岷山上的护林员。可过去他无林可护，山上原有的山林被扒河的民工砍伐一空。姚遥知道周云鹏内心的渴望，他多么希望自己这个护林员真的有林可护。她知道自己必会和周云鹏一起，守护这一山翠绿。

一位是守护山林的老护林员，一位是青春蓬勃的森林卫士。一位是老而弥坚的"中国好人"，一位是举止优雅的全国"十佳最美森林医生"。他们因为一棵树而结下了老少"树谊"。

姚遥称周云鹏为"老周哥"，周云鹏称姚遥为"姚站"，仿佛是一对亲兄妹。周云鹏说，姚站是属于那种只干不说的人。我是她的定点森林"情报员"，她告诉我说，老周哥，你是我最信任的人，岷山的山林，是你的心头肉，你的情报一定要及时、准确、真实。周云鹏拿出手机，指着他拍的一张张图片说，我拍的每一张图片，都是细心观察到的。你看这害虫，藏在山林最高最密处，不仔细观察，根本发现不了。拍下来都立即发给了姚站，然后她就开始指导我们如何防治。这么大的山林，从绿化成功后，没有发生过一次病虫害。我防火防盗，她检疫治虫。没有她，我也守不住这满山的绿。

姚文良是睢宁县林木良种场场长，按本家辈分，是姚遥的长辈，他对姚遥这位森林卫士，是打心眼里的喜欢。在林场里，有早在 1976 年 12 月 20 日引进的 6 个品系 100 余棵意大利杨树，原中国杨树委员会秘书长、著名杨树专家郑士凯教授，1994 年曾来到这里，拍拍其中一棵意大利杨树说："这可是全国意杨之王啊！"林场有一条南北意杨大道，每一棵都拔地参天，傲然挺立，树干两个人都搂不过来。它的旁边，在良木繁育苗圃地头，就有姚遥指导安放的防虫诱捕器。姚文良说："每次姚站来到林场，都要亲自检查设备，动手更换杨小舟蛾性信息素诱芯。这是省站在我们县试点的监测设备，更换诱芯后，我们在手机软件上就可以对这一代的杨小舟蛾成虫期进行监测，及时得到成虫羽化数据，分析预测当前虫情，指导防治。姚站就是我们林场林木的健康医生和顾问。"

## 54

睢宁县牢固树立"绿水青山就是金山银山"的发展理念，大力实施绿化造林，2016—2023 年 7 年间累计栽植苗木近 4600 万株。每年造林季节只短短几个月，短时大量外调苗木集中入境，给检疫监管带来极大压力。一次，姚遥在巡查中，发现持伪造植物检疫证的苗木出售者，面对威逼利诱，她顶住压力干扰，她坚决按章办事，依法处置，确保苗木健康安全。事后，姚遥想想有些后怕，万一哪天半夜，被查的违法者来敲她的家门呢，万一哪天走在夜路里被人闷头一棒呢？可是，如果没有勇气，受威胁的首先是苗木的安全。啄木鸟该啄时就得义无反顾地啄。

打铁必须自身硬。姚遥根据上级规范检疫执法文件要求，全面规范检疫主体自身行为，撤销了乡镇代办开证收费点三个，清理不合规检疫员四名，严格检疫技术规程。复检期间，姚遥把查处检疫案件作为检疫工作重点，带队查处使用伪造植物检疫证书案件一例，违规调运检疫案件两例，后又分别截获检疫性害虫扶桑绵粉蚧和危险性蛀干害虫洁长棒长蠹。

姚遥会同林业公安联合执法，按照程序实施行政处罚，造假案犯被警方抓获判刑。每个案件的处理期间，她都受到过干扰甚至恐吓，但每次她都坚持原则没有退缩。"我虽然是个女同志，但也不是在威吓中长大的。如果一名执法人员连较真的胆量都没有，那也就不要执法了！"

检疫案件的查处和检疫性害虫的截获，大大提高了林业检疫执法的社会认知度，对无证调运苗木的违规行为起到了震慑作用，受到省林检站通报表扬。

## 55

"林业有害生物监测网络让林业有害生物防治更精准高效。"2019 年起，姚遥带领团队仔细调研、精心设计，多方筹集资金，高标准打造林业有害生物监测网络。通过逐步加大监测力量和硬件设施的投入，睢宁县率先建成林业有害生物灾害地面监测网络，扎实开展监测预报工作。

"我们采取'1＋2＋N＋N'监测模式，即 1 个中心测报点、2 个高智能监测预警设备、22 个诱捕监测点、200 个固定调查样地，对全县林地资源全覆盖监测。"姚遥自信地介绍说，该监测模式可对美国白蛾、杨小舟蛾等主测对象和草履蚧、天牛、杨树溃疡病等辅测对象进行全面调查和汇总分析，及时向基层发布虫情预警并提出科学的防治建议。从 2019 年至今，睢宁县共完成 135 次全样地调查，调查样地 1.71 万块次、样株 324 万株，发布《林业病虫情报》70 期，直报国家平台虫情动态信息 598 条，测报对象监测数据 303 条，向乡镇推送预警信息 660 次。

多年来，姚遥潜心钻研林业有害生物防治技术，在学习实践中不断积累经验，凭着对工作的执着和高度的责任心，带领团队出色完成了上级下达的各项任务，并参与编著出版了《徐州林业昆虫图鉴》，她的昆虫摄影作品获国家森防总站"森防视觉"全国摄影大赛三等奖。

对姚遥来说，林业有害生物防控工作是责任，更是使命，所有心血和汗水的付出都是值得的。她说："干一行就要爱一行，选择了森防工作，我的职责就是守护好那一片绿色，就要像一只勤快的啄木鸟一样，踏踏实实地为林业健康发展贡献自己的力量！"

## 56

习近平总书记视察江苏时，对江苏发展寄予厚望，希望江苏干部要有"汇通江淮之气概、畅达黄海之辽阔"的胸襟格局。江苏坐拥大江、大河、大湖、大海，在全国独一无二。众流"汇通江淮"，演绎了一往无前、奔腾不止的进取精神；百川"畅达黄海"，展现了不择细流、有容乃大的宽广胸怀。总书记借用"江苏水"来比喻"江苏人"，饱含深情、语重心长。姚遥说，我就是水做的"江苏人"，有我，就有森林的浩瀚和安全。

睢宁县是林业大县，有较大面积的蚕桑养殖区，林业病虫害特别是美国白蛾等杨树食叶害虫危害严重。

姚遥带领团队防治病虫害

　　姚遥精心组织，对蚕桑区从区域和时间两个方面进行错时、错位避让，最大限度地避免了因药液漂移造成的次生灾害。每年的七八月是杨小舟蛾、美国白蛾危害高峰期，在飞机施药防治现场，直升机吹起的风沙无缝不入，她依然在高温天里进行虫情调查、组织全县防治。"当群众不受林业病虫害困扰了，这一身泥沙就是我们最美的装扮。"

　　2015—2016年，姚遥主持高质量完成了林业有害生物普查工作。普查期间，她带领技术人员实地调查。为收集趋光性昆虫标本，顾不得蚊虫叮咬，夜间在林内诱捕成虫、制作标本，收工到家往往已是凌晨。

　　此次普查基本查清全县林业有害生物和天敌的种类、分布和发生情况等，经专家鉴定的共计334种，其中常见的主要害虫5目25科41种，病害16种，外来有害生物3种，采集制作了1200余份昆虫和植物标本，并以此为基础编制了《睢宁县林业有害生物普查名录》，绘制了《睢宁县主娶林业有害生物分布图》，建立了睢宁县林业有害生物资料库，为徐州市站提供了大量的标本和珍贵图片资料。

2019年，她参加生态示范果园病虫害综合防治技术推广试验，获江苏省政府"第九届江苏省农业技术推广奖"三等奖。2020年，国家林草总站"应用新型国产性信息素监测美国白蛾成虫试验试点"和"美国白蛾精细化监测预报技术试验试点"项目，她主持并完成了睢宁县两项试点工作实施方案的编制、日常数据的调查分析、总结报告的撰写，积累了徐州地区大量美国白蛾监测预报试点的原始资料。2021—2023年，她参加了南京林业大学对美国白蛾、杨小舟蛾国产性信息素的试验研究……

## 57

姚遥的儿子要高考了。这与她的职责发生了冲突。一边是心爱的孩子，一边是珍惜的森林。她笑着问儿子，怎么办？是我帮你做好自己的事，还是你支持我做好自己的事？懂事的儿子也笑了，很自立地说，妈妈，我做好自己的事，你也做好自己的事可好？我如果考上大学，也报个林木管理专业吧。结果，儿子考上了大学，姚遥也完成了防疫治虫计划。但儿子神差鬼使地报了兽医专业，后来考取研究生还是这个专业。姚遥说也许儿子是受了她当森林医生的影响吧。一个当森林医生，一个当动物医生，有其母必有其子。

有努力就会有收获。2023年6月16日上午，全省飞机防治美国白蛾现场会暨美国白蛾第一代防控工作推进会在睢宁县召开，来自全省各市、县林检站的负责人共同观摩了飞机喷药防治作业。推进会上，睢宁县自然资源和规划局就虫情监测预报、飞防效果、联防联治等工作进行了交流发言。2018—2022 年，睢宁县美国白蛾等林业有害生物发生面积 31.1 万亩，全县防治总面积 63.4 万亩，保持无公害防治率 90％以上，林业有害生物成灾率控制在 1％以内，林木叶片保存率 85％以上，主要风景区、交通要道两侧及重大活动场所周边等主要林木叶片保存率 98％以上，实现了"有虫无灾"目标。

县领导陈楚在汇报中介绍，近年来，睢宁县全力推进林长制落地见效。从全县林业发展实际出发，及时制定并出台了《睢宁县全面推行林长制实施方案》。设立县级总林长 2 名、县级林长 4 名、镇级林长 36 名、村级（社区）林长 400 名，全面建立县镇村林长制三级管理体系，切实提升现代林业治理能力，实现了森林资源"一增、二保、三防"目标，持续打造绿色睢宁名片。以"六纵六横"生态廊道建设为骨架，加强以道路、水系、山体等为基础的自然景观建设，发展以森林林木为主体的城市公园、郊野公园、市民广场、小区游园，充分利用河道清淤、农田水利、高标准农田治理等工程做好农田林网栽植、补植。2023 年上半年，已完成成片造林 0.33 万亩，完善农田林网 10 万亩，村庄绿化项目 6 个；秉承"让森林走进城市，让城市拥抱森林"建设理念，强力推进国家森林城市创建工作，《睢宁县国家森林城市建设总体规划》已获批复。探索"五长联动"睢宁品牌，印发《全面建立森林资源保护"五长联动"协作机制的意见》，以林长制为抓手，探索"五长联动"（即林长＋公安局长＋检察长＋法院院长＋林业局局长）管护责任协作机制，建立日常联络、定期会商、信息共享、案件移送、技术支持、联合办案等六项机制，打破部门信息壁垒，实现自然资源部门与检察院、公安局、镇区等监管平台数据互通。我们全力保障林业资源安全。严格履行森林管理职责，筑牢安全防线，严防林业有害生物灾害和森林火灾。坚持预防为主、科学防治，以"飞机防治为主，地面防治为辅"进行全方位治理。"十三五"以来，美国白蛾等林业有害生物发生面积131.1万亩，防治面积163.4万亩，无公害防治率90%以上，林业有害生物成灾率始终控制在1%以内，加大投入，确保重大林业有害生物防控工作的正常进行。接下来，将以此次会议为契机，扎实做好"增绿、用绿、护绿"三篇文章，不断扩大绿色总量、提高森林质量、提升生态效益。

很显然，这一切有森林啄木鸟姚遥所做的贡献。

## 58

现在回忆起来，有两件事让她一生刻骨铭心。她是森林医生，不为树木除净害虫誓不罢休！一件是每到夏季，从树上垂下的"吊死鬼"，一直垂到老百姓的门前院内，碰头碰脸。树下是一层害虫屎，沥青一般。吃饭时，虫子甚至会直接掉进碗里。尤其是桃杏树更甚。那个学名杨尺蠖俗名叫洋辣子的害虫，害树也害人。另一件是，凌城镇一个村子爆发草履蚧，农家饭桌上、床上爬的全是它，猪马牛羊也无法避免被咬，造成一个村子人整体搬迁。这使姚遥深感痛心。

没有哪个女子不爱美的。但姚遥买了一条非常喜欢的裙子，五六年后还是像新买的一样。她没有机会穿。平时下乡巡查，林间的小路崎岖不平，杂草缠绕，如何穿得了裙子？她不小心掉进过泥坑，摔伤过脚。她误中过虫药，一夜醒来，发现镜子里的一张脸肿胀变形，完全不是自己。

当飞机进行防控作业时，引起了村民们的好奇，争相围观。当他们知道这是来防治害虫时，纷纷围住姚遥，竖起大拇指称赞感谢。周云鹏说，如今树林叶子被虫子吃光的现象看不到了，"吊死鬼"也没有了。老百姓说好啊！姚站是他们最感谢的人。姚遥这只美丽的啄木鸟说，我一个人能有多大力量，是大家共同努力的结果，是党和政府支持的结果。

"活还没有干好，张扬什么？活干好了，也不用张扬，早晚会有人知道。"这句话是姚遥的顶头上司张建局长说的。他是一位热情如火、行动敏捷、处事果决的人。谈到姚遥的工作，他是由衷的赞赏。他说，姚遥作为森林卫士，平时做的都是基础工作，以树为友，以基层为友，功夫在平时。所以无论在何种情况下，都可以做到从容不迫、临危不乱。全省飞机防治美国白蛾现场会暨美国白蛾第一代防控工作推进会在睢宁县召开时，省局领导对我们的工作，给予了高度的肯定。江苏省林业局二级巡视员仲志勤、江苏省林业有害生物检疫防治站站长钟育谦，充分肯定了睢宁县在飞机防治方面取得的成效，对睢宁县近年来林业有害生物防控工作给予了高度评价，特别是对睢宁县飞机防治美国白蛾工作给予了表扬。

每天都有新的工作，每天都有新的目标。姚遥，这位全国十佳"最美森林医生"，这只勤劳快乐的啄木鸟，在歌唱她的森林，在守护她的绿水青山。她飞到哪里，哪里就是一片绿海。她的歌声飘到哪里，哪里就掀起绿色的波涛。

# 第十一章

# 楝花灿霞

## 59

古黄河堰上的苦楝花开了，开得像一片如霞的紫色云朵。它是在炫耀这片土地对它的爱呢，还是说它在依恋头顶上一方蓝色的天空？每一朵都开得活泼可爱，兴高采烈，心满意足。

古黄河堰上的农家，栽着许多苦楝树。夏天到了，紫色的花朵，开了满树，给村里人带来满目的明朗。"天气清和四月中，门前吹到楝花风。南来初识亭亭树，淡紫花开细叶浓。"孩子们在苦楝树下，被紫色的快乐包围着，一脸兴奋。楝花结出了圆溜溜的楝枣儿。孩子们摘下来，在地上挖出双排小窝儿，小碗口那么大，玩一种叫"撂老洋"的数字游戏。

古黄河堰上的楝花云朵，不会飘向任何地方，就浮在古黄河的蓝天下，看水看人看庄稼，听童谣在河面上荡漾开来。它不是一个季节不走，而是一生都不走。这里是它的家乡，它熟悉这里的每一缕风，听得懂每一句童谣。它觉得自己就是这风景中不可缺失的一部分，是童谣中必不可少的音符。它的名字，和古黄河的关系也十分密切，活脱脱表达了它的心愿，恋古黄河，恋家乡，恋这里的乡亲，再苦也恋，不苦更恋。

朱永，就像是一朵苦楝花，他的根就扎在古黄河的厚土里。他是出身于农家的一位普通乡村美术教师，为寻求美而绽开。从教 40 年来，没有离开过古黄河，像一棵苦楝树那样，扎根在古黄河畔的土地里。40 年来，他辅导农家孩子创作儿童画，把儿童天性发挥到极致，在国际儿童画比赛中夺得金牌 129 枚、银牌 268 枚、铜牌 465 枚。曾在日本、荷兰、意大利、挪威、约旦、英国等十余个国家或地区展出。那些画可都是中国孩子眼中的古黄河风景啊，叫外国的朋友们看得如痴如醉，惊艳惊奇！中国的古黄河，如此美丽而富有童趣。在国内各类儿童画比赛中，孩子们先后有 1200 多幅作品获奖。由于这朵苦楝花开得如此骄人美丽，朱永被评为江苏省劳动模范、江苏省优秀教育工作者；2009 年，被教育部和人力资源部授予全国模范教师称号；2020 年 11 月，被中共中央、国务院授予全国先进工作者称号；2021 年，在庆祝党的百年华诞之际，被中共中央表彰为全国优秀共产党员。他先后两次受到党和国家领导人的接见，感到无比激动又自豪！是的啊，苦楝花是幸福的，朱永是幸福的。他有理由享受此刻的荣耀。作为古黄河边苏北农村睢宁县王集镇中心小学的一名美术教师，作为普通农家出身的美的播种者，这是他用一生的追求、一生的努力开出的花朵。他这朵苦楝花，和他的学生在古黄河岸边，开成了一片紫色的云霞。

## 60

"放学了，小朱永，你该回家了。"班主任站在小学生朱永的身后，轻声地提醒他。这个痴迷画画的学生，对时间从来也没有留意过。

朱永这才发现，破旧的教室里，光线已经暗下来了。他收拾好绘画本，站起身来，有些不舍地离开教室。这种情形，究竟发生过多少次？班主任不记得，小朱永也不知道。反正每天下午，最后一个离开教室的，肯定会是朱永。人对某一件事物的痴迷，大概从小就形成了。几乎每天下午，小朱永都是这么专注而又快乐地度过的。他迷恋那些图案，那些色彩。

他觉得这一切都是那么美妙而又神奇。一张白纸，一支画笔，就能把大自然的美，古黄河的美，浓缩在他的笔下。这令他欣喜而又陶醉。

我将来长大要当个画家。这是他童年时的梦想。到了少年，他的梦想变了。他说，要当一名乡村美术老师，带领更多的孩子学画画，画自己的家乡，自己的古黄河，画花草鱼虫、飞鸟走兽。

小时候的想法，或者叫理想，也叫梦想，是那么纯粹。

小朱永的家境实在是太贫寒了。他买不起一张画画的纸，买不起颜料。总之，画画用的东西，他一样也买不起。

有人说历经苦难磨炼，才能成就其辉煌灿烂。但如果是这样，没有苦难，不是更好吗？辉煌灿烂，难道必得是苦难才能磨练出来？对朱永来说，也许是，历经苦难，痴心不改。

他用在草纸上画的画，拿去换同学的白纸。白纸画画多好啊，平滑、干净、鲜亮。他在班级打扫卫生时，去垃圾堆里寻找同学用完扔下的铅笔头、橡皮头、蜡笔头。他截下一节小小的细竹节，把捡来的铅笔头、橡皮头、蜡笔头装在竹节上，这样就增加了它们的长度，可以握在手里继续使用。他根本不在乎别人怎么看他。他也不知道这么做有什么丢人的地方。儿童的心思是纯正的、天真的。艰难困苦的童年生活，对小朱永来说，使他的性格变得坚强、坚韧，使他的情感深植于家乡的土地之中，无法分开。就像一棵楝树，植根在古黄河岸，永不满足地吸收深厚土地里的营养。

这一天，小朱永被自己的发现惊讶得手足无措、欣喜若狂，又深陷在无奈和痛苦之中。他在供销社商店的文具柜台前，看见了水彩颜料，精美的盒子，一管管五颜六色的颜料，像学生的出操队伍一样，整齐地排列在那里，等着老师的口令。这些水彩如果在我手里，那会画出多么好看的画来？他太想拥有它们了。但他的心愿无法实现。一盒水彩五毛五分钱，可他连一分钱也掏不出来。他转身离开了商店，心急如焚地跑回家找奶奶。他不敢找他的父母。他知道父母拒绝他不需要什么理由。

"奶奶，我在集上的文具店里，看见了一盒水彩颜料。"

奶奶知道自己的孙子爱画画，也喜欢孙子画的画，这隔代之爱，给了小朱永依仗。奶奶问他："得多少钱啊？"

"五毛五分钱。"

"奶奶身上一分也没有啊。"

"奶奶，我想要！"

"我知道你想要。我带你去捞花生，和你一起捞，捞到花生拿到集上卖了钱，再去买颜料。"

那个时候农民收花生，是手工刨的。无论多么仔细，都会有遗漏的地方。就像捕鱼，鱼过千层网，网网还有鱼。何况，王集的小花生是种在沙土地上的。古黄河两岸的沙土地，适宜种那种小花生，也是远近闻名的特产——大王集小花生，小而香，小而饱满，因为小，遗漏在地里的概率就会更大。它们藏在看不到的土地里，你得用力气，翻开土地才可以寻得到它们。力气越大，寻找到它们的机会也就越多。但有时翻了大半天的土地，也不见得寻到一颗花生。这需要耐力，而且要坚守心中的希望，不能有松懈。

小朱永跟在奶奶的身后，挎着一个柳编的小筐，扛着镢头，开始捞花生。一老一小，能有多少力气？白胖胖的鲜花生，人间美食，吃到嘴里，又鲜又甜，汁白如奶，捞到一个，小朱永就想吃一个。但水彩颜料好像就在眼前，你吃了捞的花生，就得不到水彩颜料。你是要吃花生，还是想要颜料？当然是颜料！

奶奶说："再馋也不能吃，吃了就等于白捞了。"

小朱永说："馋死也不吃。吃了就得不到颜料了。"

奶奶和小朱永，捞一点花生，就积攒在一起，直到够拿集上去卖了，这才上了集市，卖了五毛钱。还差五分呐，怎么办？奶奶说："我帮你一块找妈妈去要吧，让她给你添上。"

小朱永和奶奶不敢去找他爸爸要。他爸爸是一个会过日子的农民，一分钱能掰成两半花。买颜料，管吃？管饱？画画，能画出小麦，还是能画出山芋？如果真能画出来卖钱，那还用去捞什么花生？

"妈妈，你再给我添五分钱吧。"

"你就给孩子五分钱吧。我带他去捞花生，卖了五毛钱。"

妈妈再心疼钱，那也抵不上心疼儿子。妈妈给小朱永添上了五分钱。五分钱是什么概念？因为贫穷，五分钱就可以让一个家庭主妇心疼纠结！买五分钱咸盐，全家够吃一个月的了。这过日子的账摆在那儿。

小朱永一刻也没有停留，他跑到了文具店，买回来那盒朝思暮想的水彩颜料。晚上放在床头，恨不得搂着它睡觉，生怕它长出翅膀，半夜飞走了。他又不敢抱着颜料睡，睡着了万一把它压坏了呢？挤扁了呢？弄得洒出来呢？半夜醒来第一眼，就看它还在不在。带到学校，他舍不得使，挤出一点，弄一点水来兑上。那水彩让他心花怒放，令他的奇思妙想每天都在飞翔。

一盒水彩颜料，给贫困的小朱永，带来了无穷的欢乐。他觉得那些胖胖的小花生，他不吃简直是天下第一正确的选择。还有什么比水彩更像他梦里的颜色？捞五毛钱的花生，就换到了梦里的颜色，值得啊！

朱永的家，在古黄河的南岸，一个偏僻的小村庄。村小学因为没有固定的地方，一学期搬一次或者多次，已经是见怪不怪了。又因为缺少乡村教师，一间教室里同时两个年级上课，也是司空见惯的事。这所小学竟然还是"戴帽"学校，即小学戴了初中班的"帽子"，上初一年级时，学校课表上安排美术课了，可根本没有美术老师。同学们渴望上，老师们也知道，却是心有余而力不足。令朱永想不到的是，初二的班主任老师找到他问："你能不能给我们班的同学上堂美术课？"

这简直是想也不敢想的事！初一的学生给初二的学生上美术课，是不是一个笑话？然而老师说："是真的，你去上。"

那就去上！小朱永一边兴奋不已，一边忐忑不安。他走进教室，走上讲台。他抬头看了看黑板，黑板是水泥做的，上面出现了麻子——大大小小的洞，仿佛是一张麻脸。黑板在他的上方，他因个头小够不到。这令他十分尴尬，老师发现了，立即给他递过来一只小板凳，意思是可以踩在上面画。小朱永踩上小板凳，在麻脸黑板上，画了几只大熊猫，配上几根竹子。熊猫憨态可掬，十分可爱。竹子挺拔飘逸，仿佛在风里摇动。他神情专注地画着，教室里鸦雀无声。他刚刚画完，教室里猛然间爆发出雷鸣般的掌声，把小朱永吓了一大跳，不知发生了什么事，竟然从小板凳上跌了下来！他这么一跌，又把老师吓着了。他急忙扶起小朱永，连声问："怎么样？怎么样？跌坏了没有？"

小朱永反应很快，他爬起来对老师说："没有事，没有事，没跌着，没跌着。"然后又忍着痛说："等我长大了，一定做一个农村美术老师！"

老师说："好！我们乡下的孩子，太需要美术老师了！"

## 61

朱永高中没有读完就辍学了！

那时乡里有电影放映队，在全乡范围内流动放电影。每次电影放映队的到来，不亚于一场盛大节目。放电影要做幻灯片，要贴电影海报。制作幻灯片和电影海报，需要能写会画的人。这个时候，他们找到了朱永。谁也不知道，这是朱永人生的转折点。放电影给他带来了被伯乐慧眼识才的机会。

暑期，电影队准备在王集街上放映《少林寺》，海报是朱永做的。朱永正在贴海报的时候，有一个人站在旁边说："画得不错，这是你画的吗？"

朱永点点头说："是我画的。"

"你姓什么？"

"我姓朱，叫朱永。"

"你可想当老师？教学生画画？"

朱永心里一跳，这可能吗？怎么会？朱永就向这人看了一眼，回答说："怎么不想！"

看海报的人说:"我姓胥,叫胥明美,是王集小学的校长。我们学校缺美术老师。我想暑假后聘你去当美术老师。"

"我愿意,我愿意!"朱永激动得不知说什么好了。他哪里料到问他话的人就是小学校长?他忙不迭地连声答应,生怕校长说话不算数,到手的机会再跑掉了。

朱永在焦急地等待暑假结束学校开学。

终于,暑假结束了,学校开学了,孩子们陆续走进了学校大门。

但,没有人通知朱永去报到,当一名美术老师。

朱永坐不住了,他要去找那位胥校长,他答应的事怎么不算数呢?

"胥校长,你好!"

"你是谁啊?"胥校长见一个年轻人找他,有些疑惑。他把朱永忘记了。

"我就是那个画电影海报的人啊。"

"哦,小朱!快坐下,你找我有什么事?"

"你不是答应我做美术老师吗?"

"当美术老师待遇差,比不了在电影放映队。"原来胥校长不通知他,是因为这个!

"我愿意啊!"

"一个月才给你十四元工资……"

"我干!"

胥校长就把眼睛笑眯成了一条缝。这孩子真有一股牛劲!

朱永就当上了小学的临时美术代课老师。他精心准备,要上好第一课,让老师和学生们知道,他是一位称职的美术老师。但他失败了。

　　他清楚地记得自己上的第一节课是 9 月 2 日，在小学一（2）班上的。上课铃响了，朱永准时走进教室。看着孩子惊奇又期待的眼神，他想到自己这么小的时候，也是这样。他的心就更加激动。他准备为孩子们上素描课。

1983 年 9 月，朱永来到王集小学担任美术教师

　　他非常认真地在黑板上，画着人头像。找准比例、线条准确，不可以有差错。他对孩子们说："你们照着我画的样子，临摹出来就行了。"

　　他看到全班同学，一个个茫然不知所措。他们不知道怎么下笔，不知道什么叫临摹。有几个小女生，竟然急得哭了起来。这又叫朱永不知如何是好，他把好的坏的结果都想到了，就是没有想到会是这样！

　　在教师办公室里，几位老师看下课回来的朱永神情不对，就问："第一堂课上得怎么样？"

朱永老老实实地说："没上好，学生不会画，还难为哭了好几个女同学。"

老师们听了，都笑了起来，说："你以为当老师容易？一年级小孩，会画什么人头像？知道什么是比例？你还得好好学习怎么才能当好小学美术老师呀！"

朱永不知道当老师教学生，是需要方法的，要懂得教育学、心理学等多种知识。他哪里知道这些？他只有对画画的热爱，只有对当好老师的一腔热情。他不是没有准备，而是不知道该如何准备。

朱永明白，他没有受到正规培训。老师交给学生一碗水，自己必须先要有一桶水。他要提高自己的教学能力和业务技能，否则他这个美术老师就当不长。

机会从天而降。徐州师范大学（现江苏师大）举办为期三年的函授学习。朱永觉得自己必须报名学习，但需要两千元报名费用，这是一个天文数字。

上哪里去弄这些钱交学费？

他想到了办法。偷！偷粮食卖。偷谁的粮食？当然是偷自家的粮食。

这一年是1983年，朱永的家乡已经实行"包产到户"了。有地可种，粮食就长出来了。收下的粮食，一时在家里放不下，围起个囤子，暂时存放在社场上，用塑料布遮盖起来。朱永找来两个同学帮忙，趁着黑夜把自家的粮食偷走了一半，卖给了收粮户。第一次做"家贼"，又紧张又害怕，又新鲜又刺激。他没有想到偷粮的后果会是什么！他更没有想到，粮食不值钱，卖那一点偷来的粮食，距离交学费，差远了。他在琢磨家里有一头牛犊，这个肯定比粮食值钱，牛犊可不可以也偷去卖呢？

朱永还小，他很天真！

天总有亮的时候，所有黑暗中的秘密，见到阳光都会被暴露无遗。第二天，朱永的母亲见到自家的粮食被盗去了一半，顿时感到天旋地转，脑子一片空白。她坐在地上号啕大哭，连哭加骂："哪个黑心贼，偷我的粮食？偷谁家的也比偷我家的强啊！你这叫俺一家怎么活……"

朱永母亲越哭越伤心，惊动了知情的邻居。他们赶忙跑过来劝说："你别哭了，也别嚼（骂）了。偷粮食的不是别人，是你自己的儿子！"

朱永母亲立马不哭了。她怎么也想不到，是自己心疼的儿子做了家贼。她起身回家，要找朱永算账，把偷走的粮赶紧找回来。

动静大了，来围观的乡亲多了。朱永也找不到了。亲邻说，孩子也不是偷卖粮食胡作非为，他是为了报名上学，是个有志气的孩子。偷就偷了吧。没有吃的，我们大家给你凑，饿不着你！

想想也是。谁叫家里穷呢？是做父母的先对不起孩子。朱永母亲不再言语。朱永的父亲心里也很难过。不过，他毕竟是个男人，当父亲的，知道朱永偷卖那点粮食，离交齐学费还差一大截。

朱永说："爸，我想去读函授。不然教不了书了！可得缴二千元报名费。"

"上哪儿弄钱缴报名费呢？"

"把那牛犊卖了就够了。"

"卖牛犊？"

本来这头牛犊是全家未来生活的希望。怎么可以忍痛卖了？当父亲的思前想后，觉得儿子比牛犊更重要。儿子才是一家人真正的未来，卖！父亲咬咬牙作出了决定。

牛犊卖了 1500 元，加上朱永的"赃"款，报名费终于凑齐了！

每周只有一天休息日。他从家里要赶到徐州听函授课。别的同学夹着包，穿着光鲜去饭店就餐，吃包子，吃把子肉，那股香气，格外馋人。而朱永找一个偏僻的小巷口，趁别人看不见，急速地吞咽自己带来的白芋煎饼卷咸菜，喝用盐水瓶带来的凉白开。

他无怨无悔。

冬天还好过。夏天难熬，赶不走的蚊子对他情有独钟。他在宿舍六平方米的空间里，用水桶打来凉井水，把双脚放进水桶里，反而感到十分痛快舒坦。不就是几只蚊子吗？有办法治你！看书看累了，就画画，累了再看书。他必须这么干！

学校只有一位美术教师，教研活动无法开展。朱永除了把自己日常的教学工作做好之外，利用一切机会去听别的老师授课。几乎所有的课，都与美术课无关，但他都去。在教学课上，一个巧妙的教学导入，就能立刻引起学生的极大关注，课堂氛围立马活跃起来。在语文课上，老师语言精炼，自然地过渡，令朱永暗自佩服。在体育课上，有趣的游戏让学生们争先恐后地参与。这些，让朱永深受启发。他尝试在自己的美术课堂上借用这些方法教学，把自己想到的、看到的、体会到的都融入新的方法方式中，认真观察哪种教学情境是学生喜欢的，哪一种表达更容易调动学生的情绪积极参与，哪一种评价语言，学生更容易接受。他把这些记下来，形成自己独有的教学方法。朱永这才体会到，上好一堂 40 分钟的美术课，并非那么轻而易举。但去尝试了，创新了，就会有改变，就会有收获。欢乐来自辛苦，辛苦产生了欢乐。这一切都化成了美育教学。

如果不吃苦耐劳、积极进取、敢于创新，也就不可能有丰厚的回报。

朱永通过艰苦的函授学习，提高了理论水平，在课堂上精益求精，不断摸索，不断总结。1984 年，在全县举行的小学美术优质课评比中，朱永荣获一等奖。1995 年至 1997 年，朱永撰写的美术教育论文《收与放》《兴趣是最好的老师》《农村的娃娃有了绘画新空间》等，在市级以上刊物发表。他撰写的《我的趣味美术课堂》，在市级论文评比中，荣获一等奖。

## 62

三年函授终于读完了，朱永感觉自己大有收获，到了一个全新的境界。当他把毕业证书上交主管部门确认学历时，工作人员扫了一眼说，你这个是社会力量办学，权威部门不承认。他递给朱永的眼神，让朱永觉得自己读三年函授是一件丢脸的事。

不承认？你不承认就不承认吧，反正我是学到东西了。不承认这也是学历，学到了我肚子里就是知识，这个你拿不走！

朱永想，你承认了又能怎样？不承认又能怎样？反正当一名合格的小学美术老师，教好孩子们，对于我来说，与你承认不承认学历没关系。

可以不承认朱永的学历，但无人可以否定朱永的教学水平！

有一位专家问他："你什么出身？"

"农民，社会青年。"

"你用什么方法教孩子美术课的？"

"孩子就是一个打开的装粮食的口袋，你倒偏了，就会倒到口袋外面去。孩子的口袋如果打不开，你的粮食就倒不进去。当老师的要时刻琢磨为孩子的口袋倒进粮食。"

专家听了，好像是懂了，好像又不太明白。继续看着朱永。

朱永说："意思是你别教偏了！"

这下专家听懂了。

20世纪80年代，睢宁县实验小学和睢城小学的儿童画频频在国际国内大赛中获奖，不仅轰动了县城，也轰动五湖四海，儿童画之乡开始成长壮大。睢宁儿童画作品，在县大院、县文化馆橱窗长期展出。这让朱永十分羡慕，更加激发他辅导农村孩子创作儿童画的热情。城里美术老师能做到的，乡村小学美术老师一样做得到。如何能更好地向学生的口袋里倒进更多的粮食？他找到胥校长汇报说："我们学校能不能成立一个美术兴趣小组？县城里有的学校已经有了。"

胥校长说："学校一没有钱，二没有场地，怎么成立？农村学校能和县城学校条件一样吗？"

"县城里能做到的，我也能做到！"

"你这孩子话说得很好！但我一没钱给你，二没地方给你。"

"我只要你给我时间。"

"好！那你弄弄看吧。"

"好的，感谢胥叔！你看，你把学校操场给我一个拐角，我只是下午用一会儿，不影响学校体育活动，行不行？"朱永改了口，把胥校长喊成了胥叔。他的目的很明确，要一块场地。

"你看哪个拐角好用，你自己去选吧。"朱永一声叔，把胥校长的心，软化出一个洞。

朱永打算把美术兴趣小组活动的地点放在操场一角。

可那一角除了空气、阳光、草地，什么也没有啊！

这难不倒朱永。

这时的朱永已经结婚了。他回到家对媳妇说："能不能把暂时用不着的被子拆了，被里被面给我用一下？"

"你要干什么？"

"我要在学校操场，给美术小组的孩子，搭一个遮阳棚，夏天太热了。"

"你还有什么馊主意？你怎么不去向学校要？"

"学校里没有啊。"

"学校没有家里有？你怎么不把家也搬到学校去？"

"家是你的，我不是跟你商量吗？我是美术老师，你是美术师娘，总不会不支持我吧？"

媳妇理解他，不理解又能怎么办？谁叫她是朱永的媳妇。是朱永的媳妇，她就要和这个画痴绑在一起。她说："你拆了拿去吧！"朱永一听如获至宝。

朱永自己动手修补废旧桌椅

朱永又买来了几根蚊帐杆，一把洋钉，利用学校院墙，支起了遮阳棚的架子，搭上了被里被面，嘿，这成了一道风景。有的老师说："朱永，这个创意很好啊！"

朱永没有钱，好在农村分田到户，家家有了粮食。他央求家里为他卖点粮食，人大了，不能再去偷了。拿卖粮钱为孩子们买来旧桌椅板凳，然后自己动手修理成牢固可用的小课桌、小黑板，美术小组活动开张了！

胥校长十分高兴，对朱永说："你还真有点子呢！"

朱永叫一声："胥叔！"就不好意思再说下去了。

胥校长说："我批准学校给美术小组50元钱，你去为孩子买些纸张颜料吧。"

真是令人惊喜的意外。胥校长竟然批准给美术小组50元！

这个小组孩子们的作品，参加1985年6月首都北京庆"六一"儿童画大赛获得了银奖，1986年参加世界儿童画大赛，三幅获金奖，一幅获铜奖。当朱永把这些奖章奖状捧到胥校长面前时，他说："胥叔，城里的孩子能做到的，我们农村的孩子也做到了！"

胥校长说："朱永，我没有看错你！"

1987年6月，朱永被吸收为中国少年儿童造型艺术学会会员。与此同时，他受邀作为嘉宾参加首都记者招待会，并以《农村孩子如何去发现、表达美》为题，作了发言。《北京晚报》以《农村的儿童画走进国际厅》为题，作了大幅报道。

时间到了1993年暑期，朱永又找到他的校长胥叔说："胥校长，胥叔，我想带孩子上连云港写生！"

"上连云港？你可真会想！理由？"

"开阔孩子眼界，感受祖国的壮丽河山，捕捉儿童画创作的新素材。"

"学校没有这笔经费啊！"

"支我半年工资，给我派两位负责生活的老师。钱我个人出，只要你支持！"

被朱永喊叔的胥校长感动了，说："那好，你准备吧，千万注意安全！"

那个时候，朱永工资是每月30元，半年工资支了180元。他用这笔钱，为学生买来画笔颜料，买来几块旧三合板，自己动手做画板，出发去连云港写生。孩子们欢呼雀跃，兴奋异常，要去看海了，看美猴王了！

早晨，住地附近的包子铺，香气诱人。朱永想，给孩子们买肉包子和鸡蛋吃！让他们记住连云港的味道。他只买够孩子们吃的。

孩子们看见肉包子，那个欢喜劲，比看到美猴王还高兴，立即大口地吃起来。

学生陈倩发现了一个问题，朱永老师只看不吃。她很奇怪，问她的老师："朱老师，你怎么不吃？"

朱永说："我从小就不喜欢吃包子。"

"还有不喜欢吃肉包子的老师啊？"

"怎么没有？我就是！"

小陈倩信了，尽管她也觉得很奇怪。过了一会儿，小陈倩发现她的朱老师，躲在一块大石头后面在吃东西。吃的是什么呢？小陈倩走到近前问朱永："朱老师，你躲在这里吃的什么？"

朱永想把从家里带来的煎饼咸菜藏起来，已经来不及了，小陈倩看到

朱永带领学生外出写生

了。小陈倩又问："朱老师，你怎么吃的是这个？"

"我从小就喜欢吃这个。又香又软，可好吃了。我怕你们看见跟我抢着吃，就躲到这里来了。"

小陈倩半信半疑。

朱永说："你看见了别说出去啊。"

小陈倩说："说出去也没人和你抢，谁在家还没有吃过煎饼卷咸菜。"

一晃二十多年过去了。长大了的小陈倩已经是宁波一家以绘画为特色的优质幼儿园的园长了。朱永到宁波参加美术教育研讨活动，给她打了一个电话，陈倩激动地说："朱老师，我马上去接你！"

陈倩带着幼儿园的老师来接她敬爱的朱老师。一见面就抱住了朱永，动情地说："朱老师，你欺骗了我二十多年，今天要和你算总账！"

朱永不明白，十分愕然，问："我什么时候欺骗过你了？"

"在连云港！你说你不喜欢吃肉包子，只喜欢吃白芋煎饼卷咸菜，那时候我小，信了。长大了，一想起来，才知道你欺骗了我！"

朱永不解释，但笑了。他知道，对长大了的陈倩，不用解释了！

陈倩说："我们几个今天请你吃宁波的大餐！你想吃什么，尽管吃，我有钱了！"

## 63

媳妇是什么？是自己的另一半。这个问题，不知道在平时朱永想没想过。

朱永媳妇叫孙多云，是同村人，而且是同学。孙多云是一位善良朴素、坚韧勤劳的女性。她尽自己一切可能，减轻朱永的教学压力，凡是家庭中自己能扛下来的活，都默默地扛下来。1998 年的麦收季节，成熟的麦子都弯下了腰。全村老百姓，家家户户，男女老少，救火一样在抢收麦子。朱永家的十几亩麦子地里，他媳妇在挥镰如雨，收割麦子。看到别人家里快收割完了，自家的麦子还大片地站在地里。天要下雨了，自己那叫朱永的男人，还在学校辅导学生准备参加国际儿童画比赛，要为国争光，已经有一个星期没回家了。他媳妇越想越生气，越生气心里越起火，不是多云了，而是要下暴雨了，她手提镰刀直接到学校找到朱永，愤怒地问他："你还吃不吃粮食？知道不知道你还有个家？"说着说着，急火攻心，眼泪就流了下来。

朱永也心疼，也内疚。他赔着笑脸说："小麦收不上来只影响一季，学生教不好可是一辈子。"他媳妇一听，更加生气，说不出话来，一转身气走了。到了傍晚，朱永送走了画画的孩子们，急急忙忙赶到地里，借来毛驴车，帮媳妇拉麦子。天黑路滑，毛驴不是画画的孩子，不听他招呼，连人带车栽进了路边沟里。朱永的胳膊也摔伤了。他媳妇又惊又心疼，连忙把他扶上沟，问他："摔得严重吗？胳膊摔断了没有？"朱永说："没事，破了一点皮！"忙了一夜，到天麻麻亮了，朱永胳膊上缠着绷带又回到了学校。

也就在这一年，朱永由临时代课教师转为正式教师，他风趣地问媳妇："你说是收麦子重要还是带孩子画画重要？"他媳妇又气又高兴，回他一句："哪个都不重要，你那些学生最重要！"此时多云的心里，万里晴空，阳光明媚。

也是在这一年，朱永参加了睢宁儿童画获国际金奖作品进京汇报展，受到了国家领导人亲切接见。

画童们年龄太小，顽皮不懂事。一天，几个女生委屈地跑过来，对朱永说："老师，美术创新栏上的画，都被李忠义给弄毁了！"朱永赶忙跑过去一看，果然整个展板上的儿童画，面目全非。有的作品被撕烂了，有的只剩下一个角。再转过身来看李忠义同学，他一副不知如何是好的神情。朱永稳住情绪，装作若无其事的样子，径直走到李忠义面前，和颜悦色地对他说："老师请你帮忙做件事，你愿意吗？"李忠义有些害怕了，乖乖地跟着朱永老师来到展板前。朱老师说："来，帮我把展板的画全撕下来，撕成小碎片！"周围的同学听了大吃一惊，全呆住了。朱永不动声色，把撕碎的纸片带回教室，分发到各个学习小组，在黑板上写下《美丽的撕纸贴画》几个字，让同学们把七零八落的碎纸片，再贴成一幅画。朱永仔细地观察了一下李忠义，发现他做得特别投入，竟然拼成了一个七彩苹果。

为了让他和同学们体验成就感，朱永让他把自己的画和同学们的画，重新布置在展板上。后来，这个叫李忠义的学生，考上了南京艺术学院。

2011年的一天，朱永在辅导美术课期间，发现有个叫王慧的同学趴在位子上，神情有点不对劲。朱永老师走到她面前询问原因，她却什么也不说，只是不断擦眼泪。这让朱永很是奇怪。下课后，朱永把王慧领到办公室，继续问她是怎么回事。王慧哭着告诉他，她父母昨天晚上大闹一场，正在准备离婚。

"你想和爸爸妈妈分开吗？"

"我不想啊！我就想我和弟弟、爸爸、妈妈快乐地生活在一起。"

"那你回家告诉你爸爸、妈妈，你非常爱他们。一家人生活在一起不容易，我会好好上学，等我长大了一定会好好地孝敬你们……"

第二天一大早，王慧就来找她的老师朱永，高兴地告诉他："我昨天回家，把你教我的话，给我爸爸妈妈讲了。他们当场就哭了，答应我不再闹了。"王慧的爸爸妈妈也特地来到学校，他们对朱永说："谢谢你，要不是你教会了孩子，我们的家可能就散了。"

王慧上到六年级时，有一次悄悄递给朱永老师一张纸条，并羞涩地说现在别看，等到办公室没有人时再看，说完就一溜烟跑开了。等朱永到办公室打开小纸条一看，上面写着："朱老师，我想叫你一声爸爸！好吗？"朱永很感动。课间，他找到王慧，对她说："王慧啊，我懂得你的心情。可以叫我爸爸。但不是现在，等你以优异的成绩考上大学的时候，你再叫吧。"

时间到了2016年，朱永正在画室里忙着，门被咣的一声撞开了。王慧手里拿着大学录取通知书，来到了童年的学校，见到了她爱戴的朱老师，兴奋地大叫一声："爸!"朱永看着那份录取通知书，眼泪不由得流了下来。王慧流着泪说："终于实现了，我可以叫您爸爸了!"

王慧的父母把朱永老师请到家里，坐在上座，对他说："您没有女儿，把王慧送给您当女儿吧。"朱永开心地说："我早就把她当女儿对待了。我教的学生，都是我的孩子!"

入党后的朱永说："在儿童画的辅导上我迈出了艰难的第一步，付出艰辛的努力，其中的酸甜苦辣只有自己最清楚。我也深知支撑我无怨无悔一路走下来的，是作为一名共产党员神圣的使命感。我深知党员不同于群众，应当奉献而不索取。吃苦在前，享受在后，克己奉公，多做奉献。我们党向来承认党员有正当的个人利益。但如果个人利益与党和国家、人民的利益发生冲突，党员应当无条件服从党和国家、人民的利益。这就是我对人民教育事业、对孩子们深深的爱!"

## 64

每一片楝树花都是绚丽的云彩。每一朵楝树花，都有它独特的姿态。朱永这一朵楝树花，开在古黄河的土地上，他是属于这片土地的，也是属于大自然的。他一直认为，心中装着世界，辅导孩子的彩笔，才会画出令世界惊艳的颜色和情感。不是说，只有民族的，才是世界的吗？睢宁儿童画就是我们民族的，根植在本土，有自己独有的特色。而且，经过多年的摸索，他已为孩子们形成了一套"爱、活、乐、美"的辅导路径。睢宁儿童画有着古黄河浓郁的乡土气息。土地风光、丰收的果实、劳动场景，都是孩子眼中的创作素材。画身边的人、画身边的事、画身边的景，激发孩子心中纯净的爱，与古黄河的水交流，与碧蓝的天空交流，与金黄的麦穗交流，与鲜红的苹果和翠绿的树木交流，通过色块的组合，形成了装饰味很浓且对比强烈的画作，每一幅作品都是孩子们天真童趣的呈现。

要让学生学会发现美，老师首先要会发现美。朱永有了新的发现。他觉得如果将色彩艳丽、构图饱满的睢宁儿童画，融入徐州汉画像石拓片这一特殊效果，进行儿童画吹塑版画绘制与创作，就既有农民画的色彩斑斓，又有拓印片的拙朴自然，会给睢宁儿童画带来一种全新的画风。他开始对小画童进行专业画技的辅导。功夫不负有心人，鹿芷涵同学绘制的一幅吹塑版画《我们爱和平》，在由联合国主办的"艺术促进和平"儿童绘画大赛中夺得第二名。全球只有 12 幅作品获奖，鹿芷涵的参赛作品从全球 7000 多幅参赛作品中脱颖而出，中国仅此一幅，填补了中国儿童画作品在联合国举办的儿童绘画大赛中获奖的空白。

朱永把鹿芷涵同学创作的《我们爱和平》赠送给中国驻埃及大使馆

艺术创新是长流不断的古黄河水。朱永又想，在吹塑版画的基础上，如果将水彩或水粉和油画棒结合起来，会是什么效果？他给这种技巧起名为"水蜡排斥法"，非常适合低、中、高不同年级的孩子，他们一定会在色彩与线条的造型能力上，有一个质的飞跃。让每个孩子都可以在绘画的实践中，感受到那种水蜡分离带来的快乐。神奇的变化会像变魔术一样，激发他们的创作欲，让他们尽情地在画纸上挥洒，表达内心的感情，以及对生活的独特感受。孩子们对大自然的无限热爱之情，定会在笔和纸之间自然流露，让人怦然心动。果然，孩子们利用"水蜡排斥法"创作出来的作品，神奇的画面效果让专家和同行们眼前一亮，不断在国内外展厅与比赛场所亮相。朱永知道了航天员景海鹏的生日，于是他启发孩子们，用儿童画祝景叔叔生日快乐。沈依冉同学的一幅《太空快递》作品，在景海鹏叔叔生日当天，被中国航天公司制作成祝福视频，发送到太空，为航天员景海鹏叔叔送去了古黄河边孩子们的热情问候。此件作品长期陈列在中国航天公司。

在美术教学的长期实践中，根据学生的成长实际，朱永探索出"开发潜能，培养个性，美术育人"的教学模式。低年级学生注意力、记忆、思维、想象能力较弱，绘画上随意性比较大，那么就着重培养认识能力及动手能力，提高他们的兴趣。对中年级的学生，结合传统绘画技法，着重培养他们的绘画能力，使之达到抒情表意的水平。对高年级同学，着重培养他们的写实能力、创造能力和欣赏能力。朱永创造的美术教学模式，增强了学生的创造力和实践能力，从而提高了学生的自信心，促使其他学科的成绩提高。

朱永是乐于思考并勇于实践的人，他根据自己的教学实践，精心编写了一套《民俗节日与儿童画创作》校本教材，在王集镇小学推广使用。接着，他又根据不同年龄儿童的特点，编写了一套适合小学低中高年级的儿童绘画教材《我说你画》《画里有话》和《我写我画》，免费提供给全镇小学使用。他的儿童画教学理论与实践经验，多次在国家、省、市、县小学美术教研活动中交流，逐渐形成了个人教学风格，这就是游戏进儿童画课堂，承载故事；儿童画与语文、数学、音乐和体育多门学科渗透；儿童画与民谣、诗歌和民间故事相联系，带动各学科不断共进。最终达到"收与放"的融合统一。

其实，这也是一朵苦楝花与一树苦楝花的关系。有了一朵朵的绽放，才有了一树千姿百态的美丽。无数张儿童画，汇合成了睢宁儿童画。朱永绽放了自己，也绽放了孩子，孩子绽放了他们的家乡。

2019 年 10 月，睢宁县教育局派朱永去山西省晋中祁县支教，这是一份信任，也是一份责任，睢宁县把最优秀的美术教师派过去，其中饱含了一腔真诚和期待。朱永明白他去祁县要做什么。他不仅代表着他个人，更代表他的家乡人民的热忱。当他来到千里之外的祁县靖烨学校时，校门口已经聚集着欢迎的学生和群众。在校长办公室里，校长告诉他一个意外的消息，说二年级一个小男孩，课间不小心，脸被门把手撞破了，孩子家长不接受学校赔偿医药费，并坚持要求，必须带孩子去医院做鉴定，保证将来孩子脸上不留疤痕。学校无法保证，学生家长不仅不送孩子来上学，而且与学校纠缠不休。校长和老师为这件事感到很头疼，问朱永有什么办法和经验。朱永知道，这既是对他这位支教老师的期待，也是对他的考验。他对校长说："让我试试看吧！"

怎么试呢？具体的方法朱永也没有想出来。初来乍到，摸不到锅灶。当天下午，班主任陪同朱永来到这名学生的家里，惊讶地发现墙壁上贴满了孩子画的画。家长说："孩子喜欢画画，可是学校里没有美术老师教。"

班主任说："你看看，这位就是来教孩子画画的朱老师，专程从江苏古黄河边上来山西祁县教学生的!"

家长感到很意外:"真的? 朱老师,你真是来教孩子画画的?"

孩子也感到惊喜:"有老师教我们画画了!"

朱永老师也很高兴,他不仅点了点头,而且当场为孩子画了一幅《可爱的熊猫一家》,边画边给孩子说熊猫一家的故事,又指导孩子也画了一幅和老师示范不一样的《可爱的熊猫一家》。画作完成了,家长和孩子都很高兴。家长对孩子说:"你跟朱老师和班主任回学校去吧。"一幅《可爱的熊猫一家》,平息了一场家校风波。

这件事很小,但对朱永触动很大。他向学校建议,可否为孩子们上一堂儿童画命题创作课,题目就叫《祖国在我心中》,把学生家长也请过来,进行亲子互动,让孩子和家长共同感受七彩画笔下的祖国美,表达对祖国的热爱、对祖国未来的憧憬。

校长说:"好! 就在学校大操场上举行!"

令朱永想不到的是,这堂引起校内外轰动的亲子公开课,竟然让一位民营学校的创办人找上门来了。对方开门见山地说:"朱老师,你支教结束后,想不想留下来?"

朱永也很愕然,客气地问道:"您什么意思?"

"如果你愿意留下来,到我们学校,我们开 60 万年薪,你的工作,就是为我们培训老师。"

60 万年薪,对朱永老师来说,真是诱人的数字。但他心里从来没有这么考虑过。他实话实说:"这件事我真没有想过,我是组织上派来支教的。支教结束后,江苏古黄河那边,还有我的学生们在等我。"

晚上,朱永在电话中,把这件事向爱人说了。谁知他的爱人反问他:

"别说给 60 万年薪，就是给你 100 万年薪，你能去吗？"

朱永一听就笑了，知他心的人，莫过于爱他的人，他立即回答爱人说："对对对，你说得对！给我 100 万年薪，我也不能留在这里。我的一切离不开古黄河的那片土地，那里的孩子！"

关心他的人岂止是媳妇孙多云？

朱永说，他的命好，从教的路上，遇到的都是好校长、好领导。

我知道他说的是王集中心小学现任校长陈茂金，他们已经朝夕相处七个年头了。

陈校长的脸上，始终带着和善的笑容，眸子明亮有神，给人的印象从容而又坦诚，温和而又自信。谈到朱永，他愉快地说，我来到王小之后，听了朱永老师的课，感到十分惊讶。他总是能以自己特有的教学形式，引起孩子们的注意，激发起他们的想象力，这是十分不容易的。我与朱永老师一起探讨，如何把儿童画教学从朴素的经验上升到成体系的理论层面？使人们认识到儿童画不仅仅是儿童画，还是美育不可缺少的手段与工具，要把儿童画教学同其他学科相融合，在语文课上发展孩子的语言表达能力，在数学课上与形象思维训练联系在一起，在科学课上让想象长出翅膀飞起来，成为画童们的成长营养，互为作用，互为促进，互为提升，从而有利于我们因材施教。我们把画童和非画童作了对比研究，发现对画画的孩子来说，一幅画就是一幅心电图，情绪、构图、线条、色彩都在不断变化。我们还和江苏师大、徐高师等高校联合做课题研究，如何用儿童画记住乡愁，记住家乡古黄河的乡风乡情乡土，留得住童年，记得住恩师，想得起母校，自觉在儿童画创作中，加入德育的元素，用孩子们自己的发现和思维，激发创作欲望和大自然沟通。

陈茂金校长的介绍，使我明白了，朱永老师在乡村儿童画辅导中，为什么会成功。他为什么始终怀着一颗感恩的心？那是因为一条古黄河始终在他心中向前流淌。他是岸边的一棵楝树，开满一片紫色的花朵。

## 65

古黄河边的楝树花，在东方和煦的微风吹拂下，要让自己特有的芬芳和色彩，漂洋过海，向陌生的国度飞去。

随着"一带一路——中国文化世界行"活动的开展，朱永和睢宁儿童画一起走出国门，搭建起中外文化交流的桥梁。他和孩子们的儿童画，在国际文化交流中展示了中国山川的壮丽和斑斓。

2013 年 8 月，金秋时节，按照文化部和江苏省的部省合作项目，朱永被派往埃及开展艺术交流活动。朱永是代表团中唯一的一位来自古黄河边乡村小学的艺术家。活动主要内容是在埃及首都开罗中国文化中心，进行儿童画培训教学。

埃及，那可是一个古老的国度。古埃及文明，同中华文明一样，被认为是世界文明的起源。今天，朱永作为中华文明熏陶下的一位乡村教师，去埃及进行文化交流，他感到激动，感到使命光荣。

到达开罗当天，按照计划安排，朱永顾不上旅途的疲劳，放下行囊，开始了在异国他乡第一次教学活动。在短短的两个小时里，要克服语言上的障碍，用肢体语言和生动有趣的教学方法，激发外国小朋友的创作热情。许是因为新奇，许是因为这位外国教师的风采，课堂气氛自始至终欢快热烈。朱永也很高兴，开了一个好头。

埃及到底不是中国，这里也不是古黄河畔。第二天，埃及局势突然生变，政府宣布全国进入紧急状态，包括中国文化中心所在地，实行一个月的宵禁。紧急情况下，中国文化中心做好了因为没有学生而被迫停课的准备。面对突发变化，朱永并没有惊慌，坚定地向领导表示，哪怕只有一个学生来，他也要坚持正常上课。这是中国乡村教师对学生的承诺。

让朱永没有想到的是，询问绘画辅导是否继续的电话不断响起，甚至还有新生要求报名。原计划在侯赛因博物馆开设的第二教学点，因为博物馆关闭而不得不取消了。怎么办？朱永想到一个补救措施，把博物馆的课时分配给在文化中心上课的孩子，可满足孩子们天天上课的要求。虽然身处动乱，绘画班的孩子依然在增加。朱永珍惜这一点一滴的时光，极力让埃及的孩子了解中国的绘画，尝试中国的绘画方法，使用好中国的毛笔、宣纸、水墨，画出心中最美的画。朱永用自己的担当，为动乱中的埃及儿童开辟了一个崭新的童话世界，让他们暂时远离了残酷的动乱，感受到一位中国美术老师带给他们的温馨和快乐。

和平是人类永恒的向往和美好的追求，朱永在最后的绘画课程里，为孩子们设计了主题为和平的命题画。不同国家制度下的孩子，思维差异真是令人不可思议。埃及的小朋友们，对和平的理解和解释真是五花八门，有的说能和家人在一起吃饭就是和平，有的说能到学校上课就是和平，有的说不用担心在大街上走路就是和平……这些，在中国的土地上，在每一个中国家庭，都是一件平常又简单的事啊。怎么在埃及，变成了孩子们遥不可及的"和平之望"了呢？朱永深深被孩子们的纯真所打动，他对孩子们深情地说："你们在一个爱好和平的国家，一定会度过困难，过上幸福快乐的生活。现在，就让我们用手中的笔，画出我们心中想要的和平吧。"于是，孩子们用自己的作品，传达自己的心声。"没有战争就是和平"，

"过幸福的日子就是和平","全世界人民相爱就是和平"。有一个孩子画了两只猫,说其中一只是中国猫,一只是埃及猫,背景是中国北京天安门,旁边一束鲜花正在怒放。朱永明白,对和平与美好生活的向往,把不同国度孩子们的心紧紧联系在了一起。

孩子们的作品,也打动了开罗中国文化中心所有的人。朱永老师把孩子们创作的一百余幅作品,汇集起来举办了一个展览,前来观看的学生家长感动地当场流下了眼泪。他们理解了,这就是来自中国的文化,来自中国的美,中国老师的爱。

朱永在开罗中国文化中心成功举办《我爱和平》展览

在活动期间,埃及中央电视台第二频道和《金字塔报》专门采访了朱永和孩子们。学生说,他们跟中国老师,不但学会了很多绘画知识,还学会了如何勇敢、大胆地把心中的想法表达出来。孩子们对他们的中国老师说:"老师,我爱您,我爱中国!"朱永知道,孩子们是多么渴望和平,热爱和平,他们向往和平的中国。

## 66

2018 年 6 月，受文化和旅游部的委托，应中国驻以色列和斯里兰卡中国文化中心邀请，朱永前往以色列和斯里兰卡开展以"水墨传情、画育童心"为主题的中国儿童水墨画培训活动。

接到邀请的朱永，感到无限的荣耀。待激动的心情平复之后，他认真思量，这一次去海外培训与以前不一样，横跨两个国家，天数多，课时量大，学生的年龄跨度也大。他开始精心做教学准备。第一步，备课。做课程计划，设计教学内容，预设教学方法，从低年龄孩子的课程着手，明确绘画内容，预演教学过程，润色游戏环节，准备课堂教具……从幼儿到小学，到初中到高中，最后到大学，朱永精心准备了在两个国家——以色列和斯里兰卡的共 100 余节课程内容。为了让海外的孩子学习最原汁原味的中国画，朱永特意向中国文化交流中心推荐了中国上等的毛笔、宣纸和墨汁。一切准备妥当，不知不觉，已临近出发日期。朱永飞往培训第一站——以色列。

2018 年 6 月 29 日上午，朱永顺利抵达以色列特拉维夫。长途飞行和时差让他的身体疲惫不堪，因为肩负着国家使命，他顾不得自身的不适。在中心工作人员的帮助下，很快到达特拉维夫中国文化中心。为了能在当地顺利进行授课，避免课堂上出现盲点，朱永向中心请求，让翻译在现场观看，先为中国使馆和中心中国工作人员的孩子们，上一节示范课，使得翻译在教学过程中心领神会，同时也让身在异乡的中国孩子们，受到一次祖国传统文化艺术的熏陶。

在特拉维夫授课的日子里，朱永先后进入美国国际学校、特拉维夫大学授课，年龄跨度从6岁至18岁不等，还有部分家长参与其中。这期间，朱永运用视频，配上中国的古典音乐《高山流水》，挥动毛笔，告诉外国小朋友，这是中国的黄河长江，这是中国的万里长城，引导外国小朋友欣赏中国的大好河山，了解中国风土人情，讲中国绘画故事，看中国历史绘画作品。在水墨画教学上，朱永熟练地运用丰富的肢体动作，努力克服语言障碍，采用生动有趣的教学手法，调动孩子们的绘画热情，不断激发他们的学习兴趣，课堂气氛始终欢快而热烈。每位学生都参与其中，体会到了水墨带来的乐趣，感受到了中华民族传统文化的魅力。学生们自然、快乐地接受了中国的优秀传统文化艺术！

朱永把以色列的孩子，当成了中国的孩子，为他们倾洒人类的爱，指导特拉维夫的孩子们认识中国"文房四宝"，了解中国绘画知识，尝试水墨绘画方法，画出他们心中美好的世界。"游戏进入课堂，童画承载故事"，加深了以色列孩子们对中国水墨文化的喜爱。每次下课，孩子们都被神奇的水墨绘画作品所打动，久久不肯离去。校长高兴地对朱永说，老师你真有吸引力啊！我们老师上课时他们注意力都不够集中，而你的课一下子就把所有孩子定住了。朱永深感自豪，这是中国绘画的魅力，更是中华文化艺术的魅力。

开始授课时，中心安排每天两节课，但培训第二天，学校为了满足更多孩子的学习要求，向中心要求每天增加两节课。7月11日下午，朱永走进特拉维夫大学，原定一个班教学，上课时一下子涌进四五个班学生，近百人，人气爆棚。学生来自世界各地，在特拉维夫大学夏令营的大学生，听说有一节中国水墨课，非常感兴趣。为了满足他们的愿望，朱永决定把教室里的桌凳搬到室外，学生分成四排，席地而坐，铺上画毡，放下画纸，拿起毛笔，蘸着墨汁，学习中国水墨画勾、皴、擦、染、点的用笔技巧和浓、淡、干、湿、焦的用墨技巧。60 分钟的课里，像模像样地画出了崇山峻岭，竟然还有部分学生运用中国绘画方法，画出带有他们民族元素的图画。学生说，我们只是听说过中国画，没想到在远隔千山万水的以色列，也能体验到原汁原味的中国绘画课，真是笔笔见神韵，层层有意境。我们对中国的传统文化艺术，肃然起敬，同时我们也领略了来自中国的美术教师的风采。

7 月 13 日上午，为了展示教学成果，特拉维夫中国文化中心举办"水墨传情、画育童心"绘画展，参加展览的作品是从 300 多幅作品中精选出来的，均出自国际学校和特拉维夫大学参加培训的当地青少年之手。作品生动自然，凸显中国水墨元素，折射出中国传统绘画艺术特点，淋漓尽致地展现了孩子们的艺术成果。在现场，朱永应邀向前来参观展览的近百名观众，挥毫泼墨，描摹山水，展现他心中的"祖国锦绣山河"，让在场观众充分感受水墨画水墨交融、酣畅淋漓的艺术效果。同时，中心还在展厅内准备了 30 多米的长卷，由中国孩子和以色列的小朋友用毛笔共画"我们的美丽生活"。

7 月 14 日，朱永又辗转近 19 个小时，抵达第二站——斯里兰卡科伦坡中国文化中心。随后他利用一上午的时间，画了几幅较大的水墨画作品张贴在教室内，觉得这既可以让孩子们近距离感受中国水墨的韵味，又可以为教学场地增添中国元素。

下午水墨画教学开幕式活动，近百名斯里兰卡小朋友及家长代表前来观摩。斯里兰卡中国文化中心主任乐利文在开幕式上热情致辞。现场，朱永用独到的水墨画技法，向孩子们和家长们演示了墨线在宣纸上的神奇变化，真可谓是咫尺见千里！他们第一次直观感受到中华传统文化的魅力。掌声不断响起，很多小朋友急切地按照朱永的指导，任意挥洒，表现出极大的学习兴趣！

朱永在斯里兰卡科伦坡授课，参加的学生总数近700人，还有相当一部分是当地美术老师和美术爱好者，也被中国水墨教学所吸引，每节课都座无虚席。这让朱永欣慰和感动，欣慰的是，作为一名异国的老师，不断得到海外的学子们认可。感动的是，他们对中国传统文化艺术，如饥似渴地学习。这一切他至今历历在目。

7月23日上午12点放学时，朱永看到一位父亲和女儿坐在中心的大门口，用力地吃着干面包。翻译说，他们住在马特勒，花6个小时赶到科伦坡，就是为了能够亲自听听来自中国的老师上的水墨课。朱永非常感动，顾不上午饭，把父女俩叫到跟前，问小朋友："你喜欢画什么？"

"我喜欢画可爱的熊猫。"

"好，老师就教你用中国水墨勾染一幅大熊猫。"

朱永和孩子们画的水墨大熊猫

就这样一对一近距离地向她传授中国绘画知识，40分钟后两只生动可爱的大熊猫出现在作品中，在一旁观看的孩子父亲，为这神奇的中国水墨作品出现在自己女儿之手而惊叹！他不断向朱永竖起大拇指，说："中国绘画真棒，我们都喜欢，等孩子长大了一定去中国学习。"

中国水墨画不但打动了斯里兰卡的孩子们，而且也感染了斯里兰卡很多成年人。他们是当地的美术工作人员、美术教师或美术爱好者，他们说，我们非常喜欢中国水墨画，但是没有机会去学习体会。没想到中国文化中心请来老师，让我们在家门口就能学习中国水墨画。他们请求中心同意，请朱永利用双休日和下午放学后的时间，向他们传授中国绘画技法。他们说，非常感谢中国，感谢中国文化中心，谢谢朱老师。

在斯里兰卡培训的最后一天，上午第二节课，教室内走进一位智障的孩子。翻译看看朱永，朱永主动走到这位孩子面前，牵着他的手，让他坐在第一排最近的位置。这节课的教学内容是《美丽的荷花》，朱永问孩子们："荷花美不美啊？"

"美！"

"它美在哪里？"

孩子们都在争先恐后地回答着。朱永看看这位智障孩子，他的表情还是呆滞的样子，于是向孩子们说："荷花不但长得漂亮，而且舞跳得也很动人啊！"

孩子们都用怀疑的眼光看着朱永，还有不少的孩子在议论着。这时智障孩子那双久久无神的眼睛也在看着朱永，好像是在问："荷花怎么会跳起舞来呢？"

于是朱永就用肢体模仿荷花被风吹动时的样子，孩子们都快乐地笑出声来，他也高兴地大笑起来，接着朱永就让孩子拿起毛笔大胆地勾画花朵，画出被风吹动时它们摆动的样子。

"你们看，它们在跳舞时穿着好看的裙子。"

孩子们说："是荷叶啊。"

"是的，它也在动啊！"

接着孩子们和朱永一起，用线条勾出一片片形状大小不一的荷叶，又自由发挥，画出伴舞的水草，点画出不同墨色的水中碎石，淡彩涂染它们的颜色。再看看那位智障的孩子，奇迹般地拿起毛笔蘸上墨汁，在宣纸中间画出了荷花和荷叶。朱永向他伸出大拇指，拿起他的画向全班的同学和周围家长展示，教室内顿时掌声如雷鸣般响起，孩子的爸爸妈妈激动地流下泪来，用当地语言说："老师我们爱您！中国真好！能给不同世界的孩子带来同样的幸福，我们爱中国！"

一个多月的培训很快就结束了，朱永赴以色列和斯里兰卡的教学活动也随之画上了圆满的句号。分秒未敢停留，朱永直飞祖国，飞回他的古黄河畔。他是古黄河的苦楝树，他思念着那片土地，他的根深扎在那里。他为自己是中国人民教师而感到无比自豪！

## 67

2020 年 4 月，王集镇党委、政府为了推进乡村建设，在鲤鱼村进行旧房改造，修建了一个崭新的田园乡村——鲤鱼山庄。为了丰富村民文化生活，让偏远农村孩子感受到美育的魅力，镇政府出资，建立了儿童画创客中心，委托朱永的团队在这里义务为周围乡村的儿童进行绘画创作辅导。创客中心配备了电视、电脑、图书以及桌凳、画架等，为农村儿童打造了一个温馨的家。鲤鱼山庄周边优美的山水田园景观，独特的建筑风格，为农村孩子提供了儿童画创作的灵感源泉。前来参加活动的孩子既有本地的孩子，也有城区或其他地方慕名而来的学生。

朱永和他的团队，认真制定儿童绘画指导计划，备课、辅导、讲评，课后进行拓展，力争做到让每位前来学习的孩子课课有收获，让乡村的孩子都能近距离感受优质美术课堂，为农村的孩子打造"幸福温暖之家"，使农村的孩子与艺术之间不再是田埂与天空的距离，真正做到"用童画留住乡愁"，"用真情感染四方"，让来到这里的孩子感受到党和政府的温暖。

2020 年 7 月 12 日，星期六，天下着大雨，朱永和老师们早上八点乘坐去鲤鱼山庄的班车，到儿童画创客中心辅导孩子。当下车走到画室门前时，发现有许多家长打着雨伞，牵着孩子在大雨中等着老师的到来。有位孩子奶奶说："老师，天下这么大雨，你们还过来上课啊。"朱永笑着说："您不也早早赶过来了吗！这是政府给你们的承诺，我是一名乡村教师，应该服从政府的安排，坚守这份诺言，请家长和孩子们放心，我会按时来辅导孩子学习绘画。"这位奶奶说："我们的孙子赶上好时代了！"

2021 年春节期间，有不少返乡回家过节的外出务工人员以及到鲤鱼山庄游玩的游客，带着孩子来到美丽乡村鲤鱼山庄，走进画室，免费体验闻名中外的睢宁儿童画课堂教学，他们感慨地说，城里的孩子缴费能学到的，我们家的孩子无偿享受到了；城里孩子学不到的，我们乡村的孩子也学到了。

在中国共产党百年华诞之际，为传承红色基因，弘扬传统文化，儿童画创客中心的孩子们，在老师辅导下，通过手中的画笔，绘制出一幅幅展现祖国发展以及人民美好生活的作品，表达对祖国的热爱！

2021年5月29日上午，百名画童参加睢宁县"手持彩笔当空舞，童心向党绘华章"万名儿童绘画鲤鱼山庄分场活动。相关报道5月30日在央视新闻频道《新闻直播间》栏目播出。

鲤鱼山庄的儿童画由作品变为展品、礼品、收藏品，在促进睢宁对外开放、扩大对外交流方面发挥了重要作用。这些儿童画，画育童心，稚趣天成，又以其独特的地域特色、浓郁的乡土气息和独到的艺术风格，赢得了各个年龄、各种职业、各类文化背景人们的喜爱。鲤鱼山庄的儿童画不仅是睢宁的、江苏的，也是中国的。她已经成为推进乡村儿童素质教育、加强精神文明建设的重要方式，成为对外宣传的一张独特名片。

## 68

在庆祝党的百年华诞之际，朱永被中共中央授予"全国优秀共产党员"称号，在北京受到表彰后，他激动地写下了自己的心声。现照录如下：

2021年6月28日下午，全国"两优一先"表彰大会在北京人民大会堂隆重举行，对在各条战线、各个领域中作出突出贡献的优秀共产党员、优秀党务工作者和先进基层党组织进行表彰。我很荣幸地被授予"全国优秀共产党员"荣誉称号，受到了党中央的隆重表彰。

作为一名乡村教师，能荣获"全国优秀共产党员"称号，再一次走进人民大会堂接受党和国家领导人的接见，内心无比激动，倍感光荣！这份荣誉不仅属于我个人，更是我们大家共同努力奋斗、牢记初心使命的成果。

心中有信仰，脚下有力量。我以对党和人民的赤胆忠心，把对党和人民的忠诚和热爱牢记在心中、落实在行动上。

展望"十四五"蓝图，昭示着美好的前景；开启第二个百年奋斗目标，激励着前进的步伐。我们大家将怀揣着坚定的信念，昂首阔步，永远跟党走，启航新征程，以更高的热情和更足的干劲，为党的教育事业做出新的更大贡献！

7月1日上午，庆祝中国共产党成立100周年大会在北京天安门广场隆重举行，我作为全国优秀共产党员现场聆听了习近平总书记发表重要讲话。回想当时的盛大场面，回忆总书记的重要讲话。习近平总书记说："没有中国共产党就没有新中国，就没有中国人民的幸福生活，就没有中华民族的伟大复兴。""江山就是人民、人民就是江山，打江山、守江山，守的是人民的心。中国共产党根基在人民、血脉在人民、力量在人民。""中国共产党一经诞生，就把为中国人民谋幸福、为中华民族谋复兴确立为自己的初心使命。"对此我感触颇深。作为党员，我们要响应党中央号召，履行党员责任，发挥模范带头作用；作为教师，要把立德树人作为根本任务，把服务国家作为最高追求，为党育人、为国育才。我要用创新的教育理念推动乡村教育更大发展，让农村的孩子享受到更加优质的教育，把我的爱传递给学生，在他们幼小的心灵里播撒爱和美的种子，听党话、感党恩、跟党走，把中国建设得更美好更强大！

**古黄河畔的楝花如霞，绽放出了甜蜜芬芳，绽放出了幸福自豪！**

卷 四

河之韵

| 第十二章 |
# 鲤鱼山歌

## 69

做饭的大姐轻轻推开房门

见燕子早已起来

站住了　愣了一下神

路不是修好了

你干吗不多睡一会儿

燕子笑了

脸上不见了倦容

今早我想成为第一个

走在鲤鱼山庄新路上的人


油亮的柏油路像一位新娘

从鲤鱼山脚走过

与古黄河搀手

比燕子来得更早的是晨风

天空飘过一朵红色的云朵

燕子说　你早

云朵说　你好


鲤鱼泉在笑　漾出一湖酒窝

燕子是来改造鲤鱼山庄的人

为修这条路

迎来了又一个日出

未来有多美

我们的山村

谁也想象不到她的缤纷

有谁会慕名而来

走在这条路上

听山水之音

看小村如画

还有那历史红色的印痕


尝一口山庄的农家饭

掬一捧百年古井的泉水

还有鲤鱼孝亲的传奇

山姑娘的舞姿会不会让游人着迷

一曲村歌如同鸟鸣

让客人一醉不起

鲤鱼　吉祥美好的化身

艰辛　就用它浇灌美丽

鲤鱼山在雕刻着细密的精美

一个腾跃的身姿

朝霞正耀着满天的金辉

燕子理了理自己的秀发

心对鲤鱼山庄说

我和你有个一样美好的名字

我将把你的早晨

织进山里人的早春

## 70

在鲤鱼山庄，人们对夏天有一个苦夏的说法。夏天苦吗？也许是，也许不是。夏天的确热得苦，连结的瓜也叫苦瓜，虽然苦瓜苦，却给人以独特的感受，苦得清爽。但说起夏的苦，见不到谁会愁眉苦脸，反而有一种欣欣然，好像很喜欢这个夏日的苦。实际上呢，真的是高兴，夏疯长着秋的果实，有点疯，有点野，迫不及待的样子。

夏日里，为了土地上生长的庄稼，种田人要汗流浃背地在田间劳作。头顶骄阳如烈火，脚踏大地如蒸笼，田间劳作真的是辛苦。这个时候，却是庄稼生长旺盛的季节，农人必须全力保障它的需要。除草松土，灭虫施肥，怕旱了它渴，怕涝了它淹，直到看它们发育成熟了，才能松一口气。

　　庄稼的发育成熟，必须是在炎热的夏天里完成。尽管它成长的过程中古黄河人很辛苦，但受不了这夏天许多的苦，秋天可就笑不出来了。不会有大地上的万紫千红，也不会有硕果累累，更不会有五谷丰登、稻香荷美。

　　这能说是夏天的苦吗？当然能说，夏天的苦还是苦。夏季高温，人们呼吸不顺，胃口不好，食欲不振，严重的话，很可能中暑，如果中暑就得找医生，否则有可能危及生命。所以防暑也是夏天需要时刻关注的事。先是在吃上琢磨，把绿豆汤熬好了，等凉透了，一口畅饮，痛快淋漓。再有会琢磨的人，精心熬制莲子冬瓜粥，莲子性平，清热，能提升食欲，解食欲不振之苦，而冬瓜，清热解暑，大自然把冬以瓜的形式，存于夏日里，神奇又精妙。再有红豆薏仁粥，红豆性平，能祛水除湿，薏仁性微寒，健脾清热，夏日最宜去苦。

　　而农民干脆采来荷叶，做荷叶粥，化解暑热、清胃润肠、止渴解毒。荷叶真是个好东西，晒干了可以包卤肉，风味独具，新鲜的可以做叫花鸡，化腐朽为神奇。鲤鱼山庄人说，相传，很早以前，有一个叫花子，一日，他偶然得来一只鸡，欲宰杀煮食，可既无炊具，又没调料。叫花子很聪明，灵机一动，他将鸡宰杀后，去掉内脏，包上荷叶，涂上黄泥，架好柴草，把裹好的鸡置火中煨烤，待泥干鸡熟，剥去泥壳，解开荷叶，便露出香喷喷的鸡肉了。还有一种荷叶鸡，以荷叶裹鸡，鲜嫩香糯，令人食欲大开。鲤鱼山庄荷叶最美的时候在盛夏，一田荷叶，争先恐后，欣欣向荣，绿到浓处，便开荷花，结莲蓬。莲子又是消夏去暑的上品，夏天的苦是生着甜的。

　　鲤鱼山庄的夏天，下到古黄河里洗澡，一村人不管男女老少，都可以亲近河流。大自然的力量不可估量，能把一河的水加热到温凉，如果用柴草烧，得是多少柴草才能干成的事？一河的欢乐，或白天，或夜晚，在夏天的村子里，荡漾开来。

那时的夏夜，大自然是天然的空调，劳作了一天的农人，村头树下，一张席一把扇，想趁夜风的凉快，好好地睡一觉，可这个时候的蝉，反而鸣叫得更加起劲，它仿佛一点也不疲惫，精神十足。农人就有些烦躁，好在也过不了多久，就听不见了，无论蝉鸣多么美妙，如同唱诗那么美，也听不见了，人们已经进入了夏夜之梦。梦里有许多稀奇古怪的事情发生，第二天就当小村的故事传开来，说者津津有味，听者半信半疑。

鲤鱼山庄旧的夏日风景已经褪去了颜色，新的夏日色彩，前所未有的绚烂。不同时代的夏日，有着不同的故事，有失去的，必然会有得到的。夏冬之间，便是乡村的春秋，也与时俱进，有了宜诗宜画宜梦的新内容。季节的变幻，催促人们的脚步，不可停留，也不能停留，人也要随季节而动。

## 71

山有山梦，水有水梦，山村有山村的梦，振兴的山村有缤纷的梦。有的是一幅水墨画，有的是一幅水彩画，有的是一幅农民风俗画，而鲤鱼山庄，是一枚鲜红的中国印章。它就嵌在古黄河岸边，鲜艳夺目，光辉灿烂。

没有比土地更为深沉的情怀，没有比庄稼更为饱满的感恩。诗人说，为什么我的眼里常含泪水，因为我对这土地爱得深沉。如果没有土地的厚爱，人类的生命将会终止。你给予土地多少汗水，土地就会加倍回报你多少物产。如果没有庄稼的开花结果，我们面对的将会是一片苍凉，所有的希望和蓬勃，都将不复存在。农民把一颗种子播进土地，就连同自己百年蓬勃的梦想，也一起播进了土地。种子吸收阳光雨露，日复一日不断地向上生长、开花、结果，然后全部奉献给了播种者。每一位逐梦人，都是一颗种子，只有依靠土地的乳汁哺育，才能完成生命的历程，才能完成绚美的图画，并钤上带有自己个性的印章。鲤鱼山庄的梦，也是中国农民的梦。

这条在睢宁境内横贯百里的黄河故道，曾经流淌着浊泪和辛酸。现在，水是清澈的，鸟是自由的。正在不断崛起和壮大的山村，满目是绿，绿中有花，花中有蜂。绿得让人感叹，绿得让人惊讶。深深浅浅的绿，远远近近的绿……

我们渴望这片土地更加丰厚富饶，我们播下的种子生长得更加旺盛苗壮。也许我们个人并不杰出，但杰出的队伍里有我们前进的身影。也许我们还来不及亲手收获巨大的成功，但成功的果实里必定有我们奉献的智慧和汗水。乡村振兴是中华民族实现伟大复兴的必经之路，是人类历史上一颗目标宏大的种子，在中国的土地上必然会结出丰硕的果实！在这幅波澜壮阔的中国山水画上，有我们精心雕琢的朱色中国印章。

古黄河岸边的鲤鱼山庄，以前就叫鲤鱼山，没有"庄"字。旧村开始改造时，加了一个"庄"字，就与过去的岁月有了区别。

鲤鱼山为睢宁县王集镇洪山村的一个自然庄。许多年前，我受朋友之邀，去过鲤鱼山。去看那山上的鲤鱼洞，去看那山下的一口百年古井。鲤鱼洞很深，当地人说一轴麻线放完了，还没到底，传说通东海龙宫。那口古井，无论天怎么干旱，其他井干涸了，它仍然汩汩冒泉水，方圆几十里地的人来这井里取水。我走过山腰，杂草有齐肩那么高。去看农家，全是简陋的草房。那墙，是许多石片砌成的，破败凌乱，简直是一个"穷"字造型。

2018年8月，社会上广传一条新闻，鲤鱼山正在进行旧村改造！怎么个改法？会改成什么样子？我便给山里的朋友打电话，我说想上鲤鱼山看看。让我意外的是，她立马婉言拒绝了。她说我就在鲤鱼山旧村改造现场，马上秋收了，要赶时间完成施工任务。进村的路才刚开始铺，你过十天半个月再来鲤鱼山庄吧。我才知道鲤鱼山已经加了一个"庄"字，感到很是新奇。

大概一个多月后，我果真去了鲤鱼山庄。朋友站在村前的鲤鱼跃龙门的雕塑前，见到我就笑了，青春灿烂，阳光明媚。她指着一墙迎客壁画，向我介绍旧村新貌的巨大变化。我发现，进村的柏油大道铺好了，各家门前的水泥路硬化了，路灯立起来了，下水道的管子埋好了，山上的泉水引入山下的鲤鱼湖了。粉饰一新的农家四合院，墙上是山村的历史传奇壁画。从村前的菜园到百姓小舞台，从垂钓的稻草人到半山小亭，从老人悠闲的脚步到孩子们兴奋的跳跃，无一不在显示，鲤鱼山真的成山庄了。而完成这些"初级阶段"的改造，仅仅用了三个月时间。这是山村梦想的力量还是源于人们对梦想的追求？

鲤鱼山是一座传奇的山。村民说山形如鲤鱼，晴朗的天气，山影倒映在河水里，波光潋滟，如鲤鱼在水中嬉戏。又说，当年山上有一小伙，名叫金锁，孝顺父母，善待亲邻，感动东海龙王，把最喜爱的小龙女许配给了他。某一年夏雨倾盆，古黄河咆哮泛滥，眼看山庄将要遭到灭顶之灾，金锁奋身一跃，扑进了滔滔洪水，挡住了洪水的肆虐。此后古黄河中挺立起一座小山，形如鲤鱼。为了纪念金锁，山叫鲤鱼山。实际上因古黄河频繁决口改道，鲤鱼山忽左忽右，也没有安定过。

鲤鱼山庄全貌

时间的脚步一直向前，又过了三年，这时的鲤鱼山庄，已经不是三年前刚改造时的模样了。有了漂亮的便民服务中心、旅游接待服务中心、专门辅导睢宁儿童画的创客中心三大"中心"。

距离儿童画创客中心不远处，就是修旧如旧的周斌烈士旧居。1930年6月，周斌因叛徒告密被捕。同年7月30日，敌人把他押往古黄河滩刑场，威逼利诱他只要转过脸来，就算投降不当共产党了，立即释放他回家。周斌头也没回，慨然赴死。远来的游客，怎么也不会想到，在这普普通通的苏北小山村里，竟然会有一位革命先烈惊天地泣鬼神的英雄事迹。周斌烈士，为了建立共产主义新中国的伟大梦想，毅然献出了自己年轻的生命。

天已经黑下来了。华灯初上，山庄一片静谧。洪山村党总支书记周全胜是一位朴实热情的山里人。他对我说，人一富，心情就舒畅了。我们鲤鱼山庄，总是有各种文化活动。我们村有农业专业合作社，农民把土地流转给合作社，种麦子，种花生，栽果树。上级农业补贴依然归农户，合作社的收益也要与农户分红。失传的老物件回来了，民间的艺术也回来了。愿意外出务工的，村里帮联系。在家门口务工的，村里给安排。村里有开酒吧的，有开饭店的，卖烧烤的，卖地锅鸡的，卖蛙鱼米线的，卖传统石磨菜煎饼的，忙不过来。连新疆乌鲁木齐的人，也过来做烤羊肉串生意。外地游客，住进民宿就舍不得走了。村里年经营性收入可超百万。美好生活才刚刚开始。

鲤鱼山千真万确旧貌换了新颜，而且是在这么短暂的时间内。不亲历的人说与他听或许不相信。山庄现在是江苏省特色田园乡村、"网红打卡地"、新人结婚拍摄地、乡村旅游名胜地。慕名而来的游客，总是在山上山下流连忘返。谁做梦也梦不到，鲤鱼山庄今天能变成这般模样。

## 72

睢宁人形容女人的娇巧，常拿鲤鱼作比喻，说人家的身材是"二斤半鲤鱼——巧个"。可见二斤半的鲤鱼是人们心中的"沉鱼"——美人鱼。那些可爱的年轻人到了谈婚论嫁时，去心仪女子的家里"提亲"，两尾鲤鱼，是必不可少的上等礼物。

曾经，山下百姓贫穷的日子，总是缺油少盐，以瓜菜代粮，度日如年。但倔强的山里人，并没有失去生活的信念，他们在等待创造改变的机遇，相信雨后彩虹一定会出现。贫瘠的土地和喜怒无常的古黄河，是他们坚强地生活下去的依靠。他们靠山吃山，堆土为屋，砌石为舍。他们靠河吃河，逮鱼摸虾，割蒲收柳，圈猪牧羊。用智慧和汗水，用长满老茧的双手，捡拾生活中的欢乐。农村实行大包干之后，自己地，自己种，粮食交完国家的，剩下的都是自己的。住在山上的村民陆续下山了，生活开始发生变化，人的心也快乐了，肤色也变白了。同样是面朝黄土背朝天，但一样的土地，不一样的活法。肚子填饱了，但离彻底根绝旧时痕迹，还是相差很远。别的不说，单说那破烂小院，单说那泥泞小路，骑个自行车也出不了院进不了村。

古黄河综合开发治理后，黄水变清了，两岸也变绿了。土地流转了，果树枝头坠满了果实。大王集小花生成为享誉大江南北的绿色品牌。山下的那口古井，有三百多年的历史，泉水竟然更加旺盛，汩汩流进稻田，连青蛙也叫得格外起劲。那些精神抖擞的鸡们，在山中打打闹闹地追逐。看得老头老太太眯着眼睛笑。说鲤鱼要"打挺"了，要不这山上怎么会绿得这么轰轰烈烈？

秋到鲤鱼山，田野里一片斑斓。地里的大豆叶子黄了，而农民正在晾晒金子一样的玉米和玉一般的小花生。梨子坠枝，柿子红了，蓝天白云下的古黄河澄碧如靛，收获后的土地，正等待新一轮的播种。农舍的模样静若处子，主人的心中正在盘算，接下来用什么样的农家美食迎接游客呢？

鲤鱼是吉祥的，鲤鱼山庄当然也是吉祥的。只是这种吉祥的气象，轻易不会呈现，当天时地利人和都已齐备，那么吉祥自会天降。想想现在的小伙子若再去心仪姑娘家"提亲"，送她一座鲤鱼山庄，你说准丈母娘，该会笑成什么模样呢？上门的准女婿，可是一尾色彩鲜亮的金鲤鱼啊，估计夜里都能笑得掉下床来！

## 73

鲤鱼山庄的村民知道，山上每一块沉默的石头在思索着什么，每一棵摇曳的山草在呼唤着什么。世世代代与山相亲，他们之间无法分离，他们之间互为支撑。他们是鲤鱼山的形象代言人。

村民陈金辉天天很快乐。他的大门正对着山下鲤鱼潭，院子里晒着白白的小花生。他年过八旬的老母亲正坐在门廊下，一边晒着太阳，一边剥豆棵上还没有打净的豆子。他的老伴骑着一辆电动三轮车，此时开到门前停下来，对陈金辉说："下一趟该你去了！"陈金辉听到了，随口答应说："下一趟不用你去，我去。"

陈金辉家门口是一个新建的小广场，大约一百平方米，还建了一个精巧的小亭子，与鲤鱼潭相连。真是好山好水好农家。陈金辉说，这门口原来是我家的猪圈，旧村改造时给扒掉了。现在看，是扒对了。当时，我还有意见，不愿意扒呢。他老伴说，现在又干净又敞亮，扒得值得了。谁做梦能想到有今天？

面对鲤鱼山的今天，这句"做梦也想不到"不是一个人在说，大家都在说，口径空前的统一。仿佛用其他任何语言都代表不了他们此时此刻的心情。

从陈金辉门前沿山脚下的柏油路向东，不远处就是那口古井，如今盖上了井亭，算是一个山景的小品。我去时，古井边上坐着一位老太太，身边放一根竹杖，朝阳的光芒照在她的身上，静谧而又安详。老太太似乎是鲤鱼山的化身。她见我走近了，就说腿疼，走不动啦。好日子刚来，人又不行了。

我感到惊诧，回她说："您还早呐。"

"早不了啦，今年都八十五岁了。"

"这山里不是有活百把岁的人吗？"

老太太说："活那么大，太受罪了。大兄弟，日本鬼子进中国，杀人放火，把一个村子全烧了。四十八架飞机从头顶飞过，看不见天，机关枪突突地打，大炮也轰隆隆地炸。老百姓不敢下湖，我也是从子弹窝里爬出来的人，不然，我哪还有今天？我活这么大，山上的什么野菜没吃过？现在日子好了，有好吃的好喝的，有好看的，我的腿脚又不行了，走不了路啊。"老太太说完，手拄竹杖站了起来，顺着山路，慢慢向村里走去。我的目光，直送她到山脚拐弯处。

老太太拄着竹杖会去哪里？我在鲤鱼山庄的时间不算短了，从来也没见过这位老太太。她是鲤鱼山幻化成凡人，在这个早上来告诉我什么吗？她要告诉我什么呢？为什么不直接点化我呢？

我后来向村民描述过这位拄竹杖的老太太，他们很坚决地说，鲤鱼山庄没有这样一位老太太。你是不是做梦了？

## 74

在江苏省睢宁县王集镇洪山村，有四座山峰，《睢宁县乡村地名文化人物志》记载，分别是龙虎风太四山，统称为风虎山，此外还有人们耳熟能详的鲤鱼山。山并无奇绝之处，但有沉雄之美。正应了山不在高，有仙则名。水不在深，有龙则灵。

风虎山如虎踞四方。得山得水，得雨也得风。传说明洪武年间，军师刘伯温夜观天象，见此地瑞气升腾，气象非凡，害怕此地民间出真龙天子，奉旨凿石断山，欲破风水。神奇的是白天所凿，夜晚复原。刘伯温听信石匠告密，调来柴草、桐油，点火烧山。持续三个多月，山体流出红色液体如血，山被烧断。洪（红）山由此得名。

洪山村历史可追溯到明天启年间。为防止黄河泛滥给百姓带来灾难，先民曾修建了四座节制闸，其中三闸、四闸在洪山境内留有遗址。我也是先知道鲤鱼山，后了解洪山村的。

在洪山村，周姓是第一大姓，占全村人口一半以上。村书记姓周，叫周全胜。这名字起的，气势磅礴，令人刮目相看，不可小觑。周书记光头圆脸双眼皮，皮肤黝黑又结实，朴实无华，厚重如一块石头。2013年他走马上任第一件事，就是征求村民意见，干什么事，怎么干。结果从修路开始，履行他的责任和担当。他最为得意的作品就是实现了鲤鱼山庄旧村改造。

他带我先去看的是风山，现在叫峰山。山脚下是一个新建不久的小广场，安放着健身器材。一幢小楼十分典雅，高窗朱门，白墙黛瓦。屋旁是一处裸露的山体，他告诉我说底下就是汉墓，被保护起来了。洪山是从峰山分出来的一个行政村。

向山顶看，有一所模样破败的石头房，想过去看看。脚下野草蔓茎缠腿，荆棘挡道。实际上是无道迹可循。到了山顶一看，石墙没毁，那木质小门，早已经看不出当初的模样了。偏屋完全坍塌，正屋衰败，院落空虚。问周书记此处人家还在村里吗？他说很早就搬进城里去住了，此处无人。

革命战争年代，共产党领导人民武装夺取政权，这里是曲头马浅农民暴动具体指挥人周斌的出生地，风虎山烈士陵园里有实录，图文并茂。如今这户山里人家，去过城里人的生活了。睡在汉墓里的先人，不知会发出什么样的感慨。

探过风山访太山。路过一座深深的山塘，上空架起一道吊桥，这不是为了行走的方便，大概是打造的一处旅游景点，因为旁边就是平坦光滑的水泥路。

周全胜的老宅就在太山脚下。一座泥墙小院，已经被精心改造过了，刷了土黄色的涂料。他指着低矮的土墙门楼说，这有一百多年历史了，没舍得拆掉。我说值得保留下来，这是你的乡愁。周全胜说今天来不及了，下次你专门来，我留你在这老宅小院里喝酒。

据史志记载，原来太山顶上有一座周遇吉庙，但我没有看到遗迹。只看到太山顶上也有一处破败不堪的老民宅。走到近前，发现和风山顶上的那处民宅差不多。不同的是，院外南侧，网起了一圈小小的地方养鸡，鸡们正悠闲地散着步，对我们的到来，不惊不慌，熟视无睹。一副见过世面的样子。

离开太山，来到了风虎山烈士陵园。这座烈士陵园原来叫洪山烈士陵园，2016 年 9 月动工改扩建，2017 年 9 月竣工，开始使用现在的名字。抬头仰视，高大庄严的陵园大门，庄严肃穆。纪念碑直入云霄，"革命烈士永垂不朽"八个正楷金字，格外凝重，为原南京军区司令员向守志题写。七月里阳光灿烂，四周松柏青翠，革命历史展示长廊的宁静里，回荡着英烈的浩然之气，不由得让我们放慢了脚步。

这里安放着洪山人革命先烈周斌之墓。墓旁的碑刻上，复制着毛泽东主席签发的"革命牺牲军人家属光荣纪念证"，编号"国烈字第 080677 号"。

周斌，16 岁考入南京金陵大学附中，后转回至睢宁县立初级中学。

凤虎山烈士陵园

1928 年再次去南京求学，因参加学生联合会，组织学生反对学校当局，被校方以闹事为名开除。周斌回家后，开始参加睢宁西北地区的农民运动。1929 年，周斌将自家的五间房子改为校舍，自己聘请教师，学生免费入学。白天，教室供学生上课，晚上，就变成周斌宣传革命理论的场所。

1929 年初，周斌参加了共产党领导的睢宁县西北地区的农民运动。同年秋天，说服拥有 500 多亩土地的祖父给家中的佃户退了租，将成熟的 100 多亩庄稼分给乡亲们。

1932 年 4 月 17 日，中共睢宁县委决定在曲头、马浅发动暴动，由周斌具体指挥。为了这次暴动，周斌做了大量的准备工作：印制了传单，用红布、黄布设计镰刀、斧头标志的红旗。暗中把曲头圩内的地主枪支收缴了上来，准备暴动中要用的长短枪及大刀、长矛等武器。

4 月 17 日（农历三月十二），霹雳一声天地动，曲头马浅农民暴动爆发。为了让穷人过上好日子，周斌打出有镰刀斧头的红旗，领着身系红布条为标志的近百名暴动队员，冲向村中大地主的家里，将粮食和浮财全分给了当地贫苦农民，又焚烧了地契。

曲头暴动成功，周斌领着人员向临近的马浅出发。由于内应突然叛变告密，暴动队伍在马浅村遭遇睢宁和铜山两县反动武装围攻，暴动最终失败。

周斌在战斗中被捕。面对国民党反动派的严刑拷打、威逼利诱，他毫不畏惧。他爷爷筹集重金准备赎他一命，他坚定地写信劝阻说，别花那些冤枉钱了，我跟定了共产党，决不会低头屈服！当黔驴技穷的敌人把他押赴刑场时，周斌昂头挺胸，高呼打倒国民党反动派，共产党万岁！慨然赴死。

这就是革命先烈周斌！他留在洪山大地上的光辉事迹，将被世世代代铭记在心，照亮前进的方向。

周斌故居

革命历史展示长廊里还记有洪山先烈周道信的革命事迹，他是周全胜的四爷爷。1937 年入党，曾任华东野战军九纵七十七团一营营长。1948 年的泗东战役，淮北挺进支队攻歼驻守青阳镇的国民党整编二十四师的一个加强营，和聚集在泗洪县青阳镇里的"土顽"及"还乡团"。周道信因靠前指挥，在战斗即将胜利结束时，不幸中弹牺牲。泗东战役消灭敌人两个主力营，包括"还乡团"共1900多人，解放了淮北重镇青阳，对恢复、巩固和发展淮北地区，具有极为重大的意义。

在展示长廊里，记有南社成员洪山人周祥骏，字仲穆，号更生，别署春梦生，又称风山先生，同样是洪山人的骄傲。他16岁考中秀才，1909年（宣统元年）补岁贡生。同年到上海，在上海宪政讲习所结交高旭、柳亚子、陈去病、胡朴安等著名文人墨客，并加入革命文学团体南社。1910年（宣统二年），任潼北师范传习所教务主任。下半年，由徐州八县推举，任南京学务公所议绅。武昌起义爆发后投身革命，任一等顾问官。1914年应聘赴徐州任江苏第七师范教员。同年，张勋再据徐州，周祥骏被指为"乱党"，被捕入狱，于5月16日被杀害于徐州西门外，终年45岁。

在烈士陵园里，我看到了一座座无名烈士墓。我问周全胜，为什么没有名字？他说，在革命战争年代，许多年轻的先烈英勇牺牲了，都找不到名字了。

英烈长眠。虽然今天的人们不知道他们的名字，但知道他们是为了人民解放、国家富强献出了宝贵的生命。他们昨天洒在洪山这片土地上的热血，今天正迎风绽开绚烂的花朵。这是风虎山的英灵之花。

再高的山，也高不过革命英烈爱国救民的赤子情怀！风虎山，你是一座在人民眼中最美丽的英雄山！

从风虎山烈士陵园回到洪山村部，院子里停着一辆面包车，几位女村民说说笑笑，手拎着布包，好像是去哪儿游玩的样子。一问才知道，原来是上级派车来接她们，去医院免费检查白内障的。

## 75

走进会议室，见坐着十几位党员群众，周全胜说，他们是全村五十六名党员中在家的代表。他们正在热烈地讨论俄罗斯与乌克兰战争，谈我们在台湾海峡进行的军事演习。其中年龄最大的周为彬已经九十六岁了。我看他红光满面，反应敏捷，口齿清楚，中气十足，根本不像近百岁的老人。其他人说他老伴也九十八岁了，扫地做饭，拾掇家务，干活仍然是利利索索的。最小的才三十二岁，不大说话，是一个精瘦脯腆的小伙。余下的都是五十至八十岁左右的人。

主持座谈的村民委员会副主任周伦，原意是引导大家说说这一二十年的变化，以及今后的要求，没想到接下来的话题，变成了忆苦思甜会了。众人公推周为彬这位世纪老人先说。他礼节性地推辞一下，果然说开了。他说他是1952年入的党，1982年才从村支部书记位子上退下来。一生经历过初级社、高级社、人民公社。从生产大队到村两委，从大集体到分田到户，最初当干部十几年里，粮食亩产只有百十来斤。年底一家分到五斤豆子过年，一家老小就喜得不知怎么好了。现在收种拉打机械化，一季亩产一千多斤，以前跟现在没法比。他这里一开口不要紧，大家纷纷打开了话匣子。这里为了叙述的方便，归纳大家的意思如下。

过去夏天光脊背，冬天空壳袄。穿双毛翁，双脚磨出血。新三年，旧三年，缝缝补补又三年。没有体面可言。如今，夏有单，冬有棉。再也不愁怎么穿了。

过去嚼过茅草根，啃过榆树皮，煮过本槐叶，吞过烂白芋。没有经历饥饿的人，体会不到吃不饱肚子的煎熬。如今，精米细面，有鱼有肉。白面馒头不蘸上肉汤，狗闻了都不吃。

过去茅草屋，春天不修补，夏天必漏雨。秋风起时，卷去茅草几重。如今住小楼，窗明几净。屋里养花，院内植果。天下太平，安枕无忧。

过去泥水路，现在水泥路。过去出门靠十一路（两条腿），现在电动车小汽车公交车。出远门乘高铁坐飞机。夜里路灯亮得跟大白天似的，谁还担心迷路跌倒？

过去生病，没钱医治，在家等死。死了之后，脚趾头被狗啃了，也无人知晓。现在小病小医，大病大医。不担心得了治不了的病。过去谁家有病人，全庄人出动，几十口人轮换抬着病人去医院抢救。现在一个电话救护车就来到家门口了。

过去谁家孩子考上大学，全村都会庆贺。现在农家孩子考上大学，不是稀罕事。大学本科毕业了，还要考研究生，不然不好找工作，就不了业。

过去活一辈子没走出过庄，到死不知外面世界是什么样子。现在近处有公园，有果园，有湿地，有禅寺；有观光专线，有自己的休闲去处。远处想去哪儿就去哪儿。过去通讯靠手书传信，现在人人有手机。打电话，玩微信，看视频，刷抖音，电视机也快没人看了。

过去哪天村子里没有骂仗打架的。本地人性格耿直强悍，认死理，二句话不投机，就直接动手干上了。现在这种现象哪里还有？过去小偷小摸，去别人菜地摘个辣椒茄子，拿到集市上换一盒火柴，现在路上拾到一件衣服，捡到一个手机，也会放在原地，等失主回来寻找。过去拉屎撒尿，哪里方便哪里来，擦屁股不是用土坷垃就是庄稼叶子，或者撅腚对墙角蹭。现在呢，水冲厕所卫生纸，干干净净。过去下雨天，不是东家宅基高，雨水流到西家去了。就是北家放水，淹了南家，村组干部整天忙着处理这些纠纷。现在，没有了。

又说到周为彬长寿秘诀，他说早上五点起床，开始慢步走。吃的是粗茶淡饭，小麦面也是带皮磨的全麦粉。心态平和，也没有什么其他想法。说不尽现在的好。你有困难了，村干部上门帮助解决。村干部也是一身正气，己不正怎么正人？爱民之心，时时都在。再埋怨这不好那不好，就是只往自己篮子里抓，不看秤了。

时间已经到了中午时分，大家好像还有话没有说完，依然不愿意散去。可是，吃午饭的时间到了。意犹未尽，不得不与我分手道别。

望着他们走出去的身影，我思索，洪山的山是有家国情怀的山。洪山的人是有远大志向的人，他们的脚步从未停下来过。他们的党员，是值得村民信赖的人。有了他们，什么样的新征程擘画不出来呢？

## 76

睢宁县有个桃园镇，植的却是桑，以养蚕闻名。王集镇洪山村鲤鱼山庄也有一个桃园，栽的真的是桃。园主叫陈宜文，为人地道质朴，谈吐风趣。多年前认识他，但交往不多，也算不上十分熟悉，更不知道他有一片桃园。我在洪山村采访，为《相望长河》积累素材，才对他有了更深的了解。因为在座谈的十二名党员中，只有他和村书记周全胜的发型高度一致，全是光头。大家笑说人家是聪明的脑袋。周书记否认，把自己的光头归于遗传。陈宜文没有给出理由，只憨态可掬地笑了笑，与世无争的样子。

座谈会结束前，我说陈宜文，我和你是本家，你怎么不留我吃顿饭呀？他说我陪你吃过饭呀。我说那顿饭是书记请吃的，你又没花钱，算不上是你请的。你得把我请到你家里去，才算数。他立即回我说，一会儿带你去我的桃园，请你摘桃。

我这才知道他有桃园。不过，我不好意思答应。这下轮到他不愿意了。态度坚决，不去不行。周全胜对他的邀请，又极力怂恿。盛情难却，恭敬不如从命，我也就借坡下驴说去就去。

桃园窄小的园门边，挂一个小木牌，上写鲤鱼山庄陈家桃园。司机小仝后来说，桃园很好，牌子太小。陈宜文说很快就会给换了。我说这不是陈桃园，应该是新桃园。

桃园一边是古黄河，河水清澈明亮。一边是排水深沟，芦苇葳蕤。桃树就长在高高的堰坝顶上。桃林夹道，穿行其间，须低头弯腰。桃叶碧绿，长势肥壮。一颗颗桃子，隐在枝叶间，如上了点点红胭脂，笑脸相迎。我迫不及待举起手机拍照。陈宜文在一旁笑，说里边结得比这儿还多。意思是你不要激动，有的是桃子给你拍。

桃园里还间种了花生，欣欣向荣，仿佛有使不完的力气。借此机会，他同我讲，在他的桃园里，有甜桃（当然所有的桃全是甜的），有水蜜桃，有黑桃，有黄桃，有蟠桃，还有枣，有秋月梨，有酥梨，有苹果。他指着不远处的幼梨树说，你看，那裹着套袋的都是梨。的确，可以看得见小梨树上挂着密密的鲜亮的黄色套袋。陈宜文说有的品种只栽几棵，是给赏花摘果人观赏的，不指望拿它卖钱。我看到有一群游客，正兴奋地穿行在梨树间，饶有兴趣地打量那些果实。尤其是孩子们，蹦蹦跳跳活泼得如同兔子。

我看到桃树下有一根根木棍棒，就问他这是干什么的？陈宜文说，他这三十亩的桃园，还远没有到盛果期。如果不用这些棍棒把枝丫支撑起来，早就被果实压断了。我的这些果，从来都不用拿到集市上卖，也不用在网上卖。到了采摘时，都是开车来的，停在园子外面排队。桃子五元钱一斤，不讲价，如果有零头，无论多少，都直接全部抹掉，不要了。

我兴趣来了，本家陈宜文是怎么想起来种这片桃园的呢？是有这方面的专长，还是受丰厚的经济利益驱动？毕竟古黄河畔的人，有种梨种苹果的传统。我祖母的娘家也姓周，就在古黄河边上。每年秋天，祖母的哥哥都会送梨过来。但桃园是很少见的。

陈宜文听了我的疑问，说一开始我根本没有想种桃园，我也不会侍弄果树。是后来书记鼓动我种桃园，还带我去山东选果苗。我问是哪个书记，是周全胜吗？他说是的。周全胜的一个朋友是卖果树苗的。在鲤鱼山庄改造之后，周书记带我去见他，为我挑的全是好品种。等为我挑齐了之后，后来的就买不到这种苗子了。本来买这些果木苗，为了扶持农民发家致富，本钱政府出大头，我出小头。镇长来到桃园看了后，拍拍我的肩膀说，老陈，什么政府出大头，你出小头？这些桃木苗钱，全由政府包了。我听了之后，很为本家感到高兴，便说你这桃子熟了，应该先送给镇长去尝尝的。周长胜说人家早来品尝过了。我转脸说陈宜文，村书记来你这桃园，摘多少你也不能要钱啊。还没等陈宜文回我话，周全胜先说了，那还用你说吗？这时陈宜文才说，到了摘果子时，村书记来得就少了。

他们传递给我的信息就是，现在的他们，一不馋水果，二不缺钱。别说是书记来摘，亲戚朋友来园子里摘两个桃，能提钱的事吗？这是告诉我，你尽管摘，别提钱的事。

古黄河岸边的人，当他们解决了温饱问题，富起来之后，是不抠门的，喜欢与亲戚朋友分享自己的劳动果实。丰收了，你不来，他们会采摘下来，找个机会给你送去。无论多么珍贵，他们大方地说，自家田地收的，也不是什么好东西，送点给你尝尝。吃好了，下次再去摘。别的东西没有，几个瓜桃梨枣还没有吗。吃不穷。其实呢，亲戚朋友也很少去摘，会说种点桃子不容易，留他多卖点钱。想吃上街买就是了。结果呢，笑纳了桃子，又会送给左邻右舍去品尝，说谁谁送来的，不是什么好东西，给你两个尝尝。吃好了，下次再问他要，他家有桃园，有的是桃子。

想想在粮食最为紧缺的时代，农民自己一家老小填不饱肚子，不也是挑选最好的粮食，送到粮管所，无偿上缴给国家吗。城里人能吃饱，除了应该感谢国家之外，最应该感谢的是种粮食的农民。

果然我在摘桃子时，园主陈宜文，一边帮我摘，一边指导我如何挑选。我见到每一个桃子都想摘，但手里装桃子的专用塑料袋子，很快就满了，装不下了，拎在手里沉甸甸的。陈宜文还在热情地劝我继续摘，我说装不下了。我见司机小仝的袋子里还没有装满，就挺大方地说，摘呀，别客气，拣好的摘。仿佛这桃园是我的。可他有些不好意思。想想刚才准备来摘桃时，我提醒陈宜文说，司机小仝要和我一起摘啊！陈宜文以生气的口吻说，你把我当成什么人了，我心里一点数没有吗？这反倒是我的情商太低了，太小看了园主本家，伤了他的面子，有失他的人格尊严，当然不高兴了。

我们走出陈家桃园，采摘的游客也陆续走出了桃园，在园子门前，拧开自来水洗手。我忽然想到一个问题。我对陈宜文说，你的桃园建在古黄河的坝上，一边是古黄河，一边是排水大沟，当然不怕汛期。但旱天呢，要不要抽水浇桃园？他说当然要浇。

怎么浇？

把抽水机拉来，管子一架，古黄河水就抽上来了。

你用的是古黄河水。

不用古黄河水，你说用哪里的水？

他被我愚蠢的问话，给问住了。古黄河水在这里流淌了成百上千年，由浊浪肆意妄为，到清波微澜悠长，这里头蕴含着一股强大的力量。可你这桃园，也只是情窦初开的少年，过去是没有的啊。那么这条古黄河之水，今天流淌的意义也就不一样了。它给你带来的可是满园果香，满心的欢喜啊。记得中国睢宁儿童画，有一幅作品获得国际金奖，题目是《果园深处是我家》。画面是一片灼灼桃花，掩映一角房舍，几个天真烂漫的儿童，正在果园中翩翩起舞。这幅昨天的作品，描摹的是今天的生活。而你，正在迈向更加甜美的未来。

## | 第十三章 |
# 黄河农场

### 77

"黄河在家时……"这是一位住在古黄河畔的老人对我说的开场白。

老人已逾古稀之年，住在古黄河南堰下，曾做过村小学校长，如今退休在家，又当上了村网格员。老人爱笑，精神矍铄，待人热诚。长着一对长眉毛，眸子很亮，他一笑，长眉毛就跟着抖动。他不讲话时，模样总是思考状，但他思考了没有呢，说不准。

这句话是和他聊起古黄河时，他随口说出来的。我好奇地问他，你小时候的古黄河是个什么脾气，像今天这个样子吗，又清又亮，平平静静的？他说大兄弟，怎么可能呢！

这一次他说的事，时间很遥远，遥远到他的童年。他说黄河在家时，像个淘气学生。那年夏天晚上，搬一张软床在堰上睡，等到天亮，一睁眼，水都没半截子软床腿了。

你难道一点也不知道？

小孩，倒头就睡，睡得死死的，什么也不知道。这是黄河要发大水了。软床也不要了，往家里跑。黄河一发大水，遍地汪洋，庄稼全被淹在水里，没法收。要不人怎么会穷？

那就得在水里收庄稼？

怎么不！黄河在家时，这是家常便饭。再说了，泡沙盐碱，地里也长不出好庄稼，一亩地百十来斤。哪庄没有逃荒要饭的，年年有。

后来呢？

后来黄河走了，这有几十年不见黄河回家了。不发水归不发水，河这岸的人，到不了河那岸。河那岸的人，也到不了河这岸。隔河相望不相见，相见得绕十里远。十里都不止，你得找到桥啊。

走亲戚走朋友怎么办？

没法走！村里宋大憨子当村书记时，发狠带领老百姓修一座便桥。说叫宋大憨子，其实一点也不憨，精明得很。就是为老百姓干事，有一股憨劲，实心实情，不藏一点力。他带人修桥，是用车推肩挑修的，上面铺水泥板。桥修成了，一场大水，把桥冲毁了一半，成了断桥，人又没法走了。

你说的是像房湾那儿的断桥吗？

不是的。房湾那座断桥也是大水冲毁的。我们这座桥还不如房湾的桥结实呢。你现在看到的水泥桥，是在原先大水冲毁的便桥上修的。政府看两岸百姓来往实在不方便，就拨款让水利部门重新建了一座桥，一直用到现在。

就是前天晚上，我们过河去吃地锅黄河鱼，走过的那座桥吗？

是的是的！老校长用手比划起来了。宋大憨子不服气，老百姓得有饱饭吃，不能年年指望逃荒要饭。他的憨劲又上来了，带人栽水稻，水稻不怕水淹。栽水稻就要修大渠。你看村西那条大渠，就是宋大憨子冬天带人修的，叫大憨子渠，有一里路那么长。

水稻栽成了？

还能栽不成？起先，老百姓不会栽，地又硬。大憨子手拿一根小木棍，头削得尖尖的，先在地上戳个洞示范，再把稻秧子栽进去。头一年一亩地只收个二三百斤，那也不少了。第二年就收五六百斤了，现在是一千好几百斤，今年好地能收到两千斤。老百姓说，要想吃大米，就找宋憨子。

这人还在吗？

早走了。他可真为老百姓干了不少好事。到现在村里人还在想念他。

现在好了，家家有房，户户有车，赶集上县不用腿跑了。门前有果，屋后有花。

老校长听我这么一说，哈哈大笑起来，说老几辈子，做梦也想不到。管这一辈子，还管今后几辈子，不用愁房子的事了。有本事，安心去挣钱吧。

我说，好像你家里来的亲戚，有好长时间了吧？

那怎能没有，两个多月了。

不走了，长期住下了？

小孩外公，人家不说走，我能撵吗？

他家里没有其他人了？

怎能没有？有儿有女，过得都不错。他来了就不想走了。说住我这里舒服，有花有草，路又干净，还天天看人唱歌跳舞，吃穿不用愁。走不走随他心，想住多久就多久。

老校长说到这儿，嘿嘿直笑。我说你可是人家的老闺女婿啊。

这个，还用说吗。他闺女跟我几十年，又生儿子又生闺女，孝敬老丈人，不是必须的吗？

我们俩相对大笑了起来。

## 78

黄河是一个村名，古黄河围绕村庄大半个圈，像是伸出手臂的母亲，把村庄抱在怀里，村名就这样有了。村书记杨怀海当过小学老师，戴副很厚的眼镜，很儒雅。他很自豪地说在徐州，村庄敢以黄河命名的，只有他们村。黄河村是徐州市唯一以黄河命名的行政村。

去年春天，我特意去黄河村拜访杨怀海，看他们村的农房改造工程。而他没有带我去看已经盖起来的小楼民居，却把我领进了村集体农场，在苗黄大沟的桥上停了下来。

这是一条刚修成的崭新的大沟。杨怀海说它长九里，上口宽三十米，深达四米。原有的农田排灌系统都被破坏了，村里成立了股份制农业合作社，他和村干部也带头入了股。合作社流转了村民的土地，办集体农场，干的第一件大事，就是未雨绸缪，重新建起新的农田排灌系统，完善高标准的农田设施，建设丰产田。我看到已经拔节起身的小麦田，问他为什么你的农场小麦的颜色深浅一致？他说农场是统一的种子，统一的管理，当然是统一的颜色。这是村农场麦田的颜色。他把村农业合作社流转来的土地叫农场，看得出来他对这一叫法十分得意。我对他们农场种植的小麦，印象极为深刻。

今年秋天，农历九月中旬了，我又去黄河村。天很高很蓝，阳光从天

黄河村的苗黄大沟

上走进了稻田，一地金灿灿的景象。风力发电机摇着巨大的手臂，似乎是在欢迎我们。在玉米地里，看农民已掰下的玉米棒子，像是金棒子一样，堆在一起，明晃晃的，惹人欢喜。黄河村集体农场和农户的田野里，除了沟边一片高粱之外，庄稼大部分都收完了。刚生产完的土地，静静地和天空对望。集体农场重新种上的新麦，有的翠绿一片，有的刚冒出麦尖。

我问农场的地种完了？杨怀海说早种完了。我问这片高粱怎么还没有收？他看看高粱，像是一簇簇燃烧的火苗，兴奋地说今天就有人来收了，机器收，不用镰刀，卖给酒厂，订单种的。我指着田边许多秃头高粱问杨怀海，这路边的高粱穗子被人偷去了？

杨怀海爽朗地笑了，说偷？谁家缺这个？是有人顺手拿去家里，用来扎刷帚了。然后话锋一转说，现在村集体不像过去了，账上有四十多万，合作社农场的账上有四十多万，全是现金啊，可以随时拿出来。村里木材加工厂，全村有四五十口人在那儿打工，一个月工资三四千元，一年收入很不错了！这在以前，想都不要想！他一脸的阳光，眼镜一闪一闪的，舒坦满意的神色根本遮不住。意思是，谁会穷得来偷几支高粱穗子？什么年代了！

## 79

初夏时，杨怀海给我发消息，说小麦开始扬花抽穗了，你来不来看看？他知道我喜欢他们农场的麦田。

抗疫防控被关在小区里，进不了南方也去不了北国，看不到大片麦田争先恐后奔向成熟的样子。真是急不得也躁不得，哭不得更笑不得。放在往年，我早跑到农场的麦地里去了。小麦花开得虽然比芝麻粒还小，却是那么亲切。

到了立夏，全是麦子的天下，麦子把它饱满的渴望，伸向了天空。刚吐出来的麦穗，青嫩的麦芒，就是麦子伸向天空的纤纤手指，张开来在微风中摆来摆去，样子十分欢乐，手指间还挂着细碎的小麦花，白色的，只不过太细小了，细小到不注意很难发现，哪怕是微微地一碰，它也会坠落下来。小麦花没有娇艳的容颜，引不来彩蝶，它也没有银铃般的歌声，不可能高喊我开花了。

但千万别小看了小麦花。麦子的分量，就是从这个时候起，增加起来，而且会愈来愈重。一株麦子的分量是有限的，微不足道。可是无数株麦子饱满起来，那分量可是无法估量的。就好像是一滴水，它的分量可以忽略不计，如果无数滴水，汇成了海洋，那种力量就是不可抗拒的。这是理想的分量，麦子具有这种信仰。

从立夏开始，土地上的分量，开始向芒种奔跑。其实，这种神奇的自然的力，是土地自己积蓄起来的。它把这种力量，变成了麦子的力量，麦子就从立夏开始，一点点给土地增加压力，一种无处不在无时不在的力量。从土地力量的积蓄，到麦子力量的积蓄。这种力量的积蓄，应该是从去年秋天就开始了。经过一冬的寒冰严霜，经过一春的莺飞草长，现在又进入了蓬勃的夏季。一年四季的日月，麦子全部经历过。麦子认得播下它们的农人。从播下它们那一天开始，农人就站在地头田边，掰着指头数日子，初一，十五，数得那么耐心，从白天数到黑夜，从梦里数到现实，瞅着一地的麦子数，瞅着一轮明月数，数到立春，不数了，把手收回到腰间，看麦子起身。农人扬起头，对着高蓝的天空，长舒一口气，这是春天的一口暖气，一缕春风。原来春天就躲在农人的心里，为麦子准备着。

麦子起身了。

农人对麦子说，你什么时候开花啊？然后农人把自己蹲成一块泥土，似乎还不甘心，又把手伸出来，在空中抓了一把，什么也没有抓到，又好像抓了一大把，大概是春天让麦子开花的温度吧。他把手停留在一片麦叶之上，发现这麦叶凉凉的，有着喜人的厚度。他摸到了麦子的心跳和喜悦，他听到麦子在说，等我开花。

从此以后，农人就准备等麦子一起开花。他每天清晨来到田头，看麦子的颜色变化，从翠绿到墨绿，从墨绿到苍绿，从矮小到粗壮，从脚下到天边。他眼前那些个绿啊，渐渐转变成金黄，金灿灿地晃人的眼睛。农人就浑身发热，他把自己蹲成了一株麦子。他似乎听到布谷鸟从远处飞来，呼唤着麦子。

我知道麦子快要黄了的时候，布谷鸟就开始催促农人准备开镰收割了。只有小麦收获的季节，才能听到布谷鸟的叫声。布谷布谷，快快收获。那声音在麦田上空掠过，十二分的动听。有时在夜晚，有时在清晨，都可以听到它带露的叫声。布谷鸟是勤劳的，农时来了它不会错过。

布谷鸟的叫声，给人们带来了喜悦，马上收下新麦子了。收下新麦子，做成新麦煎饼，蒸出新麦面馒头，包新麦面饺子，擀新麦面面条，哎哟哟，那个香啊，口水能流下三尺长。

今年的芒种是阳历6月6日，端午节后了。农谚说四月芒种不到芒种，五月芒种必得芒种。意思是农历四月芒种，不等到芒种季节就得开镰收割，而农历五月芒种，必须等到芒种到了才收麦子。距离五芒六月，还有一个月的时间，那时抗疫应该取得胜利了吧！

想到这里，我希望大家心中都能响起布谷鸟的召唤，力争全面收获的到来，把麦子收到家中才是大获全胜，无论发生多么大的困难，都要有必胜的信心。毕竟，收下麦子才是硬道理啊！

做好准备，把耳朵清洗干净，等布谷鸟的叫声到来吧。

## 80

麦收之前，杨怀海带我来看他们农场的麦田。

麦子一块一块地黄了，像太阳的颜色一样，像泥土的颜色一样，像金子的颜色一样。麦浪涌起，是一片金光；麦浪落下，仍然是一片金光。仿佛这些麦子，是太阳的种子，从去秋一播下地，就注定了太阳的基因，会在今天呈现出来。那一株株金色的麦穗，是土地张开的好奇眼睛，它在张望不远处的村庄，和正在向它走来的农民。麦子在立正，麦子在点头，麦子站成欢庆的队列，似乎是在向走来的农民致敬！它心中清清楚楚，没有这些勤劳朴实的农民，根本就不会有今天的它们，就算是太阳的子孙，也绝不会有肥沃的土地，让它把根扎进地下，喜滋滋地生长。它们吸收朝霞，也吸收落晖，它们吸收阳光，也吸收月色。一天一天，不知不觉中，把所有吸收的，转换成了金黄。一片一片相接，一块一块相连，看不到它的边界。这天下成了它们的天下，这土地成了它们的家园。那些个村庄，那些个河流，全是为映衬它安排出来的图案。于是，站在它们面前的农民笑了。笑麦子的可爱，笑麦子的性格、麦子的痴情，所以一切收获的准备，都以它的表情为准。

麦子以它的眼光，来看播种它们的农民。麦子以它的情怀，来回报哺育它们的农民。麦子以它的思维，来揣摩农民心中的真实想法。终其一生一世，它也无法离开农民的怀抱。麦子不仅知道农民瞳孔里的喜悦，也知道他们胸腔深处的辛酸。不仅知道脊梁骨的坚硬，也知道内心里的那一片柔软。

收获麦子是令人喜悦的，一个人，一个家，一条河，一个村庄都处在兴奋之中。收麦就叫开镰了。开镰，就是半夜起来，把镰刀磨得锋利，等待天亮了去割麦，男女老少都去，去收割金黄。前天看了一个视频，把大型收割机械开到地头，说马上开镰了。镰在哪里？这分明是要开机啊？你连镰刀的影子也看不到，无镰可开。过去开镰，人是忙得顾不上吃饭的。蚕老一时，麦老一晌，稍慢一点，麦子就朽头了，到嘴的粮食也吃不到了。早上出门带在田头的咸菜稀饭，和磨刀石放在一起，收麦人全顾不上它们。有了喘口气的时间，也是先磨镰刀。吃饭，耽误时间，顾不上。而现在，人们带着啤酒什么的，在田头树下看着麦子，喝着啤酒，等待着机器来收割，机器不来，他们是不会动手的。镰刀？从来没想过，都什么时代了。过去收麦没有十天半个月，是结束不了的。现在三五天收完了。生产方式的变化，让叫黄河村的村庄，完全换了模样。

杨怀海说，想想当年开镰收麦的情景，真的令人害怕。一想起收麦的日子，心里就不由得发抖！从天一亮到地头，弯下腰一刀一刀地割，割到天黑，腰根本直不起来。不足百米的麦垄，就像永远也走不到头的艰难旅途，割一刀，望一眼近在眼前的地头，就是割不到头。于是，村人就说，别看，只顾干吧。眼是孬蛋，手是好汉。天色晚了，无法收割了，把镰刀暂且扔到一边，在捆好的麦子上躺一下，虽然身上刺痒难耐，但心里是舒坦的。才发现，麦地，是割一块少一块，面积在不断缩小。原来，眼里看到的困苦，实际上并不可怕，不动手清除，才是可怕的。瞧瞧，身后是大片收割后的广阔和恬静，就感到，还是人的力量大！所有付出的汗水劳累困苦，一旦挺了过去，再回忆起来，都变成了成功的快乐，付出的舒畅，还有获得的满足。

在黄河村集体农场，杨怀海带我来看他们的麦子，我知道，麦子给他们带来的不仅是物质的丰美，还有精神层面的启示。秋天播下，冬天扎根，春天拔节，夏天收获，它经历了一年四季，也经过了严酷的自然考验。是不是一切美好的结果，都要经历某些耐力的考验和信心信念的煎熬呢？一切贵在坚持和守信，麦子的一生中，总是在奔跑，在欢呼，也在呐喊，然后就呼唤出铺满大地的金黄！

麦子是太阳最忠诚的孩子。

## 81

站在黄河村的麦田边，望着正在崛起的黄河新村，我真的为这些麦子感慨万千。它们，将要告别历史，走进一个新黄河时代。那些新楼，将会给黄河村人带来新的希望的种子，这些种子将会同麦子一样，播进农场的土地，开始孕育新的更加美好的收获。到那个时候，我们再来到麦田的面

黄河新村

前，将会产生什么样的感动与思悟呢？黄河人的饭碗里，盛着自己的粮食。别人的饭碗里，也许同样是黄河村人收获的粮食。

## 82

古——历史之久远也，邳——城邑之广大也。古邳，地处长三角北翼黄淮平原，四县交界，八方通衢，这是一座有着 5000 多年文明史、2600 年建城史的文化古镇，素有"孙权故国、张良故里、刘裕故都"之称。

在"古下邳·三国城"文化艺术品展示交易中心启动仪式暨古邳镇首届文化艺术节开幕之际，朋友约我为古邳写一个《新古邳三字经》，我应允了。文字如下。

四千年，古下邳。夏商周，史有记。

陶与铁，火与泥。水汇流，泗武沂。

黄河决，城毁弃。大地震，摧房地。

八景出，百鸟啼。博物馆，历史里。

奚仲车，大智慧。季札剑，见信义。

三国史，半部题。东汉国，建安郡。

刘曹吕，兵相敌。笮融相，浮屠寺。

九镜塔，照空碧。严佛调，第一人。

齐威王，封邹忌。楚王信，都城邑。

地下城，史源深。文保地，国家级。

岠峰秀，葛神医。炼仙丹，民间济。

皇帝官，名康熙。黄石公，天下一。

赠素书，张良依。圯桥风，诗仙李。

白门楼，收画戟。古槐下，拴俊骑。

帝孙权，出生地。羊山寺，浴佛礼。

钟破晓，三十里。困凤堂，关公义。

龙街石，藏龙体。里人巷，寻芳迹。

青陵台，桑女泣。物华宝，需记忆。

形胜地，忠仁义。爱国家，亲邻里。

父母食，不可私。做人子，孝不移。

敬亲老，顺夫妻。家和睦，携兄弟。

好媳妇，亲妯娌。助他人，义勇为。

向上善，洁身洗。耕桑陌，勤学习。

少年强，报国志。平天下，格局奇。

御品鲜，苔干翠。千子亮，糖酥鲤。

滚活油，乌片艺。古邳粥，第一汁。

食者寿，健身体。母子扇，传国际。

汤琵琶，神曲异。云牌舞，柳琴戏。

铜牛灯，工绝技。牛耕图，举世稀。

醉颜佗，帅陈毅。赴延安，留格律。

父与子，将军李。万岁军，英雄旗。

烈士陵，耸吕集。同日月，万古垂。

植万树，葛峄绿。惠风畅，纪事碑。

新时代，新古邳。展宏图，披征衣。

跟党走，步调齐。民族兴，壮志立。

振乡村，创伟绩。百姓富，强集体。

环境美，居所宜。新农村，歌与诗。

百姓事，民主议。谢党恩，铭宣誓。

价值观，需牢记。担使命，初心始。

讲文明，守正理。为人民，谋利益。

饮甘泉，情深记。水绿美，山青姿。

目标远，信仰炽。同奋进，共举力。

　　古邳历经四千多年的洗礼，上演了诸多人文故事：奚仲开国，宋襄公筑城，季札挂剑，陵台夜月，圯桥进履……留下了诸多遗迹：岠山、下邳故城遗址、张良殿、羊山寺、葛洪洞……这些都是先人留下的宝贵财富，是发展文旅产业的丰厚资源和得天独厚的优势。

　　元旦试营业 4 天期间，"古下邳·三国城"共接待游客 10 万余人次，交易量达到 300 万元。截至 14 日正式开业，已有 500 余家商户签约、入驻三国城，拉动了古邳镇交通运输、仓储物流、商贸服务、餐饮住宿等第三产业的发展。

我来"古下邳·三国城"观光是上午九点左右。看来是来得早了点，没有游客走动，四周安安静静的。信步走进一家古玩店里，店主很热情，笑脸相迎。我看了他店里的字画，问他是否真迹，他点头肯定。又问古玩真假，他说有真的也有仿制的。问他经营如何，他说才来不久，一切刚刚开始。显然他不是本地人。然后话题转到了古下邳的民间艺术家身上，他知道的居然不少。尽管评价有偏颇言词，但也属于一家之言。

在"古下邳·三国城"转了一大圈，总的感觉这里好像影视拍摄基地，把我们带到了千年之前，又分明脚踏现实之地。在"入城"的大门前，围有数人在打掼蛋。正巧遇到了一位管理者，他告诉我们说，今天不是开城日，所以比较冷清。你为什么不选择开城日来呢？

我解释说我们还要去黄河村。

去杨怀海那里？

是的，是的。

那下次你在开城日再来，我在这里等你。

## 83

告别三国城，我们去黄河村。很快，一个崭新的村庄迎面而来。直接来到村部，杨怀海书记不在。打电话去问，才知道新村里刚搬进四个小组村民入住，还有七个小组的村民，正在筹划入住。虽然说事情并不复杂，但许多工作必须安排到位。不多时，他风尘仆仆地赶来了，引导我们去参观他的新村。边走边自豪地介绍他的设计理念，以及许多愉快又恼人的故事。

黄河新村，千年之变，令人兴奋，也令人充满了期待。新的商业中心，已呈现出繁荣景象，这气象原先是没有的，令杨怀海感慨不已。我们说这片土地上，有你三十多年当村书记的青春付出。他并不反对。只是说这是命运的安排。如果他当初选择与他弟弟坚持做企业，恐怕现在也是千万富翁了。我说那今天就看不到黄河新村了。他说这只是时间早晚的事。

坐在我们面前的杨怀海，谈了对新村的构想。然后说，等新村一切安排妥当了，我也该退休了。然后他向我描述了退休后的生活打算，那是又一个起点，听起来十分诱人。

但他现在所有的心思，是把黄河新村老百姓眼下的事安排得有条不紊，让父老乡亲生活得平安放心，无忧无虑。

# 第十四章

# 官庄诗韵

**84**

宝光:

有水的地方,就有村庄。有村庄的地方,就会有诗歌。

古下邳的旧城湖,是水沉的湖。我知道你对睢宁古下邳这块土地很熟悉。你已经来过这里许多次了,为她写过很漂亮的文字。但依我对你的了解,你在文章中没有提到过旧城湖,说明你肯定没到过那里,尽管你清楚,那里的地下,埋藏着一座叫下邳的古城。现在我邀请你再来一次,我在旧城湖里等你。时间选在重阳节之前吧,重阳节是思念开花的日子。如果你来了,去了旧城湖,其斑斓的秋色,足够令你流连忘返、乐不思蜀。

你可以在下邳大道下车,它就在白塘河湿地旁边,你不是去过那里的全球最美佛教建筑之一的水月禅寺吗?从下邳大道,可直接走到苏北平原上最大的人工水库——庆安水库,水库的长堤上,新栽了两排银杏树,长得正好,用不了多久,就会成为又一条金色的时光隧道。从银杏大堤走上古邳镇的景区连接线,古黄河、圯桥、张良殿、白门楼和岠山如一颗颗珍珠，被景区连接线串在一起。那些新栽的梧桐木，亭亭沐风，笑靥盈盈。你会在景区连接线旁边，看到一块巨大的风景石，那是一块无字石。为什么上面不镌刻"旧城湖"三个字呢？它就立在旧城湖边上啊。不刻字就不刻字吧，这反而会给你留下更多的想象空间，你想象上面是什么字就是什么字，你想象这字是谁写的就是谁写的。你不是说在诗人当中，你的书法最好，在写书法的当中，你的诗最好吗？你可以想象那石头上有"旧城湖"三个字，就是你题写的。

景区连接线，穿过许多古老淳朴的乡村，那儿的房屋和树木，都透出一种恬静的乡村之美。池塘里的荷花，荷花下的鱼虾，都是满满的欢喜和热情。这里原来都是一些废弃土地，当地老百姓在废弃的土地上蓄水种荷，乡村就种下了诗一样的荷塘月色。旁边的小屋里，会飘出煮鱼的味道，那是干净利索又漂亮的乡村大嫂，也许是大婶，在展示她待客的家传手艺。她烹制出来的农家味道，要比城里饭店浓郁得多。这除了是因为她们的手艺，也是由于所使用的食材都是自产的原生态的。下邳农家煮鱼，将会给远方的人留下难忘的记忆，让你品尝到挥之不去的乡愁。

你可以依照李白的高雅风姿，沿着他的足迹，迈步登上圯桥，迎沐英风。虽然这座圯桥是复建的，可它毕竟距离老圯桥遗址很近。这并不影响你怀古，也不影响你沉思，为什么在这块土地上，会让李白发出"我来圯桥上，怀古钦英风"这样延绵千年的感慨呢？还有，在白门楼前，你也会仰望蓝天白云，重温吕布陷阱密布的血雨人生，追问：吕布算不算是英雄？难道武艺盖世就算得上是英雄吗？那么绝世美人貂蝉，她是否有自己的真爱？但无论如何，他们的故事在中国的历史上，在古下邳的土地上，留下了抹不去的痕迹，为什么这些事件会发生在神秘的古下邳？

你也许会说，无论多近的历史，终究会远逝。不会远逝，不会死去的，是历史留下的精神。历史的种子，在原生地萌发了新的叶芽，长出了新的枝干，在书写和创造新的史篇，传承给更久远的未来。未来也会为今天的古邳岁月而感叹。一样的河流，不一样的歌唱。你可以去看看旧城湖里东汉时期的那段古城墙，就会明白我为什么会这样说了。

哦，对了，你曾经对我提过，古下邳那个"夜柳交枝"的传奇故事，值得一写。你来了，我就带你去看青陵台的遗址。李商隐《咏青陵台》的诗句你肯定知道："青陵台畔月光斜，万古贞魂依暮霞。莫讶韩凭为蛱蝶，等闲飞上别枝花。"发生在青陵台上"夜柳交枝"的故事，成为情侣真心相爱、至死不渝的爱情绝唱而流芳百世。也许会让你有些遗憾或伤感，青陵台除了故事还流传在民间，原物原景却看不到一点踪迹了。消失了也好，意味着如此凄美的爱情悲剧，老天爷也不愿意让它在人间重演。

站在峰峦翠染的岠山顶上，遥望烟雾笼罩的旧城湖。底下埋着一座曾称国为郡的古下邳。历史湮灭了一段繁华，我们以为古下邳已不存在了，它不再向世人发声，也不再向世人彰显。我们看不见古下邳在地下的身影，听不到它在地下的呼唤，可它一天也没有离开过生活在这片土地上的人们。历史自己也会惊喜的。当你看到考古挖掘出土的东汉古城墙，显示出当初邳人的智慧，它是如此的坦荡、大气、端庄而磅礴，它堆积起来的是邳人的文明和辉煌。这个全国历史文物保护单位证明了古下邳和今下邳的一脉相承。那一层又一层的文化层，叠压的都是下邳人民创造的人类珍藏，现在，又在增添着崭新的一页。历史是活着的巨人，在今天的这个时刻，与当代相拥，它想看看今天，与它生活的那个年代，有何不同和超越。

古下邳，就像你走过的那条黄河故道，泛滥过苦难，制造过疼痛，在曾经的岁月里泥沙俱下。可如今，它清澈安详，碧波微漾，繁花盛开。就连改变它的人，看到现在的它，心里流淌的也是一河惊喜。他们竟然会怀疑，这一切真的是他们的双手改变的吗？

这些都是我邀请你到旧城湖来的理由，至于你来到之后，会产生出多少奇绝的诗句，我是不敢预设的。但只要你来，旧城湖会满心欢喜。我确信，它的今天会永远留在你的记忆里，像古下邳出土的那段东汉古城墙，厚重而又丰富。你会深切地感受到，那些美丽的景物，在不断地改变着自己的容颜，呈现出前所未有的景致。

我告诉你，我会带你去大官庄，那是一个诗村，整个村庄都是跳动的诗行。

## 85

田野上的冬天，看似没有动静，其实却不是这么宁静。它是在静静地动，不知不觉地动。在田野上生长的冬天，不能像春天那样，初雷一吼满地绿地动，也不能像夏天那样，呼风唤雨葳蕤蓬勃地动，更不能像秋天那样，泼墨重彩五彩缤纷地动。它就那样静静地动，动得不动声色。早晨，和煦的阳光洒向田野。田野上是新发不久的麦苗。你会在一回首之间，发现麦苗儿上铺满了晶莹剔透的露珠，银亮亮地晃眼，厚厚的一层，无边无际，如同铺天盖地的珍珠在田野上闪烁发光。这个时候的田野，不仅生长了麦苗，也生长了露珠，虽然悄无声息，但它们在生长。一夜醒来，看它们齐刷刷地扬起笑脸，以为梦还没有醒呢，你怀疑地揉揉自己的眼，以为这是只有在睡梦里才可能看得见的景色。如同梦到了一首诗。

　　冬天如诗的田野，生长了麦子，麦子上也必然会生长珍珠般的露珠。否则，那些可爱得似乎要轻轻歌唱的露珠，铺在什么地方呢？铺在什么地方会比铺在麦苗上，更加晶莹璀璨呢？这个时候的大官庄，被带着露珠的麦苗包围着，仿佛穿上了镶嵌着珍珠的霓裳。不仅是麦苗在悄悄生长，连那些落叶的树木，也一刻也没有闲着。繁华褪尽，素面朝天，进入眼帘的是树的朴素与真实，坦荡和自信。它们有着坚硬的气质，幻化成为一座座千姿百态的雕塑，装扮着这个冬天的田野。那些树是化腐朽为神奇的诗人，它们创作的作品，是天下独有的，绝不会有重复的诗句。那些如钢似铁的线条，刻画在天空中，虽然是素描，虽然是写意，但丰富多彩，生动无比。你看到了树的笑容，也看到了树的飞翔，还读到了树的此时无声胜有声的诗行。这还只是树的外在形象，树的内心世界蕴藏在它的根系里。冬天的树如同诗人，有足够的时间来思考，可以尽情地舒展，想扎多深就有多深，想扎向哪里就扎向哪里。扎得深了广了，积累就厚实了。等到来年第一声春雷响起，第一滴春雨落下，你就看那些枝叶吧，万木齐发，峥嵘吐翠，枝枝萌动。一转眼，就给了你一个繁花似锦的新世界。那是一个激浊扬清的季节，那是一个走向成熟走向采摘的季节。由此想来，在田野上走动的冬天多么好啊，冬天在孕育着未来呢！

　　我的家乡睢宁在苏北平原上，很少看得见山，却望得见数不清的水。山在冬天的平原上，显得更加威严伟岸，不苟言笑，似乎是用审视的目光，看着面前的一切，密切关注着田野上麦苗的生长，守护着不让其受到一丝一毫的伤害，哪怕是一点微不足道的委屈。而水却不是这样，水在河里流动，以它一以贯之的柔情，在田野的腹部缓缓游动，好像怕惊动了正在生长的生命。只有鸟儿，从它的头顶上掠过，发出亲切的呼唤，希望得到河流的回应，像它那样飞翔吟唱。但古黄河并没有这么做，它用它的温暖滋润着田野，尽自己所有的力量，把寒冷收集起来。当收集了过多的寒冷，就把这些寒冷凝结为冰。它不再让那些寒冷肆意妄为，到处撒野，去伤害柔弱的麦苗。它把寒冷凝结成冰之后，就可以在田野上，让飘落的雪花铺成棉被，捂住那些顽强奋发的翠绿。等到东风归来，河流就会让凝结为冰的寒冷，一点一滴地融化为春水，重新注入田野绿色的血液里。这个时候，万木就复苏了啊，山也就不那么威严了，它披上了节日的盛装，让那些飘逸的云彩，围绕在它的身旁，让长长的云丝撩动着山的额头。

夜幕垂下来了。如果说冬天的阳光是走动的，冬天的流水是走动的，那么冬天的夜晚是不是也在田野上走动？我想也应该是的。你看远远近近的灯火，窗前灯下肯定有那些怀着梦想的写诗人，思绪还在走动。他们内心世界的抱负，在这样的夜晚伴着灯光和星光一同生长。他们像树的根系那样，伸展着自己的探求，构思着未来的蓝图，描绘着自己的目标。他们就像田野里无际的冬麦，顶着露珠，发芽展叶，吐花结实。他们窗前跳动的灯火照亮了梦想，打开了书页和画卷，就像打开了一个古黄河的入海口，他们会打捞出一个湿漉漉的时代奇迹。冬天的田野虽然冷寂漫长，但他们的根基却热烈而又坚定。用青春的活力赋予季节丰润充实的内容，那么这个时空就有了存在的意义。

冬天的田野，正在孕育着一个恢宏而又迷人的诗篇，就这样，让它安安静静地生长着吧！

## 86

我第一次去大官庄，是王敢开车，从黄河大堰上爬上去的。那个时候，除了知道王敢是大官庄村的党支部书记之外，其他一概不知。看王敢很热情，也很普通，看不出他还是位农民诗人，有一颗激情四射的诗心。

为什么你的村叫大官庄？

王敢说这个是祖上传下来的。传说，这么高的北大堰，是秦始皇时代为泗水筑的。筑堰的时候是个冬天。有一个张姓老头从这里路过，发现有地漏子，就是沙土地有个洞漏水，漏水这堰就打不起来。老头二话不说，脱了衣服就去堵漏，被官兵发现了，认为他是一个好人，报告给皇上，皇上封他一个管运盐的官，是这一带最大的官，村子就叫大官庄了。但他是个闲职，挂个名而已。这位盐官死后，堆了一个很大的坟，站在坟顶，可以看到十几里外的九境湖，后来，村里人说，这个坟堆得太高，挡在家门口，不吉利，叫张家人迁走了。村名留了下来，直到现在，还叫大官庄。

车到北大堰下，我看这堰横卧眼前，如一条巨龙蜿蜒，不见首尾。我问王敢，这么高的大堰，上得去吗？

王敢说，没有事，习惯了，上得去。果然，他一踩油门，小车吼了一声，上了大堰。到了堰顶，看大官庄的民舍，繁星一样散落在堰顶上，住在这大堰上，是借地利之势防止水患。

王敢说，你看，家家房前屋后都有樱桃树，年龄最大的都在百年以上。我们这个村盛产樱桃。我仔细一看，果然是，那些樱桃树刚刚开花，隐隐约约，像是淡红的云彩飘在房前屋后。王敢说这才刚开，盛花期更好看。我说，你这里是一个樱桃园啊。进了大官庄，看那些樱桃树，铁杆细枝，一丛又一丛，让人心生惊奇。我指着一棵樱桃树问王敢，像这么大的一棵，可以结多少樱桃？他说这么大的一棵樱桃树，肯定在百年以上了，可以结几百斤吧。我惊讶了，脱口而出说这么多啊！

大官庄

大官庄由 10 个自然庄组成，又分 11 个村民小组，原先是一个经济薄弱村。王敢当书记已经 10 多年了。王敢说，这里不仅生产樱桃，还出产一种实芹。别的地方的芹菜，杆子都是空心的，而这里生长的芹菜，杆子是实心的，最高亩产在 8000 斤。有高血压的人，吃它最好。但因为气候和土壤等原因，一直没有推广开来。除此之外，这里水多，鱼也多，有野长鱼，野泥鳅，还有那种野刀鳅，过去没有人吃，现在买不到。还有大青虾、爬地虎、槐豆鱼。至于黄河鲫鱼、黄河鲤鱼就更不用说了。

那个时候，我仍然不知道王敢写农民诗，更不知道村里的农民也写诗。后来在一次闲聊中，他突然讲到了诗歌，然后我才知道，他已经写下了数百首现代农民诗，在中国诗歌网平台上发布了多次。这让我对他更加刮目相看。

不久，堰上的大官庄消失了，村民整体搬迁到镇区，重建新的大官庄。王敢说，只用了几天时间，全村 90％以上的农户，都签订了拆迁协议，连夜排队签。半年之后，近似于空壳村的旧大官庄就永久地消失了。

那些百年以上的樱桃，被王敢移植到了"黄河十八湾"生态园里，再摘大官庄的樱桃，就要到十八湾去了。王敢在《写给消失的村庄》里写道：

乡愁的主题

如果总是贫穷

我宁愿裸奔

不带走一砖一瓦

只带走歌声和蝉鸣


曾经相约的四合院

只剩下一棵冬青

遍地禾苗

起伏祖辈的坟茔


如果你回来

依然在落雪的腊月

站在古老的十堡堰

一眼就能看到

老家那棵绿树


欢笑着流泪

采一片乡愁

夹在新村的扉页

精彩才刚刚开启

王敢说，大官庄新村建成以后，我们不仅要把它打造成全县全市的民主协商议事村，还要把它打造成全省全国的先进典型，把大官庄打造成农民诗歌村，筹建大官庄村文学馆，让大官庄人感受新时代文学的气息，让我们的生活，充满浪漫的诗意，让村庄弥漫着新生活的诗韵。

<h2 style="text-align:center">87</h2>

2021年5月4日，参加"古黄河畔新乡韵"2021年中国诗人看睢宁活动的来自全国各地的诗人、作家，走进了江苏省睢宁县古邳镇大官庄新村。他们读大官庄农民诗歌，分享乡村农家生活的甜蜜，并为大官庄村授牌"徐州市作家协会创作基地""睢宁县作家创作基地""睢宁县作家协会古邳分会"。

王敢说，诗歌本来就是从土地上生长出来的。农民写的诗歌，接地气，有泥味，一看就懂，一听就明白。他说道：

> 不再约定明天
>
> 天的概念已经取消
>
> 老地方还在
>
> 赴约没有晚和早
>
> 我们就这样活着
>
> 看太阳消失或照耀
>
> 不言春夏秋冬
>
> 坐看花香雪飘……

大官庄人虽然经历了贫困与苦难，但始终以乐观积极的心态面对生活。他们热爱自然，崇尚文明，寄情于自己的家园，传承"诗书传家远"的古训，村民写诗读诗，以诗言志，以诗传情，以诗温暖生活。老人多作旧体诗，年轻人多作现代诗。聂礼海写旧体诗，屡次在全国各类征文中获奖，并被邀请去参加颁奖典礼和采风活动。刘雪莲写了1000多首现代诗。村网格员梁娟，几乎天天写诗，写了多少，她自己也没有统计过。她用诗歌表达她的入党愿望，还制成抖音视频，获得数千名网友点赞。王敢说，村里诗歌协会，有50多名会员！

说到现在的农村变化、农村生活，大官庄农民诗人说，过去和现在对比，能比得过来吗？1958年吃食堂，一人一天八大两，后来连这八大两也没有了，怎么能吃饱？还写诗？说话都没有力气。天天挨饿。现在一天谁能吃八两粮食？吃菜比吃饭多。过去一斤油一家人吃几个月，现在一个月能吃十几斤。人都吃回去了，大鱼大肉不吃，吃青菜吃咸菜。过去扫地扫出来一分钱，孩子当成宝贝，现在扫出来一元钱，孩子也不当一回事。过去一家人盖一床被，现在哪家不是十几床几十床被？过去人身上一抓一大把虱子，放在嘴里咯崩咯崩咬，现在想见也见不着。过去活五六十岁就死了，现在活七八十、八九十走路还带风，油水好啊。这事讲给孩子听，孩子都不信，说怎么可能，你就编吧！

王敢写的秋天是这样的：

天乍凉

夜渐长

落叶满地

西风吹又扬

月儿亮了稍冷

杨柳疲了更黄

怎奈秋寒难挡


古黄河水清且凉

处处钓鱼郎

岠山树木渐稀朗

隐隐拂官墙


天色晴方好

又转雨几场

偷着空气好播种

麦苗已成行

天空高且蓝

母亲唤儿郎

我问王敢，你为什么会想起来带领村民写诗呢？他立马笑了，说我们有写诗的土壤。2010 年 2 月，乡亲们推选我做大官庄村党支部书记，如何营造良好的民风，是我上任伊始一直思考的问题。村民聂礼海和我开玩笑说，你可以带领大家写诗歌来改变村风村貌！我一想对呀，"诗无邪"，利用诗歌引导乡村健康发展是可行之道。我召集爱好诗歌的村民开会，大家一致赞同我的想法。慢慢地，有更多的村民爱上了读诗写诗。吵架斗殴的现象绝迹了，我们村连年被评为"文明示范村"。

梁娟嫁到大官庄 20 多年了，大儿子上大二，小儿子才上六年级。她对象在县城里打工，带小儿子上学。她呢，听说镇里招聘网格员，立即赶去报了名，参加了考试，结果以第二名的好成绩被录用。她就成了大官庄村的网格员。她摘下口罩笑着说，你看我的脸，一半是黑的，一半是白的。全村800多户，疫情防控期间我得户户到啊！

梁娟说她上学时就喜欢写作，学习写诗，是筹建大官庄新村前后的事。在工作中、在生活中，经常有诗句从心里蹦出来。梁娟说，我用我的诗句，表达我的感情，记录我的生活，展示我的世界，我就是我的阳光。一次她在巡访的路上，忽然下起了大雨，她发现新村下水道的井盖冒着水花，她就写道：

> 雨很大
>
> 像谁家的池塘漏了
>
> 从天上倒在这人间
>
> 水往低处流
>
> 下水道的盖子
>
> 上面有四朵喷泉
>
> 很美很美
>
> 像四朵花在那儿不停地绽放
>
> 它们在努力　也许你看不到
>
> 我爱这新村的世界
>
> 连下水道的盖子我也爱
>
> 没有它　地面上会积水成河

与梁娟写诗风格不一样的是聂礼海，他是江苏诗词协会会员，拿手的是写旧体田园诗。

麦黄五月正开镰

少壮收割老不闲

夜夜机声鸣不断

村村灯火照无眠

谁家煮米忙新妇

哪个舒心叹旧年

仓廪充实人有盼

风调雨顺好耕田

他写的是大官庄的新村美景。

2021年12月的阳光，如同春三月的一样温暖妩媚。大官庄新村小楼齐整，村路宽敞，公园里新树苍翠，地面干净得像水才洗过似的。有老人坐在门前闲话，有的在西北角专辟的"一分田"菜地里种蒜栽葱。一切都是那么的静谧舒适，阳光下的新村洋溢着温馨，正准备迎接新年的到来。

大官庄新村是一个投资2.4亿元建成的新农村社区，筹建于2017年底，2021年秋天开始入住。占地220亩，建筑面积10万平方米，共800户，可入住3000余村民。腾出旧庄体近2000亩土地。王敢说到做到了，这里已经是"协商民主议事"的先进典型村，省政协主席称赞说这里是"基层协商民主议事的小岗村"。农民用诗歌为村庄谱进了和谐的旋律，除了村里原来的"官庄的狮子，陈庄的龙"等特色传统文化，又创造了另一种时代诗境。春夏秋冬，南堰北湖，东沟西坡，都是他们诗的韵脚。他们的诗也许不完美，却是美好生活的一朵朵浪花。

在大官庄新村的党群服务中心，王敢说，我们才刚刚搬过来办公，许多设施还没有完善，接下来我们将打造一个苏北最大的农家书屋——大官庄村文学馆，办好大官庄农民诗社，出版农民诗集，吸引全国各地的诗人、作家来看下邳古国，体验淳朴的古黄河乡村风情，品尝闻名遐迩的下邳农家菜。我们的新村，家家门前屋后种桃栽梨，让这里成为花果园，迎接远方来访的客人。这就是大官庄新村的新诗啊！

## 88

坐在干净明亮的大官庄文学馆里喝茶，面前摆放着自己喜欢的书，说前朝，话今日，就连大官庄人自己，也绝想不到会有今天这么大的变化。历史上的大官庄，受淹后逃荒要饭的大官庄，哪里会想到小楼平地起、大道到门前？哪里会想到从住在古黄河边，到今天镇区新村，说是个笑话，也是一个神话。写诗的村庄，在穷困的年代，心里怎么会有诗？如今，写诗的农民，把诗意融进民主协商议事了。议事也议得诗意盎然。

王敢说，这些，仍然是新起点，还有新征程要闯，新蓝图要绘，新诗歌要写。我们有能力消失一个旧官庄，就有自信打造一个新官庄。历史，已经翻开了新的诗页。

## 89

喜欢"岚"这个字。睢宁县有一个镇就叫岚山镇。

岚山和大官庄一样，是另一首诗。

岚山在春秋战国时，大部分村寨已经形成。属高亢半山区，有团山、寨山、鱼山等大小 33 个山头。境内有以大汶口文化晚期和龙山文化早期遗物为主，兼有商周及汉代遗物的鸡宝泉遗址。历史上曾建有铁佛老爷庙，以及元朝之前建立的占地三十亩的玉皇庙。

岚山之名，因气候特征而得，村庄因山名得名。

天然之岚，迎来野生动物集聚。

2022 年 9 月 28 日，徐州九顶山野生动物园正式开园迎客。

野生动物园坐落于岚山镇陈集村。地理位置优越，距徐明高速双沟东出口仅 8.6 公里，距观音机场 30 分钟车程。园区总投资 20 亿元，占地 3400 亩，计划展出世界各地濒危珍稀野生动物近两万头（只）。作为淮海经济区内最大的动物主题文旅项目，徐州九顶山野生动物园依托丰富的山水资源规划建设，打造出集野生动物观赏、国际马戏演艺、亲子游乐互动、主题酒店体验、休闲观光度假、科普研学教育为一体的沉浸式综合度假区。

九顶山野生动物园

既然在岚山陈集村，为什么不叫岚山动物园或陈集动物园，而叫九顶山动物园呢？

我想当然地认为，1956 年之前，陈集村隶属于安徽省灵璧县九顶区，为陈集乡。因在苏皖两省交界处修建闸河，经中央批准，陈集乡划入江苏省睢宁县王集区，为陈集高级社。1962年，从王集公社析置出岚山公社，后恢复乡建制。2000年，撤销岚山乡、高集乡，合并设立岚山镇。陈集村内外有八座山头，即羊山、独山、霸齿山、大渔山、九顶山、鹰山、寨山、姚山头。有三座水库，分别为羊山水库、陈集水库、孙庄水库。另有五口水塘和一条闸河。

陈集有九顶山，名字响亮有气势，与野生动物园的内涵相当。叫徐州九顶山野生动物园而不是睢宁县九顶山野生动物园，恐怕追求的是以徐州为圆心的向外辐射。

究竟是不是这样考虑的，不知道。但岚字象征美好吉祥、聪明大气、光彩照人是没有异议的。

九顶山野生动物园选址陈集时，我来到过这里。当时写下了《岚山在深呼吸》。"我们的土地在深呼吸/我们的乡村在深呼吸/我们的蓝图在深呼吸/我们的人民在深呼吸/用深呼吸架起一道彩虹的绚美/用深呼吸描绘崭新宏图的可爱/用深呼吸实施乡村振兴的豪迈/用深呼吸作出完美的精彩"。一个投资数十亿的野生动物园，正在向陈集走来，向陈集的山水走来。

那个时候，陈集村刚刚完成空间整治，全县在这里召开现场会。九顶山野生动物园项目能不能引进来，陈集人心里并没有底。在村民心目中，这个是淮海经济区特大、江苏第一、全国第三的野生动物园，要打造动物与人、动物与自然、人与自然和谐共生的生态景观。这些，陈集人没有想过，岚山人没有想过，睢宁人也没有想过。

在野生动物园开建之初，当地的农民想的是，早日见到那些形形色色的动物，这些动物来到之后，会给他们带来什么？他们义无反顾地为这些野生动物让出了自己的家园，让出了世世代代耕种的土地。他们心里装进了一个更加美好的憧憬。我们，能适应野生动物带来的变化吗？我们能为它们做些什么？能够做得好吗？

无论事先怎么周密设计，但当实际运营时，依然会有新的问题发生。2023年5月1日，这一天岚山镇涌进了5万名游客，相当于整个岚山镇的常住人口。分管旅游的王副镇长说，我们后继的服务工作，一下面临巨大压力。当地一位卖板面的农民，当天纯利就达到了9000元，人都累瘫了。所有的饭店爆满。

野生动物园给岚山人带来的新思考是，如何完善服务设施，保证正常有效运营。必须尽快地解决吃和住的矛盾，让游客乐意在岚山消费。于是，组团外出取经学习，扩展特色民宿酒店，引进机器人无人服务，打造岚山印象，留住游客，留住记忆。

野生动物园负责运营的沈总说，我们根据市场变化，及时调整策略，采取淡旺季不同项目吸引游客。如夏季启动了夜场游园，增加了花车巡游、水映月、动物世界剧场、非洲印象等文化产品。自开园以来至2023年5月份，已接待游客近80万人次。目前，正准备落实二期规划建设工程。

陈集村民已经入住了小区新居，新的生活已经与野生动物息息相关，这才是刚刚开始。未来是个什么样子，现在只可想象。在新村部里，我见到了村书记谢军、村副主任张理想。张理想开了一家快餐店，主厨是他媳妇。他说每天平均利润几十元钱，马上招来谢书记的否认，并且掰开手指头与他算账，弄得张副主任只是微笑，不接话茬。像这样的快餐小吃店村里开有十多家。这还是说明有钱可挣。谢书记说，我们设摊位卖土特产，政府支持，野生动物园接受。现在就是希望野生动物园能对陈集人的亲戚朋友，给予门票优惠。亲戚朋友家家有啊，都想来游动物园。接待他们是一笔不小的开支。

记得野生动物园落地之前，我到过陈集的红薯地，村民现场刨了红薯，说这新品种如何如何的好。现在面前的两位村干部告诉我说，红薯的品种多了，有西瓜红、香蕉蜜薯等，像蜜一样的甜。

这哪里种的是蜜薯！随着野生动物的聚集，他们种的是生活的甜美，而且会越来越甜，越来越美。

卷　五

河之波

# | 第十五章 |

# 古树传奇

## 90

问政于民，真好。在现实生活中，群众意见往往能起到关键性作用，而领导的决策，无疑是起决定性作用。风再大摇的是枝叶，主干的根基稳如磐石，一锤定音。睢宁县城古红叶树得到很好的保护，就是证明。现在，当人们来到人民西路，见路中央绿岛中的红叶树，干坚枝秀，风姿绰约，红绸披身，甚是欣慰。如果你了解为保护这棵神奇古树而发生的故事，体会将更为深切。关键性的意见和决定性的决策，都是不可缺少的。

2022年11月28日，原睢宁县政协主席刘礼春，突然冒着寒风，从南京专程赶到红叶社区，拜访原庙湾村老书记熊建玲。久别重逢，老书记喜出望外。原来前不久，曾经的睢宁县委王书记问他的老搭档刘礼春："那棵红叶树如今长得怎么样了？"刘礼春心里一阵激动，感到这是一句询问，也是一份牵挂。刘礼春这次来一是来看望红叶树，以慰关心它的人牵挂之情；二是来看望家乡庙湾人，以解心中常思之念。

81岁高龄的老书记熊建玲精神矍铄，着衣整洁，发丝不乱。他笑吟吟地对刘礼春说，我上庙湾小学时，学校只有 1 至 3 年级。上学时大王庙还在，离庙门十米远，就是红叶树，红叶树旁边，还有一棵比它年轻许多的白果树。20 世纪 50 年代后期，从红叶树下的泥土里，发现一块石碑，碑文上说，红叶树所在地为"庙湾镇"。可惜此碑没有保存下来，不知所终。

熊建玲陪同刘礼春，看了古渡轩小亭，欣赏刘礼春当年撰写的一副对联：大王庙前红叶千载秀，睢水湾内古渡百岁荣。对面小睢河（1958 年新挖）岸旁是庙湾公园，秀木林立，五彩斑斓。

离开古渡轩，刘礼春一行来到红叶树下，见主干上挂着名木牌，上写厚壳树，树龄 480 年。熊建玲对刘礼春介绍说，2008 年，南京专家来这里用仪器测量时，树龄就已经 480 年了。它现在应该快 500 岁了。

但又有一说，1957 年经南京中山植物园专家考证，红叶树学名为粗糠树，原产热带。因气候土壤等自然条件的限制，移栽北方极难成活，即使在我国南方的广东福建等地也不多见，淮北地区这棵是绝无仅有。

红叶树

它究竟是何树？各有认定，口径不一。

据熊建玲说，第一次为红叶树挂名木牌时就叫厚壳树，群众不认可，只承认叫红叶树，干脆把那个牌牌摘下扔了。

按照相关规定，古树通常不能移植，一旦挪移，虽不会马上萎缩或枯死，但也会元气大损。睢宁中学有两棵百年古柏，从原昭义书院挪到校门前，结果，死了。因此，古树作为不可再生的资源，被称为活化石、活文物，记录着一个地方的历史文化，是"乡愁"的重要载体。保护古树，不仅是对自然生态的保护，更是对历史和文化的尊重。

庙湾人回忆，红叶树下，当年县委领导就是站在这里，倾听庙湾群众建议的。他说钱可以盖高楼大厦，但买不来城市文化底蕴。就是图纸设计定案了，也必须按照群众正确的建议进行修正，为红叶树让路。它是睢宁县活着的文化历史，要精心保护好。县委领导发话，一锤定音，这条路就改了，建成了这座街心公园。东西长一百余米，南北宽近三十米，呈一枚红叶树叶子造型，又委托城管局，移植过来一棵老榆树，与红叶树和白果树形成三角鼎立之势，寓意年年有鱼，算是回报睢宁父老乡亲殷殷爱树之情，也与陆续建造的水袖天桥、白塘河湿地公园、花径公园，形成独特的小城生态景观。

据朋友向我介绍，县委原领导还在"向人民报告"活动中，对如何保护好红叶树等古木作了专门阐述，成为全县上下热门话题。那时，县委领导还设想引徐沙河之水入城，打造一条碧波粼粼的水街。遗憾的是决策人被提拔调走了，这个设想没有实现。

## 91

不是古城，生长不了古红叶树。没有古红叶树，展示不了古城悠久的历史文化。一城为古，一树成古。

小城睢宁，年代久远，亦可称为古城。据考古发现，睢宁县有文字记载的历史，达四千多年，源远流长。

睢宁县城原先有许多珍贵历史遗存，比如元朝学宫、昭义书院、王祥履墓等。但早已毁坏殆尽，荡然无存，仅余一棵红叶树。

熊建玲说，庙湾历史上为古睢水渡口。20世纪60年代，在为水塘清淤时，曾挖出一个引航灯塔的石基座，还有沉船的残骸，证明渡口确实存在。

古睢水到这里一弯，弯出了一个渡口，渡口渡出来一个村庄，村庄里建了一座大王庙，大王庙主持僧磬、印玉两位大师，将有庙有湾的村庄起名叫庙湾。庙门前的古红叶树，与它相距不足十米处的银杏，如同"姊妹树"。

现在，庙湾的村名，使用的频率越来越少了，再过若干年，恐怕要去史志里翻找了。《睢宁县乡村地名文化人物志》记载，睢城镇（现为街道）筹建社区，因庙湾村的古红叶树闻名遐迩，遂定名为红叶社区，接着陆续出现了红叶公寓、红叶小区、红叶农贸市场、红叶路，还有各种红叶店铺，等等。红叶树常年身披红绸，面前摆有供案香炉与跪垫，神灵一般接受百姓焚香叩拜。孩子出生，来这里祈求神树护佑健康平安生长；亲人大病初愈，来这里上供还愿；每逢佳节，在这里燃炮报喜，共庆太平。人老成精，树老成神。然而遗憾的是，这部志书里对红叶树的记述，仅仅留下

"闻名遐迩"几个字而已。而在《睢宁县民间文学集成》里，却有一篇《一棵奇树》的文章，对古红叶树神话有过详细的记述。讲述人是熊运隆，退休教师，原庙湾村五组人，已作古了。

熊运隆生前口述，红叶树有五奇。

庙湾村西北角有个大王庙，废墟上有棵奇树叫红叶树，身高三丈，腰粗四尺，枝叶茂盛，好似一株绿色巨伞，树干九曲十八盘，状如一条乘风欲飞的青龙。一奇。

本地树木二月萌芽，三月放叶，四月叶茂。可是这红叶树发芽萌叶却时早时晚。早时，谷雨刚过，冰河尚未解冻，枝叶已经开始吐翠；晚时，夏至要到了，万木葱茏一片，红叶树才张开睡眼。好像它超脱四气之外，不在阴阳之中。尤其是红叶树发芽早晚，总是和当年的旱涝相合。庙湾村流传一句农谚："看红叶戴帽，知当年旱涝。"说红叶树放叶早主涝，放叶晚主旱。先放叶的枝头所指方向，便是旱涝方向。二奇。

红叶树名字叫"红叶"，其实长的也是绿叶。叶子比梧桐叶小，比白杨叶大，叶面长满细毛。用指甲或竹签一划，立时现出一道红印，大人在上面写姓名，小孩在上面画牛羊，颜色鲜红，红叶树的名字就是这样来的。三奇。

红叶树也开花，花朵小而且一嘟噜一嘟噜的，像串串葡萄，玉兰花色。花落过后，就结出颗颗红果，大小似黄豆，鲜红透明，晶莹闪亮，缀在树上。摘到嘴里吸，鲜甜冰凉。可惜，不等到红果熟透，那些喜鹊、老鸹、山喳子、白头翁、麻鹩子一伙馋客，年年抢先一步，一扫而光。四奇。

红叶树第五奇，就是它的来历。

传说很早很早以前，有一年睢宁大旱，天上烈日如火，地下深泉无水，禾苗焦枯，人畜干渴，惊动了昆仑山上的红叶树。这树，不知生在何年何月，仰天地之神气，承日月之灵光，历经九个混沌，长成为一棵干柱九天、叶遮五湖、根通四极、脉连八荒的神树。这天，它从延展到东海的一根细毛上得知，庙湾旱情严重，民不聊生，便从身上折下一枝，立时变为一位身穿红绒衣，外罩绿披风的仙女，脚踩祥云，腰挎宝篮，飞西海，越华山，不一会儿飘落在庙湾古睢水东岸。只见她脱下披风朝天一抖，飞出三朵云片，越飞越高，眨眼间遮天蔽日，乌云密布，一声霹雳响过，天河直往下倒，不消一个时辰，沟满河平，遍地水流，千树吐翠雾，万亩翻绿波。仙女又从宝篮里掏出一捧红果，散给灾民一人一粒，说："一粒红果可饱三月饥，尔等抓紧耕耘，秋季定有丰收。"说完，只见西天飘来一朵莲花，仙女足登莲花，慢慢腾空。百姓磕头祷告。仙女袖中又飘下一纸，上写："我家住昆仑，除旱走凡尘。念尔灾难多，庙中留真身。"百姓朝大王庙里一望，只见院子当中，挺立起一株从未见过的奇树，枝繁叶茂，郁郁葱葱，划之有红痕。于是就称它为红叶树。

关于红叶树的来历，民间还有几种说法。

一为漂来说，大禹治水，神树顺古睢水而下，见庙湾人善物丰，便决定留驻此处。

二为插枝说，杨六郎为抗击外敌入侵，插鞭为枝，生成此树。

三为神鸟说，神鸟飞落至此，衔籽发芽，成为此树。

其实，先有古黄河，后有红叶树。古黄河在睢宁661年，红叶树在睢宁500年，上下悬殊160年之多。

## 92

据老人回忆，睢宁第一次解放时，新四军指挥部就设在红叶树旁，取得了大捷。

破"四旧"时，一天上午，几名胳膊上戴红袖标的"小将"，来到红叶树下造反，先是用锤子砸烂了那块古石碑，接着用刀砍树，惊动了树干空洞处的野蜂，直扑过来，吓得"小将"们抱头鼠窜，红叶树免遭一劫。毕业于扬州大学的苏良桥，2022年12月2日上午，来到红叶树下，指着曾经的树洞说，这就是我用特殊材料保护上的，防止雨水浸入，腐蚀了红叶树。你看，四周不是重新长上了吗。

我问熊老书记，据传20世纪60年代初，生产队准备春节晚会，无钱请锣鼓喇叭班子，生产队长决定伐掉红叶树卖钱，解决这一难题。没想到这个主意一出，树还没伐，生产队长就因病一命呜呼了，伐树主意就此烟消云散，无人再敢提出。可有此事？熊老书记说，这件事我没有听说过。

但他接着说，我经历过与红叶树有关的奇事。上小学一年级时，刚刚七岁吧。学校号召破除迷信，彭老师是庙湾小学"混合班"唯一的老师，一到三年级都由他教。一天，他叫我们学生，每人回家带一个棒头到学校，下午放学时去敲打红叶树，每人敲三下。结果第二天早上再来上学，见学校门前的浮土上，全是长虫爬过的印子，密密麻麻，没有下脚的空，把我们吓坏了。几天之后，彭老师去庙湾里洗澡，一个猛子下去，就再也没有上来。等把他打捞上来，放在倒扣的大铁锅上控水，还是没有救过来。后来，还有一个姓曹的小孩，爬上红叶树，朝树洞里尿尿，结果第二天，小鸡鸡肿胀得没法来上学了。

前几年，开发商相中了红叶树周围的风水宝地，在这里搞房地产开发。刚刚施工不久，他老婆就因不明原因得病去世了。开发商唯恐厄运不断，料理完老婆后事后，来到红叶树下，燃放鞭炮，叩头赔罪，祈求宽恕，保佑平安。

你说这些奇也不奇，神也不神？

退休老教师、书法家杜小泉与红叶树为邻，看到红叶树树根裸露，十分担忧，心痛不已，决定把建房剩下的石料，献出来和熊运隆等人，拉去围砌古树，引来村人纷纷自愿参与，挥锹填土，保护红叶树。熊运隆撰了《红叶树赋》碑文，杜小泉趴在石碑上写了几天。1997年冬季，村里举行隆重的揭碑仪式，大家奔走相告，当成自家喜事，轰动一时。（历史记载，最早为红叶树立碑为清顺治七年，即1650年）。红叶碑记述此树何时、何因、何人所植，已无迹可考，但就其古老之神韵、优美之姿态、神奇之生长规律，已足以令人兴叹；加之种种传说，更令人神往。为保护文物，增市容景观，利精神文明建设，今由地方名士熊运隆先生、张文博先生和杜小泉先生三人出资，砌围、培土、立碑，以飨世人。

2008年城市大建设，县委领导交待说，庙湾的古红叶树，要认真地保护好，不要因拆迁而使它受到伤害。

然而不久，人民路西扩延伸，在原设计方案中，此路直接从红叶树与白果树下穿过。这个设计当地老百姓事先并不知道，施工时他们看到挖掘机开来了，紧紧挨着红叶树挖沟翻土，埋进了大量石灰，立即引起了百姓义愤。这棵神树，不仅是庙湾人的，也是睢城人的，更是全县人的。杜小泉爱树心切，连夜给县委领导写信，题目叫《为拯救红叶树再呼吁》，同时也寄给了有关部门。县委领导接到呼吁书后，亲自来到红叶树下的施工现场察看，接受庙湾群众的建议，当场拍板指示，修改原设计方案，为树让路。上下道分流，留下一片空地，按红叶树叶子形状，设计成路中花园。神奇的红叶树再一次神奇地被保护下来，群众拍手称赞，无限感激。古树为了感谢保护之恩，长得越发神采奕奕。为此，杜老先生给自己制了一方印，叫"红叶树下"。

我去已故的杜小泉先生的家，希望能寻找到那份呼吁书。杜老先生的遗孀袁老师说，自从老杜走后，他那间写字工作室就没有人动过。先生的二公子杜杰说，当年为了守护红叶树，庙湾群众很激愤，坚决不让施工，还在树下挂了一条横幅，上写"千年红叶树，情系古渡众生"。杜杰打开先生的工作室，寻找了好半天，突然高声喊道，找到了！袁老师看到这份手迹，微笑着回忆说，老杜拿着这份呼吁书的打印稿，挨家挨户找人按手印。谁知他哪来那么大的心劲？

人有树情，树有人心。熊建玲老书记说，早年，从红叶树下填平的山芋窖上，发现遗留下的几支细小的残根，他捡了几支，拿回家埋在自家园子里，第二年竟然真的发出新芽。他喜不自禁，看它一年年长大。筹建红叶社区时，老房子要拆迁，菜园子保不住，小小红叶树幼苗，除了以前送人移到别处去的，还剩一棵长得最好的，该怎么安置？他找杜小泉商量。杜小泉说，有人请我为红叶小区题写区名，我答应了。趁这个机会，建议他们把这棵小红叶树，移植到小区园林里。结果，这个想法真的被采纳了。如今，这棵移在红叶小区里的小红叶树，已经长成了繁茂的大红叶树。熊建玲说，杜老师建议的理由很简单，红叶小区，怎么可以没有红叶树？栽下红叶树，红叶小区名正言顺，名副其实。

## 93

我们来认识为保护红叶树而呼吁的古黄河人杜小泉先生。他是名副其实的一位护树先生。

杜小泉号惠川先生，小泉，惠川也，除了嵌在书画作品上的印章外，这惠川二字平时用得极少。认识他时，他是一位很有趣味的中学老师（后来又被聘为西安书法学院书法导师），人瘦如竹，目炯如星，风趣幽默，雅俗共赏。后知他八岁入塾，毕业于西北师范大学美术专业。大学毕业后，先后在安徽省凤阳中学、灵璧县中学任教。调回老家睢宁后，又曾任教于龙集中学、城北中学。

杜小泉先生以书法名世，一生孜孜不倦，精研历代碑帖，求诸大师名家，所有人都说他的字写得好，他也真是写得好，还出版过《杜小泉行书》，全国发行。国家画院美术研究院常务副院长高天民先生，在为徐州美术、书法史收集资料的过程中，无意中看到杜小泉先生的这部书法集，惊叹道收获颇丰，差点错过这样精彩的作品。《书法报》《中国书画报》《书法》等报纸杂志分别介绍过他的书法艺术成就，刊登过他的照片和作品。他曾应邀在北京、南京、西安、徐州举办个人书法展，在香港拍卖自己的作品，被日本、韩国、东南亚友人收藏。他的工作室里，宣纸堆得比人还高，各种规格的应有尽有，墨香弥漫。

说到杜小泉先生的艺术追求和风格，他20世纪60年代即参加全国书法展，深受吕斯百、洪毅然等大师欣赏，并因此与时任安徽省书法协会主席李百忍结为挚友，共磋书艺。其艺术风格雄浑酣畅，凝练苍劲，飘逸飞动。诸体兼工，尤擅行草，擘窠大字与蝇头小楷亦见其长。狂而不散，收放得体，行如流泉，节奏强烈，浓淡相宜，令人心旷神怡。榜书气势磅礴，雄浑中见严谨，飞动中显章法。如锥画沙，如屋漏痕，既有颜柳功底，又现周秦神韵。其小楷笔致精到，体态完美，既见馆阁规矩，又有写经潇洒，于晋唐神韵中见风格。

山南海北的，无论是达官显贵，还是平头百姓，都以得到杜老师的字为荣。求字者一不用送纸，二不用带红包，但请他喝一盅是题中之义。他挥毫之前，净手整装，凝神提气，下笔龙走蛇游，洒脱飘逸。写完之后，被求字者拥到酒馆，推杯换盏，尽是情谊，喝到高兴处，京剧《沙家浜》就来了。他专唱《智斗》那一场的唱段，似乎是他的保留节目，一人饰三角，字正腔圆，一气到底，且伴有动作，神态惟妙惟肖，"来的都是客，全凭嘴一张，逢人开口笑，过后不思量……"，唱完双手抱拳，恭谦一揖，说献丑了献丑了。当大家齐声夸他德艺双馨时，他脱口而出："中学生，副教授。博不精，专不透。名虽扬，实不够。高不成，低不就。瘫趋左，派曾右。面微圆，皮欠厚……"，声情并茂，正中有谐，谐中带正。众人皆惊，他也嘿嘿羞赧含春。其实很多人并不知道，他喜欢启功先生的这段话，除了崇拜启功先生是书法大师，还因他也经历过"派曾右"而入狱。他对这一人生蒙难时刻从不隐瞒，但也不会多讲，遇有人问他，他只是哈哈一笑，说时过境迁，不思量，不思量。

认识他之后，我成了他的忘年交。那一日下午我又去拜访他，看他神清气爽，兴致特好，趁机求他打开"百宝箱"，把紧锁着的精美作品，拿出来欣赏。我从没见过他打开过这些"百宝箱"，这天居然破天荒打开了。不打开不知道，打开了吓一跳，里头珍藏的全是他自己的书画艺术呕心之作。他一件一件解开来，放在宽大的书案上，怕我看不懂，很认真地向我介绍，然后再卷好放在一边。见书案上堆了许多，索性说不看了，今天看不完。我赶忙讨好他，点烟敬上。机会不可错过，心怀鬼胎问老爷子您卖不？他看我一眼，反问道谁买？我说我买。他说你买？现钱不赊，一百元一幅。太便宜了，我一秒钟也没有停留，立即从身上掏出五百元钱，朝他面前一放，不管三七二十一，抱起五卷作品就往楼下跑。谁知刚刚跑出院门，他追了上来，话到人到，一把拽住我的衣袖，说你这小子身上哪来的这么多钱？我以为你一分也掏不出来！硬生生地把五卷作品夺了回去。我说你这么大的书法家，说话不算数。他说和你说话，用不着算数，你就是一个贼。

## 94

记得那是个初夏，全乡选举县人大代表，杜小泉先生是高票当选。下午要去县城里报到，中午有好朋友为他祝贺钱行。面热耳酣之际，一位乡领导对他恭维地说，小泉先生，为你能顺利当选，我们做了大量群众工作，是负责任出了力的。说者本意煽情，哪里料到，杜老师当即刷地脸色变了，说我这个县人大代表，是你们乡领导做了群众工作才选上的，这当得还有什么意思，不当了！说完甩袖离席，头也不回走了。谁拉谁劝也没有用。乡领导一看傻眼了，杜先生不去了，怎么向上面交待？大家饭也不吃了，跟在杜老师身后，一行人一直跟到他的家里。惊动了莫名其妙的群众，当大家知道了是怎么回事时，纷纷议论，今天惹恼了杜老师，碰上茬了，他可不怕你，看怎么收场。一帮人劝了一下午，傍晚之前，连拉带哄，乡领导一遍遍赔了不是，好不容易才把他哄上车。这成了一条街上的谈资，杜老师的威信不降反升。

## 95

许多没有考上高中的孩子家长，都希望把孩子交给杜老师学习书画艺术，万一将来会有出息呢。一个两个在家里教还行，来多了就不好办了，又不忍拒绝。他找到几位退休老师商议，办一个补习学校如何？那个时候社会上还不时兴民办教育，根本没有私立学校。而这个补习学校也只办了一年。为了孩子的未来，杜老师出面，借了乡兽医站闲置的房子，令他感动的是，那位乡领导也出面协调支持，这让他喜不自胜，硬拉着乡领导去喝酒感谢。补习学校办成之后，连县城里的孩子也慕名而来。后来获评全国最美森林医生的姚遥就是在这时来向他拜师求艺的。到了中考时，杜老师带队，把孩子们领去南京、苏州、扬州、徐州等地参加美院艺考，最小的儿子杜祐海放在家里没有人带，他带上说跟去玩玩吧，顺便也给你报名参加考试。结果这孩子和许多大孩子一起考上扬州工艺美术学院，在那个年代，可了不得，成了一个传奇，传了好久。后来，杜老在县城儿童画活动中心举办书法展，杜祐海画了几幅水彩画摆在展厅内，算是为老爷子祝贺，结果围观的群众，比看书法展的还多，真是喧宾夺主，但小泉先生见了乐不可支，儿子才是他最得意的作品。

杜小泉先生调到县城中学教书，并在这里退休，又与一棵红叶古树结下了奇缘。关于这段故事，不妨来看看杜祐海写了一篇回忆文章，是怎么记述的吧，照抄如下。

近些年来，或因公或因私常去老家睢宁。只要有时间，我总会去看一看那株古老而神奇的红叶树。

顺着宽阔的人民路西行，道路中央出现一座岛状的绿洲，将马路中分，这便是红叶古树的栖息之地——一道富有传奇色彩的景观。每到此处，我都会或远观，或驻足，流连忘返，思绪万千。

红叶树树形伟岸而不张扬，舒展又不失遒劲，神秘并拥有亲和的魅力，有可以接受八方来贺又可礼贤下士的王者风范。她有松柏的青翠苍劲，有水杉的笔直参天，有榕树的枝根繁茂，有银杏的高大绚丽，有桃李的硕果累累……

据推算，这棵红叶古树诞生于明朝嘉靖年间，目睹了五个世纪的历史变迁，朝代更迭，战乱灾荒，依然巍然屹立，郁郁葱葱，不由得使人对她顽强的生命力敬畏膜拜。远近百姓一直把她奉为神仙，几乎一年到头香火不断，有的是来祈祷，有的是来还愿，红叶树从来都是红袍加身、香烟缭绕……其实，我觉得她更像一位饱经沧桑的智者，阅尽人生百态，依旧保持一份初心，特立独行，历久弥新，默默无闻，泽被世人。一切都是那样自然地流露和表达，没有丝毫的做作和逢迎。红叶树是我家的近邻，因她和我父亲特有的缘分，我对她更有一份难以名状的情愫。

1993 年，父母退休，在县城自建三层小楼，作为全家的安身之所。红叶树离我家仅 30 米左右，父亲和红叶树初次结缘。那时的红叶树根系暴露，所在之处，车碰轮碾，杂草丛生……许多人只知敬奉不知保护，这境况触动了老爷子，父亲买来材料，请工人在红叶树周围垒起了一圈 60 厘米高的小围挡，除草、填土、平整，并邀地方名士熊运隆先生撰文，老爷子题字、书丹立碑，以飨世人。古树再次焕发青春活力，越发枝繁叶茂。我每次回家必到树下看看走走，流连难舍……

# 第十六章

# 旭日始升

## 96

结识潘小玉纯属一个意外。

秋天的古黄河在村前流过陈井新村。阳光静静地照耀着收获的田野。水泥路边上铺着黄灿灿的玉米,白润润的小花生。村民在喜滋滋地忙碌着,晾晒着丰收的果实。

村部的门口一侧,就是面塑工作室。一位俊俏的小姑娘神情专注,正低头制作她的小金鱼,把一根金色的线,绕成一片片鱼鳞,这条鱼仿佛要从她的手上跳起来。我问你是陈井本地人吗?她似乎没有听见,头也不抬,继续她的动作。她的不搭理让我很尴尬。旁边一位中年制作者见了,悄悄告诉我说她听不见。然后指了指工作台上的一块电子写字板,说你写字给她看。我这才恍然大悟,这女孩子是位聋哑人。这令我不好意思起来,中年制作者的口气分明在暗示我,你不要错怪她了。

小姑娘身后的一位大姐听了我们的对话,立马转过身来,把写字板递到我手上,告诉我说她是大学生呢!这让我大吃一惊。

我在写字板上问她，你叫什么名字，哪里人，在哪里上的大学？她在写字板上回答我说，她叫潘小玉，本地李曼人，今年 24 岁，在杭州上的大学，学的是数字媒体。我想起曾流传在乡间的俗话，前营（村）葱后营（村）蒜，李曼村萝卜蛋。那里盛产好萝卜。

在好奇心的驱使下，这块电子写字板在我们手中传来传去。我初次在这上面写字，很不习惯。潘小玉见了，用手指指按键，示意我按下去可清除字迹。我渐渐了解到，这位叫潘小玉的乡村大学生，小学、初中是在睢宁特殊学校上的，高中转到了徐州市里。她是家里唯一的孩子。她爱好体育，一米六八的身高，读高中时拿过全校跳绳比赛第一名，三级跳远比赛第二名。大学期间拿过全校跳舞比赛第一名，羽毛球比赛第一名。

我加了她的微信，方便了许多。知道她妈妈怀着她时吃错了药，导致她先天性耳聋。这对一个爱美的女孩来说，该是多么不幸。从小学到大学，她与命运抗争，该付出了多少努力。她的父母为了孩子的健康成长，又付出了多少心血汗水。还好，潘小玉如今出落得像早晨绽放的花朵，静静地坐在面塑工作室里，塑造她心中想象的美。

陪同我到陈井村参观面塑作品的朋友张政红，是姚集镇的宣传委员。通过他我了解到，在残联面塑培训班上，他们发现潘小玉是心灵手巧悟性特别高的女孩，就直接把她安排进陈井面塑工作室了。潘小玉说她喜欢面塑，在大学期间也接触过。二年前大学毕业后，她放弃在城里找工作的机会，回到了温暖的家。她需要快乐，需要关爱，需要更多人的呵护。现在她得到了她想要的东西，非常幸福。

和她在一起的女工李亚玲，是甘肃人，曾经当过"北漂"，认识了现在的老公，五年前成了陈井村的媳妇，身上带了点儿"京味"，张口说话就不一样。她说面塑是民间手工艺，中国的传统文化中有它，决不能丢掉，要在陈井传承下去，发扬光大。说完对我们开心自信地微笑着。

这间面塑工作室里，每个人都有自己的精彩故事。他们来自不同地方，在这里塑造自己的生活。可是面塑又是怎么来到陈井新村的呢？肯定不是大风吹来的。难道它是长了翅膀飞来的吗？

奇迹出现在古黄河综合治理中。2019 年，历史上被苦水泡出来的陈井、武庄、宋庄，实施农房改造。一个以汉文化建筑风格为特色的现代村落开始崛起。如今水美地肥，鸟欢鱼跃，发生了翻天覆地的巨变。

陈井新村

2020 年 10 月，一位返乡创业青年放弃在天津的高薪工作，带着自己日趋成熟的面塑技艺，回到了陈井新村，决心带动父老乡亲创业致富，为生养他的土地贡献一份青春力量。于是在创业街区上，出现了面塑工作室，开始了捏、搓、揉、切，成为钓鱼小镇农旅、商旅、文旅的一道靓丽动人的风景。张政红对我说，这里有"好帮办""店小二""红保姆"党支部，全程跟踪，为面塑工作室服务。约 300 平方米的面塑工作室投入使用后，引进了专业营销团队进行宣传推广。陈井民俗文化发展有限公司重点围绕民俗文化运营，已进行组织架构和运作模式提档升级。陈井渔人坊综合服务平台总面积约 3000 平方米，是姚集文旅产业发展重要的组成部分，将会成为面塑作品极佳的展示窗口。

我真切地感受到，如果没有现代陈井新村的崛起，哪里会有面塑工作室。没有面塑工作室，那么潘小玉、李亚玲等人，如今又会在哪里塑造自己的生活？潘小玉听不到玉珠落盘的清脆之声，但她那一双清澈的眸子可以看见家乡斑斓的景色。她的一双巧手，可以捏出不同凡响的面塑，那里面藏着一个旭日东升的梦。

## 97

如果说潘小玉是一朵初绽的花朵，那么刘保杰就是一匹奋蹄的老马。

刘保杰先生是一位真先生，曾是苏果中学的老校长。大约在十年前，我去过他的家。老校长是诗人朋友管一的二姨父。他的母亲在姊妹中排行老大，为了后面两个妹妹的成长，付出了许多艰辛。朋友对二姨夫妇俩当然没齿难忘。十年前那次去看老校长，是个仲春，阳光和煦，微风送暖，树上的叶子开始发芽。朋友带上一箱酒，兴致勃勃，约我陪他去看他二姨父。他对我说，二姨父人好，有学问有情怀，值得你去一访。

我们出发时有点急迫，没有来得及吃早饭就开车上路了。到了姚集街北头停了下来，刚好是个集日，路上才开始有行人。朋友说姚集的朝牌和豆腐顶杠杠的好吃，在周边名气很响，说它第二，就没有敢说第一的。说完他媳妇就买来了刚出炉的热朝牌，豆腐却买不到了，恰好旁边是位乡下半大老头卖香椿叶的，香椿叶水灵灵的。半大老头笑眯眯地说，这是早上从自家树上才掰下来的芽，就这几小把，多少钱无所谓了，全卖给你们吧。我们就用这热朝牌卷水灵灵的香椿叶，包着往嘴里送，那种面香裹着叶香，纯天然的，原生态的，非常奇特，大概仙草就是这个味道吧？咽下肚了，香气一下注满了全身，每个毛孔都被催张开了。

那一年老校长六十刚刚出头。见到我们热情如火，忙问吃早饭了没有。听说我们吃过了朝牌卷香椿芽，立即说我门前自家就有香椿树，才买来现成的朝牌，想吃就摘，还用得着去买？挡不住他的热情，我们果然就去掰香椿芽，又品尝了一回。这还不算，更难忘的是朋友二姨做的野菜稀饭。她用在自家苹果园里挖的荠荠芽、伏苗秧等好几种野菜，捣碎了黄豆瓣，再用小麦拉的糊糊汁，做了满满的一锅，亲自送到饭店里，足够我们吃的。刚一端上来，桌上鱼啊肉啊鸡啊美酒啊，没有人顾得上，抄起碗就去盛野菜粥。那种软滑浓郁，向张开的胃里直流，额头上的细汗就不自觉地冒出来了，直撑得话也说不出来了，才恋恋不舍放下碗。眼瞅着一桌肉山肉海，不知该怎么下箸了。老校长见了格外开心，说这下正好喝酒！

一晃十年没来了。路上，看到新播的小麦，一地翠绿，朋友说长得真好看。我想那才是一地的新诗。老校长正在地里点蚕豆，听说我们到了，活也不干了，开着电动小三轮就回来了。我疑惑地问他，为什么不种麦子点蚕豆？他说能种麦子的二亩地已经流转了。这是小块地，只有五分，沙土，不适合种麦子，只能点蚕豆。

我在老校长的院子里，寻找十年前的痕迹。见西边屋里堆着才收下来的金黄的玉米棒，一堆大小不一的南瓜。老校长说带点回去，可面了，还甜。可惜我们酒后回来时全忘了。一筐红山芋旁边是一堆大冬瓜，大的如同睡着了的小胖娃，老校长说最重的我称过，58斤。惊人！另一间屋里摆放着各种原始农具，有铮亮的锄，扬场的木锨，挑场的叉子，整地的小爬子——猪八戒扛的那种。老校长说用过的农具，他都会擦得干干净净放好。

院子里能种菜的地方，全是翠生生的绿。拔出来青萝卜、红萝卜，洗洗就吃了。朋友的母亲坐在小板凳上在剥着小花生，有红的，有白的，有紫的，有黑的。朋友夫妻俩和几个人围着一台新式的铝合金烧柴灶，在操作铁锅烧鸡喝饼，只是朋友贴的喝饼，和他高个子媳妇一比，差好几条街，人家贴的又薄又长，他贴的又丑又厚。看来他写诗还行，做菜，估计得给他面子才敢吃。我说你媳妇是主厨，其余人全是帮厨。那鸡是新杀的，鸡皮呈黄色，不用问就知道是上好的肥鸡。几个人围着做一只鸡，做不好吃真说不过去。他们信誓旦旦地说，保证比饭店里的强。我不知道该信还是不信，反正他们在往锅里倒啤酒时，像模像样，我心里嘲笑，还假装很专业呢。

尽管来了亲戚朋友，老校长还是舍不得浪费时间，他在院门前的水泥地上晾晒豆子。旁边已堆着打过的豆秸垛了。正晾晒的豆棵子上，满身青黄的叶子。老校长说肥地不能种豆子，光长叶子不长豆。这是收得最晚的，豆子不饱满。前面收过的豆子，有黄的、黑的，还有红的、绿的，好几种。他一种一种地数着豆名，我却记不住。他告诉我今年种的麦子，纯收入七千多元。然后又说，当年他养母猪，成本花了二万多，养了五个多月，卖了四万多。用天数去除，一个月净挣三千大几百，相当于一个月的工资了。

说到开心处，老校长领我去参观他的劳动成果，那是他的菜园地。葱韭蒜，各种菜，应有尽有，一片翠生生的绿，一片喜笑颜开的绿，一片心花怒放的绿。他的荞麦还没有收，白花黑壳，老校长说可防高血脂、高血压。他指着我不认识的一畦绿说，这个是野蒜，我把它移在这里了。这种植物，原先可是长在野地里的，现在进了他的菜园地了。

老校长很感慨，说我太忙了，一点空闲也没有。那些地都需要他去伺候，忙不过来。年纪大了，腰也弯了，可农活还照样能干。我问您今年多大了？他说七十三了。我忽然想起来农村有七十三过大寿的习俗，就问他您今年打算过大寿吗？他连连摇头说"不过，不过"。七十三八十四，阎王不要自己去。不过寿，阎王想不起来我，一过寿，阎王就知道了，会找簿子点我的名，还是不过好。说完就哈哈大笑，告诉我村里有两位老人，今年都九十三了，干活还呼呼的。一干活，全身都动起来了，不需要什么体育锻炼。劳动不单单能发家致富，还能健康长寿，你信不信？

我看看老校长，感觉在他的心底里，永远生长着一畦翠生生的绿！

## 98

王琪，看到这名字，想到了《可可托海牧羊人》那首歌。其实此王琪不是彼王琪。此王琪是我老家庆安镇分管教育的女副镇长，彼王琪是歌唱家。此王琪是男的女的我也不知道，彼王琪的歌听了很多次。因为想去龙集东乐幼儿园看看，就冒昧地给此王琪打个电话联系一下。

这几天东乐幼儿园的一个视频在网上很火。先是由县融媒体中心推送出来的，紧接着省教育频道推送，县融媒体中心就此又精心策划了一个时评视频。转发和点赞的一下多了起来。其实视频很简单。东乐幼儿园的一群小朋友，用迷你版的农具在快乐地碾稻子，就是碾场。画面上的劳动场景很热闹，开车拉碌碡碾稻子的，持叉翻场的，仔细收拾稻粒子的，忙得不亦乐乎。一个个小脸上满是汗珠，黏着头发，神情专注，生怕哪一点做得不够好。把金灿灿的稻子装在小车子，准备进仓了。

农村碾场这种劳动场面，是收获粮食的最后一道工序，现在实现了机械化，碾场就变成记忆中的乡愁，看不到了。那么东乐幼儿园的老师，为什么带领四五岁的孩子，做这种看似游戏又不是游戏的劳动呢？园长张秀珍告诉我说，是为了教育孩子从小知道要珍惜粮食，粒粒皆辛苦，意识到长大要勤俭持家。县融媒体的时评说，东乐幼儿园的老师们特意组织这样的劳动活动，是为了培养孩子们爱劳动、会劳动、懂劳动的优秀品德，培养新一代人的劳动价值观。我很受感触，约了几位作家诗人文友，准备去东乐幼儿园，体验孩子们的童话世界。

打通王琪的电话，一听传过来的声音，热情中保持着一份恬静，意识到对方是一位年轻的女性，待见到她后果然是，还不足三十岁。她听了我的说明后，立即说欢迎欢迎，我联系好幼儿园园长，在镇政府门口等你们。我想这源于她对教育的热忱和对孩子们的关爱。

东乐幼儿园虽然在乡下，却是一所省级优质幼儿园。一进大门，看到院子里的孩子们，有的像一群鸟儿那样在做游戏，有的像一团小蝌蚪在院中游玩，有的像在赶老牛，有的在模仿着石磨磨面。树上垂着成串的玉米，像是自己结的果实，菜园里生长着翠绿的青菜，旁边一湾小河从小桥下流过。几位孩子家长模样的人站在栅栏墙外，满脸幸福地看着孩子们。几个小朋友，顶着蓝底白花的头巾，围着也是蓝底白花的小围裙，戴着同样的护袖，拉着风箱，向土灶里续柴，在老师的指导下，蒸蜜红薯。一个个像模像样，都是迷你版的小厨娘，看得我们忍俊不禁。张园长邀请我们品尝小朋友的厨艺。果然那蜜红薯软糯香甜，真是如同蜜做出来的一样。

小厨娘们礼貌地笑着看我们吃，她们自己不吃。原来，他们在幼儿园的园地里，栽下了几株红薯，孩子们在秋天收获了自己的劳动果实。

参观他们的教室，室内整洁有序，摆放着用玉米棒等农家材料制作的各种小摆件。室外的墙壁上，是孩子们和老师共同制作的壁贴画，材料也是农村常见的树皮、细竹节、草棒、荻花等。这里就是一个乡村童话世界。我们仿佛穿越回了童年，假如可以，也想当一回迷你版的小厨娘。

幼儿园后面不远处，隔一条老街，就是我的老宅，离开它已近四十年了。这是我童年生活过的地方。那个时候没有幼儿园。但像幼儿园孩子们这么大的时候，也会跟随大人下地去。也许是去劳动，也许是把劳动当成玩耍，也许是无人看管我们，不得不随大人到地里去。所以农村的劳动场景，农民的辛劳，收获的喜悦，新粮的香甜，早牢牢地储藏在童年的记忆深处，一生都不会消失。这些在我们人生成长的道路上，发挥了无可替代的作用，是后来所吸收的知识营养无法比拟的。而且是知识获取得越多，越感觉到童年所受到的启蒙教育的深刻。中华民族传统文化的传承与弘扬，一直是从孩提时代开始的。否则像《三字经》《百家姓》《朱子家训》等，不会一代一代流传，成为孩子们的必读之书。

张园长说她是幼师毕业的，热爱幼教事业。当初顶着各种压力创办东乐幼儿园，就是为了带好父老乡亲们的孩子。多亏有了村、镇两级关心幼教的领导大力支持，和乡亲们的信任帮助，才办成了现在的省级优质幼儿园。她现在想的是，如何进一步办出自己的优势，把劳动教育办成一个幼儿教育特色体系，让原本准备选择县镇幼儿园的家长，会欣然选择乡村幼儿园，把乡村农耕文化的营养，源源不断地输给孩子，促进和保障他们健康成长。

分手的时候，我问张园长讨要了一本他们自己制作的彩绘园本教程《赶老牛》，我儿时玩过，但现在已经很少见到了。但东乐幼儿园又把它以现代的形式，恢复了过来，孩子们玩得不亦乐乎。我想把它摆放在书房里，成为美好的回忆。那样，东乐幼儿园孩子们的欢笑声，便会不断地在我耳边回响，激励我像他们一样地学习与劳动。

新一代古黄河人正在阳光下茁壮成长。

| 第十七章 |

# 沙里淘金

## 99

江苏省睢宁县沙集镇东风村是中国最早的三个淘宝村之一（另外两个是河北省清河县东高庄和浙江省义乌市青岩刘村），被《人民日报》誉为"一个被互联网改变的村庄"，因农民开天辟地放下锄头摸起鼠标创造乡村奇迹而闻名中外。这个村庄既给我带来激动和震惊，也给我带来过沮丧和无奈。这是我从 2014 年冬天开始，连续三年在那里深入生活采访得到的切身感受。

东风村所在的沙集镇，号称江苏省徐州市睢宁县的东大门。东与宿迁市耿车镇大众村隔河相望，西挨沙集镇镇区，南与凌城镇相接，北邻徐淮公路、宁宿徐高速，徐洪河从镇旁缓缓南下。村内道路纵横，四通八达。全村总面积 6 平方公里，可耕地 4489 亩，有 11 个自然庄，13 个村民小组，1180 户，4782 口村民。

我去东风村深入生活时，当时农民电商已发展到 612 家，网店 2000 多个，带动相关产业物流、快递 32 家，板材贴面 4 家，家具配件 1 家，就地转移劳动力 2042 人，全年交易额突破 10 个亿。生产销售的家具在淘宝网上拥有 65％的市场份额。2013 阿里巴巴研究中心发布的年度报告中，东风村更是在全国 8 个省 14 个淘宝村中位居榜首，是货真价实的中国家具淘宝第一村。

30 年前，费孝通先生总结了沙集镇邻近的宿迁市耿车镇创造了"耿车模式"。30 年后，汪向东先生总结出了东风村所在的沙集镇农民电商的"沙集模式"。30 年前沙集东风学耿车大众，30 年后，耿车大众学沙集东风，这是一个多么巨大的变化。睢宁县沙集镇东风村，在全国农村，代表新一代农民，走进了新时代！

2017 年 12 月 20 日，中共睢宁县第十三届委员会第四次全体会议的工作报告中列举说：全县淘宝镇和淘宝村继续领跑全省，同时入围全国淘宝镇、村电商十强，获得 2018 年中国淘宝村高峰论坛举办权。沙集镇入选国家和省级重点镇、特色试点镇。精准扶贫十种模式成为中央党校教学案例。温家宝总理批示："要注意总结沙集的经验。"国务院副总理汪洋以及省、市主要领导都曾亲临沙集镇调研农民电商发展的"睢宁经验"。

东风村农民做电商之前，这里还是个有名的贫困"破烂村"，村民大多以收废品、加工废品为生，除了与废品打交道之外，就是用山芋磨粉或加工粉皮、粉丝，用粉渣养猪来支撑艰难的日子。他们的粉皮工艺享誉大江南北，他们生产的粉丝出口到国外。但最终，让他们快速脱贫致富的居然是电商。

全县最好的小轿车出现在东风村里不足为奇，率先出现的农民小区令人羡慕。电商有的白天在东风村忙着线上线下交易，夜里回到城里去住，享受城市的夜晚生活。这些创业成功者清一色都是青年农民——已经不能称他们为农民了，他们与传统的农民形象丝毫不沾边。他们不种地，认不全庄稼，他们双手摸的不是锄头镰刀，而是鼠标，是车床，他们的身影出现在标准厂房、客服大厅。他们的语言与原先的土地无关，他们的衣着与旧时的农民无关，他们的思绪与眼下的季节无关，他们的生活方式与昔日的农村无关。总之，他们不再是农村传统意义上的农民。汪向东先生说他们是"新农人"，这个"新农人"也说明不了他们的全部。他们与"农"字彻底断绝了关系，我想不出叫他们什么才准确？

令我沮丧的事是，在东风村，最忙的人是农民电商，几乎人人都是电商，他们忙着去赚钱，没有工夫搭理与挣钱无关的事。而且他们是见过大世面的人，全国各地媒体、各种级别的考察团，他们见得多了。至于来了个没听说过名字的什么作家深入生活，他们认为这是与他们生活无关紧要的事，不会停下手中的活计陪你去"闲聊"。我还是个本土的人，但这个本土的人在一开始与他们接触时，也丝毫不起作用。我最先接触电商的"带头大哥"孙寒，竟然连续七次他都以没有时间拒绝采访。当然后来，我们成了好朋友，由沮丧变为喜悦，由无奈变成高兴。一旦与农民电商成为朋友，他们就会把内心的真实袒露给你，热情似火，掏心掏肺，上酒上肉。就因为如此，在深入生活时，我也说不清醉倒在他们中间多少次。而且与个别电商，还有了人情往来，比如亲人去世，比如孩子上大学，我也会出现在他们中间，这保证了我的采访得以顺利进行，也保证了故事的真实性。

我在这里体会到了真实的温暖。深入生活初期，是个严寒的冬天，在等待采访的时间里，我孤独地站立在寒风中，没有人问我，我也没地方可去取暖。后来，我就成了电商家里的客人！同他们一起喜怒哀乐，品尝他们的酸甜苦辣。比如一位电商的变压器出现了事故，我得知后，马上联系县供电局的朋友尽快给解决。因为我看到了电商因断电而无法组织生产的焦急与不安！

我也会为他们心存担忧。电商发展初期，势如破竹，不可阻挡，影响他们发展的是资金，是技术，是场地，而发展到今天，是人才创意，是现代化管理，是新产品开发，是生态环境保护。尽管有政府的大力支持，但电商自身的不足，仍然需要他们自己来解决，别人是代替不了的。

他们在关注电商发展的大趋势，在关注消费群体的变化，在关注上级政策的出新，在关注自己水平的提升，就是不关注土地上的庄稼如何生长。电商刘兴利是东风村第一代大学生，也是第一个返乡创业的大学生，他说，一人就那几分地，能干什么？将来集中起来，交给几个人去种，像个大农场。种地的专门去种地，做电商的专门做电商，互相依靠，互相取长补短，这才是新农村，才是未来的新东风。我想，这也是，我们不能看到离开土地的农民，没有土地的滋养。最后的农民，不能失去最后的土地。美丽乡村的美好生活，依然要建立在土地之上。

## 100

他们是当代年轻的古黄河人。

小镇客厅有一张值得载入历史册页的照片。十年以来，一百年以来，一千年以来，甚至是放眼全球，自有人类文明以来，第一次有这样农民形象的照片。他们无一例外，都是古黄河人。

这张照片是放大了的喷绘，非常醒目。名字叫"沙集电商风云人物"，扑面而来的时代气息，你能感受到一股热得灼人的感染力，让人心生敬佩。照片中十四位"风云人物"，清一色英俊阳刚，西装革履，神采奕奕，笑看眼前风景，心开万朵鲜花。自信，洒脱，青春，蓬勃。不熟悉的还以为是演艺界明星。

不过，明星倒是真材实料的，却不是在演艺界，而是在当代农民电商界。他们是这个时代舞台上的主角，演的是跨越农村变革的一幕大剧，农民用一根看不见的线，与这个世界相连接，把家具源源不断地卖到不曾去过的城市和乡村。这台大剧正在加快节奏，呈现出恢宏的气象。

照片上的人物，大部分我很熟悉，知道他们的创业故事，清楚他们表达自己的方式，以及他们使用语言的习惯，他们说的已经绝不是先辈们口中的水稻、麦子、大豆、玉米的田间地头，而是互联网上的专业用语。尽管是这样，我仍然站在他们的面前，凝视着他们不愿意离开。我能够感受到他们此时此刻心中翻卷的浪花，是他们翻开了中国农民历史的崭新一页。

人是衣，马是鞍，穿着打扮是人由里向外散发的气质，具有磁场般的效应。但对于刚刚翻过去的日历，那时的农民，尤其是生活在古黄河两岸贫困的农民，他们的衣着，大概用"要饭花子"来形容，不会有人来反对，是落后、木讷、封闭、邋遢的代名词。西装革履的时尚，距离他们遥不可及。生活如何，不用问，看穿衣戴帽，一眼便知。于是，走亲戚之类的出行，借衣服穿也就成了常事。甚至小伙子相亲，那一身并不合体的衣服，很有可能就是借来的。而这张照片上穿戴的衣服，一看就知道他们已经实现了旧貌换新颜。

富足起来的农民是什么样子？上看发型，下看鞋子。发丝风吹不乱，鞋子油光可鉴，漆黑照人。或双手抱肩，或斜插裤兜，或淡定扶膝。那双腿站立笔直，立定如松，不会弯曲。那双眼炯炯有神，专注而热烈。那神情坚定果敢，成竹在胸。青年人如春笋拔地，昂扬向上。中年人如壮槐盘根，气定神闲。你说这是当今的沙集农民，招来的目光必定是犹疑的，谁信呐！历史没有把富足与农民联系起来，能联系起来的是今天的互联网。

同样的土地，因时代的不同，产生了不同的生活。在这片土地上，没有森林，没有板材，没有厂房，没有工匠，总之关于家具生产是一无所知，闻所未闻。但事情并非这么简单，因为这里有一个最为宝贵的资源要素，就是人。有了敢想敢干敢于创造奇迹的人，奇迹就可能出现。冲锋在前的当然是天马行空的年轻人，站在"C位"的就是孙寒。

孙寒，当初逛网吧被邻人鄙视为不学好，气得家人牙根痒痒的"不争气的孩子"，就是他在东风村注册了第一家网店，卖自制的木格子家具。由此，农民电商的种子在沙集破土而出，前店后厂，家庭作坊迅速爆发壮大，成就了今天的电商小镇。即便让孙寒大胆地设想，也绝想象不到沙集的今天会是如此的辉煌灿烂。年轻的生命，在昔日寂寞的土地上，演绎不同凡响的追富连续剧，波澜壮阔，激流"涌金"。当孙寒成功实现人生转折的时候，媒体报道说他是一位林业大学毕业生，实际上他是一位高考落榜生。不过，现在林业大学如开设农民电商学，孙寒去当个教授应该是绰绰有余，不在话下。至于他愿不愿意去当教授，我不敢妄作猜测。照片上的风云人物都是他的好伙伴。而他们也有和孙寒一样的创业经历和奋进征程。他们每一个人的身上，都有自己与众不同的创业传奇，色彩斑斓，生动如神话。

从农民发展史来说，这张照片应该是史无前例的。明天或后天，会不会被新的照片所取代，人们有理由期待的，我相信一定会有。这张照片的背景却值得今天的我们深思。我们不能否认孙寒他们个人所做的努力和当代农民对互联网的探索和深耕。但是，我们也同样认识到，没有改革开放的土地，他们无法实现个人今天的成就。春风不暖，多么绚美的花朵都无法绽放。那么趁着春风浩荡，让更多的花朵成为新的照片载入新的历史册页吧。

沙集电商小镇客厅讲解员仲文说，如果您没有来过我的家乡这片年轻的土地，你无法想象也无法相信这里的神奇。当许多人还没有听说过互联网这个新名词的时候，淳朴的乡亲自发手戳键盘，用一根网线把贫穷落后的村庄，与全世界连结在一起。于是，财富和快乐就成了"沙集模式"的最好注解。甜美顺着这条看不见的网线，像家乡的徐洪河水那样，流进这片年轻且敢于创新的土地，滋润着幸福之花绚丽绽放。

## 101

庆祝中国共产党百年华诞之际，沙集电商为党的生日献上了一份丰厚的大礼：沙集镇这条网线上串起的店铺共有 16500 个，占总户数的 80％以上；从业人口 21000 人，其中有 3000 多人是外来电商务工者；其中，家具生产企业 1300 家，物流快递门店 253 个，实木原材料销售商 50 家，板材原材料销售商 30 家，此外还有淘宝摄影、3D 制作、床垫加工、五金配件等配套生产服务。真正做到了从田地到电商，从农民到市民，从凋敝乡村到特色小镇的华丽转身。农民用自己的双手，创造了属于自己的美好生活。

当土地上发生史无前例的产业革命，给农民带来的不仅仅是财富，还

沙集工业园区

有农村脱胎换骨的蝶变。如果您要寻找中国传统乡村如何破茧成蝶，乡村振兴如何振兴我们的国家，新农村建设如何为乡村注入民生活力的密码，那么请您到我们沙集镇来，这里有您要寻找的答案，有让您惊喜的传奇，一个古黄河畔相望的奇迹！

卷 六

———

# 河之望

# 第十八章

# 银龙追风

## 102

高铁银龙驰过古黄河畔，为传统文化注入了新时代的血液。

在人们已有的认知中，车，一是用来载重的，二是用来代步的。从人推的独轮车，到马骡拉的马车；从烧柴油的农用三轮车，到烧汽油的大货车、小轿车；从绿皮火车，到和谐号动车，无一不是在追求载重量和速度的不断突破。

车是人类社会进步的标志。

就车来说，睢宁是有充分的理由值得骄傲和自豪的。在这片有四千多年文字记载历史的土地上，夏禹时代的车正奚仲，在这里发明了中华民族农耕时代最早的原始舟车。据文字记载，奚仲在"杕"上添加了轱辘，被使用了几千年，直到20世纪末，农村实现机械化之前，还在使用这个"杕"。

《左传》说"薛之祖奚仲迁于邳是也。"奚仲为轩辕黄帝六世孙，因辅助夏禹治水有功，封于薛地，后迁邳，建立邳国，为邳国开国始祖。原薛地为上邳，迁入地就称为下邳，即今天的睢宁县古邳镇——奚仲的故国。

睢宁县古称晋陵、睢陵，在江苏省苏北地区，春秋时期属"淮夷"，西汉开始属临淮郡，明清属淮安府，民国属淮阴地区。1983年划为徐州市辖县，位于徐州市最南端，东与宿迁市接壤，南部、西部邻接安徽省泗县、灵璧。

古黄河在这里流淌了661年。公元1218年（金宣宗兴定二年），取意"睢水安宁"，始建睢宁县。自此，睢宁县名及治所历经元、明、清未变。

睢宁属农业大县，历史上贫困落后、交通闭塞，是全省经济欠发达地区的扶贫县。乡下人以坐过汽车为荣耀，如果坐过绿皮火车，那简直可以当传奇故事说。2019年12月16日之前，睢宁没有火车可通。奚仲无论有多么超绝的想象力，也绝不可能想到四千多年之后，他发明舟车的地方，通上了时速高达250公里的高铁！更何况在全国也是少见的一县两座高铁站。邻省安徽泗县、灵璧县还开通了直达睢宁高铁站的汽车客运专线。

## 103

2019年12月16日，这是一个具有里程碑意义的日子——徐宿淮盐高铁（简称徐盐高铁）正式通车，睢宁驶入高铁时代。为此，睢宁县委县政府会同高铁的建设者，和当地群众一起，举行了简朴而不失隆重的通车典礼。

县委主要领导宣布，徐盐高铁睢宁段、综合客运枢纽、城乡客运一体化开通运营。

开通首日，睢宁站迎来了众多市民，只为见证这一历史时刻，见证睢宁高铁时代的到来。

喜讯传遍城乡大街小巷，人们奔走相告，欢呼雀跃。

数十辆城乡公交车整齐地停放在现场。

为表达喜悦之情，民间艺术团的演员们载歌载舞。

现场到处洋溢着浓浓的喜庆氛围，群众喜笑颜开，纷纷拍照留念。

大家一起高歌《我和我的祖国》。

"和谐号"驶入睢宁站，站台上一片欢腾。

徐宿淮盐铁路，横贯苏北沿海和腹地，线路起自徐州东站，终至盐城站。正线全长315.55公里，为双线电气化高速铁路，全线设徐州东、观音机场、睢宁、宿迁、淮安东、盐城等10个车站。

睢宁站综合客运枢纽占地387亩，投资7.96亿元，建有站前广场及停车场，公交车站，出租车停车场，城乡、城际交通换乘站点等地面设施，集铁路、汽车客运、公交、出租、社会车辆及商业办公为一体，布局合理。

观音机场站

观音机场站综合客运枢纽占地面积 269 亩，总投资 4.88 亿元，建有包括客运站、地面停车场、站前广场及与观音机场高架、地方主干道连通的匝道、道路、桥梁等附属工程，与观音机场遥遥相对。

根据国铁集团高铁运营规划，运营初期，徐盐高铁每日经停睢宁站 15 车次、经停观音机场站 12 车次。

12 月 30 日全国铁路运行图调整后，徐盐高铁通过徐州铁路枢纽连接京沪高铁、郑徐高铁，接入全国铁路网，相继开通至北京、兰州、西安、贵阳等地的高铁。次年连接淮扬铁路、盐通铁路，直达南京、苏州、上海等城市。

这条铁路的开通，标志着睢宁县在徐州全市五个县市中，率先成为兼具公、铁、水、空主要交通运输方式的县，睢宁交通区位优势华丽凸显。

## 104

早在 2008 年初，睢宁就启动了铁路建设争取工作。12 月，中铁五院的领导专家，齐聚睢宁，进行实地勘界、测绘、论证，形成初步的可行性调研报告。

2009 年 7 月，睢宁成立铁路筹建办，县交通局首当其冲，重任在肩。

2010 年 5 月，徐宿淮盐铁路过境睢宁通过现场调研，列入《江苏铁路"十二五"建设发展规划》。

2015 年 2 月，项目建议书获国家发展改革委批复，铁路建设进入实施阶段。

2015 年 10 月，铁路沿线征迁工作正式开始。从同年 12 月，至 2019 年 12 月，历经 4 年紧张施工，完成了高标准的铁路建设，12 月 16 日，首趟列车呼啸而来，睢宁高铁时代的神秘大幕，惊艳拉开。

2021 年 4 月 10 日，睢宁始发至上海的高铁班次 G8265 正式开通，睢宁成为徐州地区首个开通始发高铁的县城。人们把这趟高铁誉为"睢宁号"。

经济发达的长三角张开双臂，将睢宁拥进怀抱。

毫无疑问，2019 年 12 月 16 日，是睢宁历史上开天辟地划时代的一页。多少代睢宁人梦寐以求的憧憬变为现实，不通铁路的历史随着"和谐号"一声长鸣宣告终结，睢宁在乡村振兴的今天，开启了自己的"高铁时代"。

说这一天具有里程碑的意义，并不为过。

**105**

睢宁站

睢宁站综合客运枢纽的建设有"两峰"，一个是项目公司总负责人史经峰，一个是承包部经理吴少锋。我没能见到史经峰，在睢宁站综合客运枢纽接待室里，吴少锋接受了我的采访。他是江西金溪县人，长沙理工大学道路与桥梁专业毕业，一级建造师，综合枢纽建设者之一。他的大学四年似乎就是为了睢宁高铁时代准备的，他所掌握的专业知识和管理才能，就是为 2019 年 12 月 16 日这一天做保障的。

吴少锋是 2019 年 1 月先期进驻睢宁的。从 2019 年 4 月 10 日开始，这位江西"老表"受中交第二公路工程局的重托，在项目建设过程中带领 110 多人的团队，最小的 20 多岁，最大的 55 岁，开工描摹睢宁站综合客运枢纽建设的美好蓝图。

整个工期正常需要 18 个月。然而，留给他们的时间，只有 8 个月多一点。吴少锋知道，他和他的团队，必须付出双倍的努力，竭尽全力确保 12 月 16 日顺利通车。这个预先定下的日子事关全线，是无法更改的。能够加强的是他们的实施措施和特别能吃苦、特别能战斗的精神。

他们能够做到吗？结论是，能！

一天 24 小时，以分钟来计算。最多时一千多名建设者，三班进场施工，每道工序，务必达到无缝衔接。须知，这中间牵扯到 20 多个专业领域。每一位技术人员，必须时刻蹲在施工现场，监督指导，立时整改，严格安全、质量、进度管理。

吴少锋把老婆孩子从西安接来，把家安在了徐州。

他们和县交通局保持密切沟通，同进共鸣。

18 名党员身先士卒。

吴少锋带领中层技术人员，先后两次看望全国道德模范杜长胜，把他的精神带到综合客运枢纽建设中。

落户平台高架桥，196 天工期。

综合管廊，144 天工期。

地下车库，99 天工期。

睢宁力量推动了睢宁速度。

240 个日日夜夜，每一个白天都值得书写，每一个夜晚都值得回忆。他们领到的任务是 240 张白纸，画出了 240 幅令人惊叹的绚丽画卷。

他们团队的 12 位优秀代表，受到了睢宁县交通局的表彰。

12 月 16 日前夜，吴少锋和他的团队，每一位建设亲历者，都无比激动、欣慰、自豪。他们对自己的工作进行了最后一次巡查，确保万无一失。当"和谐号"呼啸驶入睢宁，那一声由远及近的长鸣，仿佛是向他们致意，向睢宁人民致意。

他们合影留念，珍藏他们一生中的最美时刻。

这天晚上，吴少锋让食堂给大家加餐，拿出了他们喜欢的西凤美酒，庆祝睢宁驶入高铁时代，庆祝自己为这个新时代的到来，所做的一份奉献。

胜利的日子永难忘，杯中盛满幸福醉。

他们有理由尽情畅饮这一醉。

## 106

高铁睢宁站站长叫魏震，邳州市人。以岠山为界，邳州和睢宁手足相连，都是奚仲故国的邳人。毕业于南京铁道职业技术学院的他，在上级安排下，于 2019 年 9 月 15 日，从徐州站来到睢宁站工作。

他来到睢宁站的使命是，确保 12 月 16 日万无一失顺利通车。从进入睢宁那一刻开始，他就紧锣密鼓地准备着。最初的团队只有 16 人，没有自己的办公地点，没有自己的职工宿舍，没有自己的食堂，借住的地方是调度楼，在电气化局食堂临时搭伙。晴天脚下走的是浮土路，雨天就变成了"水泥路"。随着工程的推进，团队人员增到36人，其中有18名党员。

他们做的第一项工作，是迎接通车前的联调联试。上面派来五辆黄色检验车，在三个月的时间里，配合专家，使用精密先进仪器，采集有关数据，不达标马上整改，容不得一丝一毫的马虎。12月16日那天，从凌晨开始，严阵以待，终于迎来了通车时刻。这一刻，他们激动的心跳，和远方飞驰而来的高铁好像在同频共振。

最初停靠睢宁站的"和谐号"每天只有16个车次，现在是36个车次，路经102个车次。这还不是他们最引以为豪的，最让他们感到骄傲的是，在睢宁县委县政府精心部署下，他们和县交通局密切配合，协同谋划，争取到国家批复的始发车"睢宁号"！

睢宁是农业人口大县。通车后的第一个春节，从外地务工乘坐高铁回乡过节的人次达到39万之众，而且绝大部分来自经济发达的长三角地区。是否可以在睢宁站，争取有始发车直达上海，让乘客感受到睢宁驶入高铁时代的便捷？

经过半年的筹划，履行了相关审批手续，2021年4月10日，睢宁站首列始发车"睢宁号"一声鸣笛，宣告驶向大上海！

让睢宁走向世界，让世界认识睢宁。

## 107

朝辞白帝彩云间，千里江陵一日还。两岸猿声啼不住，轻舟已过万重山。县城胡先生要去北京洽谈项目。一千多里，早上从睢宁高铁站出发，中午在北京前门与客商共品烤鸭，晚上可回到睢宁，和家人去逛步行街撸串。他说，他的老家在乡下，过去去县城，清晨起来赶路，披星戴月归来，几十里土路，来回也是一整天呐。

这里曾是中国最古老车辆的发明地。高铁，是国家名片，也是睢宁名片。

高铁站里的"高铁人"来到睢宁，就与睢宁产生了牵绊。平时在忙碌的工作中，有快乐也有烦恼，有舒畅也有委屈。然而对崔海燕他们来说，烦恼是快乐中的烦恼，委屈是舒畅中的委屈。作为值班站长，崔海燕会带着微笑推着轮椅，把不方便的乘客送上高铁，也会被强闯检票口蛮横要求上车补票的"渣客"骂得泣不成声。转脸却又是轻声细语，面带笑容反复解释。魏震说这叫活累不死人，话能气死人。"渣客"不知道，超员一人，高铁就关不上车门，无法启动，甚至可能造成全线停运。那些仅有的几个应急号，是留给现役军人突然返回部队执行紧急任务的，是留给突发疾病需要争分夺秒抢救生命的，是留给有特殊需要的人的。无论何种情况，红线绝不可以突破。有近二十年党龄的崔海燕说，人民铁路为人民，"高铁人"是让我有神圣使命感的职业，为了睢宁的荣誉，为了全体乘客的安全，所做的一切都是值得的，忍受委屈也是必需的，心甘情愿、无怨无悔做一名睢宁"高铁人"，是我的追求。她是睢宁县总工会表彰的"最美产业工人"。

## 108

睢宁高铁站建在原来的傅楼村，村民说这是傅楼人的运气、福气。傅楼村有700余年历史，是一块风水宝地，历史名村。据史载，傅姓先祖因楼盖得太高，被居心叵测的皇帝下旨强行扒掉。

当年皇上扒高楼，今日傅楼建高铁。时代不同了，傅楼的"高"字命运不一样。

高铁站选址傅楼村，牵扯到9个小组823户人家，动迁面积达到23万平方米。傅楼、邱洼、王小楼三个村清表面积60多万平方米。最先完成任务的就是傅楼村。拆迁工作于2017年7月20日启动，群众排队签订合同，一星期之内就完成了330户。而清表任务从2017年持续到2020年全面完成。在这几年里，都是刚过完大年初一，初二就开始行动了。

拆迁后的傅楼村民，分住在周边三个居民小区以及梁集镇区。村书记傅忠军开心地说，傅楼村曾是全县第一个用电的村，随着高铁站的建设，村民人居环境改善了，腰包鼓起来了，有的承包土地，有的购置大型机械，有的买运输大货车，在发家致富中一路飞奔。而且还为上了年纪的村民办理了失地保险。现在3000多平方米的新村部，也是拿原来旧村部拆迁补偿款购置的。村民住地虽然分散了一些，但社会服务项目一样的多，服务的村民一个也不少，社会治理的标准一点也没有降低。

睢宁驶入高铁时代，最近最先受益的就是傅楼人。然而，这才刚刚开始，随着高铁新城的规划建设，傅楼人的幸福生活，内容将更加丰富多彩。

高铁新城规划建设面积900公顷，范围为徐宿淮盐城际铁路以南、天虹大道以西、鸿禧路以东、北环路以北。充分借鉴雄安新区理念，将现代生活文化、旅游、商贸、休闲融为一体，实现"蓝绿交织、清晰明亮、水城相融、多组团集约紧凑发展"。高铁新城以区域性的物流、商贸为中心，完善区域性经济、交通体系，打造睢宁县物流商贸中心，创建宜居城市空间。未来的潜力不可限量。

在高铁新城，率先亮出真容的是九年义务制高铁商务区实验学校，这是睢宁县重大为民办实事项目。2020年1月19日，举行高铁商务区实验学校开工仪式。2021年9月1日，睢宁县高铁商务区实验学校迎来了首届学生。早上7点钟，老师们根据分工安排，在各自岗位上待命。七点半，学生们陆续走进校园，在老师的引导下有序进入教室。上午9时18分，该校教师代表和学生代表共同为学校揭牌。

学生在教室里欢笑，家长在校园外鼓掌。

"阳光亲吻我的脸，春风伴我一路行。"孩子们说，他们是"高铁小子"。

学校的校徽是高铁符号，班牌是高铁标志，宣传栏是高铁形象，校训是"向未来，创美好"的高铁速度，目标是"全力以赴开创新局面，不负众望打造新名校"的高铁远方。

高铁新城是睢宁迎来高铁时代的标志，高铁商务区实验学校的建成并投入使用，是高铁新城繁荣的标志。

## 109

2018年1月15日，县委主要领导、县政府分管交通运输的常务副县长、县委组织部部长到县交通局，宣布新局长履职。阵容之所以如此豪华，是因为高铁建设项目是全县重中之重，县领导语重心长嘱托，务必集中精力，确保各种规划措施如期落实。

高铁建设成为县交通局的头等大事要事。经过紧张筹备，2019年2月18日，春节后上班第一天，高铁站建设开工仪式顺利举行。躬逢盛世，天降瑞雪，吉兆遂愿，令人动容。

开工容易施工难，因为条件并不完全具备。县交通局的建设者们清醒地认识到，面临的艰巨局面是，项目区内坟墓、大棚、电线等障碍物尚未清除，一县二站交通枢纽投资高达 12 个亿，资金缺口大，全部依靠地方财政支持，肯定不现实。而且随着季节变化，意想不到的恶劣天气，肯定会给施工增加新的难度。

对于地表清理，分轻重缓急，协调地方加快行动步伐。对于资金缺口，他们在全县第一家采用 PPP 模式，通过公开招投标，政府与社会资本合作，政府职能部门与施工企业组建项目公司，共同开发建设，共同承担风险。对于气候突然变化，备好预案，加强组织协调，全程监督检查。力求全面铺开，齐头并进。取消节假日，全天 24 小时巡查。

尤其是在七八九月汛期，暴雨如注。站前地下综合管廊、站前广场、地下车库等施工现场，闷热潮湿，令人窒息。但这一切在如期通车面前，根本不值得一提。睢宁的高铁建设者，一路艰辛，一路汗水，有辛酸，有欣慰。很快双站雏形已见。睢宁站大气沉雄，汉文化气韵浓厚。观音站飘逸灵动，与观音机场设计交相辉映，比翼双飞。

建设者回忆起当初，深有感慨地说："看似寻常最奇崛，成如容易却艰辛。"

乘睢宁高铁通达之机，县交通局投资 1.5 亿元资金开始打造全县城乡公交一体化工程。2021 年 6 月 18 日，通过江苏省交通运输厅验收，睢宁成为全省第一批城乡公交一体化建设试点示范县。2023 年 7 月 6 日，被交通运输部确定为第三批全国城乡交通运输一体化示范创建县。

今天的睢宁，人人是新时代的奚仲，他们为睢宁全面发展的列车，安上了高速飞奔的现代化车轮，追风前进！

奚仲故里，旭日东升，满天云霞。飞驰的高铁银龙，成为睢宁一道靓丽的时代剪影。

# 后　记

　　刚刚杀青这部《相望长河》，夏永来看望我，带了两盒包装十分随意的青春萝卜——本县青春村生产的青萝卜，这与他设想的精美包装相差甚远，白白委屈了远近闻名的青春萝卜。夏永说，他们总是不信我的话，认为好的包装就是浪费钱。

　　认识夏永，是在去邱集镇采访创作长篇报告文学《全海请回答》的时候。全海村是江苏省味稻小镇睢宁县邱集镇的一个行政村，2022 年被评为全国一村一品亿元村。

　　为什么我要选择去全海？在很多人认为种粮食不值钱时，在古黄河的土地上，全海农民仍然下死力气发展粮食生产，希望每一寸土地都能产出上等的粮食！我感到整个村庄的人们和土地都在守望着一个香甜的日子。

　　去了全海才知道，这里原来是一片洼地，年年雨季，从古黄河冲下来的洪水，导致遍地是汪洋，就成了全海，就成了苦海，庄稼很难有收成。一位老人说，他小时候上学，没有粮食，带的是胡萝卜做的饼子。春天来了，天热了，把棉裤里的棉花掏出来，当单裤穿。冬天来了，天冷了，再把棉花装进去，当棉裤穿。种什么庄稼才可以保住饭碗，保住大人小孩不挨饿，不会背井离乡？新中国成立以后，村里的当家人，也就是党支部，开始思考这个问题。他们想到了栽水稻。于是自力更生，修了排灌渠，建了电灌站，水稻开始扎根在仝海的土地上。现在，经过这么多年的奋斗，他们引进了优质稻，全村 5000 亩土地，栽了 4800 亩水稻，建了仝海村米厂，加工出生态米，远销长江以南。村里陆续建起了农民大舞台、村公园、村便民服务中心，为考上大学的孩子发奖金，为老人发澡票。村民家家有小车……

《仝海请回答》在付印之前，时任中国作家协会副主席、中国报告文学学会会长的何建明先生读到了这部作品。他写道："我已经很长一段时间没有阅读到像《仝海请回答》那样酣畅的报告文学作品了！事实上，这本书里的文字和文字里流淌的那个'仝海'，让我陶醉和感动了！毫无疑问，这是部非常优秀的纪实类作品。《仝海请回答》最珍贵的是其内容，是对仝海生动、细腻、精彩的描述与叙述——它通过描写一个小村庄的历史性巨变和巨变中的那些普通中国人的奋斗精神和智慧才能，向世人庄严地回答了'中国共产党为什么能''中国人民为什么能''中国为什么能'。仝海人的奋斗之路，是从改变千千万万棵水稻的命运开始的。水稻的丰收，又改变了仝海人和仝海土地的命运。"

夏永后来调走了，先是到邱集镇，后又到睢城街道任职，分管他轻车熟路的农业。

由他，我想到了古黄河人。

我说的河，是纵贯苏北家乡全境的古黄河。我说的人，当然是住在河两岸的父老乡亲，我称他们是古黄河人。

家乡睢宁这两个字，是从水里捞出来的，新鲜，湿漉漉的带着点点泥沙。它曾在水中沉没、漂浮，漂浮、沉没。

奚仲在这里造的木车推了多久？

邳国的沧桑在这里沉积了多久？

古黄河泛滥曾经吞噬了多少生命？又孕育出了多少新生？

当信念殆尽无路可寻时，是古黄河接纳了他们。从蓬勃茂盛的荻苇里展开直飞云霄的翅翼，是不是新的信念已经诞生？

那延绵十多里的钓鱼阵仗，钓者来自全国，是不是来钓古黄河人今天一尾金色的喜悦？

岸边的新村知道，轰鸣的收割机清楚，高耸的厂房明白，归乡的务工者懂得。

自黄河北徙之后，两岸古黄河人企盼睢水由浑浊变清澈，人由枯瘦变白胖。

自奚仲造车以来，古黄河人在古黄河岸边推着独轮车，车上载着空瘪的锅碗瓢盆，还有褴褛的日出日落。

古黄河人的脊背上滚落着晶莹的汗水，沉重的脚步踩着坎坷的星夜，一路吱吱嘎嘎，不停，不歇。

风在呼啸，雨在呐喊，人在吼叫。古黄河人倔强的发丝，每一根都抖出了李白为之惊叹的英风。

牛羊凝视远方，鸡鸭鸣唱方圆。高树刺破青天，谷禾呼吸晨露。

昨天的浑浊或枯黄是古黄河的颜色，也是人的颜色。今天的清澈和润净是人的颜色，也是古黄河的颜色。有什么样的河流，就有什么样的人群。有什么样的人群，就会有什么样的河流。

河流和人群都有他们共同的时代。

不同的时代，就会有不同的河流与人群。古黄河的性格，也就是古黄河人的性格，这是在古黄河水中泡出来的精神品格，它不可能不与古黄河融为一体。

当水患汪洋恣肆的时候，古黄河浊浪排空，裹挟着枯枝败叶，一路奔向大海。

当艳阳普照大地的时候，古黄河娴静微波缓缓流向大海。

它坚定的头颅不会低下，它前进的方向不会改变。

当艰难困苦压弯了古黄河人腰板的时候，他们战胜灾难获取新生的信心没有被压垮，反而更加铁骨铮铮。

当岁月恢复平静，鲜花重新绽放的时候，他们柔情似水，开始播种希望的种子，麦苗青绿茁壮，欣欣向荣。

古黄河的激情流淌在古黄河人的血液里。古黄河的热情也燃烧在古黄河人的胸腔里。他们一路走来，一直走向旭日霞光。

开天辟地，书写传奇。

古黄河追求的是平和，古黄河人的理想是和平。他们用勤劳去打扮丰饶的日子，他们用勇敢去打磨闪亮的岁月。一代一代在古黄河两岸铲除荒芜，驱逐泡沙盐碱，澄澈古黄河水，繁茂世代居住的村庄。

这是古黄河的浇灌与爱抚，这是古黄河人的智慧和力量。他们铺平了大道，建起了楼房，酿出了美酒，栽满了鲜花，结出了丰美，唱自己的歌，跳自己的舞。

他们用双手双脚，让相同的日月有了不同的风景，让轮回的季节有了不变的追求。古黄河人改变了土地，也改变了自己。日子一天天清朗，惠风和畅，从善如流，勾画出一幅幅欢乐的睢宁儿童画，敲击出四通八达的乡村互联网。

在这个欢乐的时刻，他们有意识地忘却了曾经的苦难与挣扎，只讴歌付出过的心血和汗水。他们看着面前天真烂漫的孩子，新一代古黄河人像小树苗一样天天向上，心中憧憬着未来画卷，沃野千里，前途璀璨。

古黄河抒写史诗，新岠山染绿丰碑。

睢水安宁，民众安康，生活安好。

路向远方，心向彼岸，情向朝阳。

我对一直关心支持这部作品创作的好朋友邱辉说，让我们以一首《相望长河》，向古黄河挥手致意，继续我们前行的步伐吧。

> 你流进了神州黄河
>
> 你缔造了华夏车舟
>
> 你嘹亮了大汉飞歌
>
> 你童话了九州春色
>
> 你是志在千里的牛
>
> 奋蹄耕耘不断开拓
>
> 你是一团燃烧的火
>
> 彤彤旭日沃土壮阔
>
> 你是我的相望
>
> 你是我的长河
>
> 你是我的父老乡亲
>
> 你是我的五谷稼禾
>
>
> 你陪伴着日出日落

你细数着春雨冬雪

你在二月开始撒播

你在八月挥镰收割

你是一则不老传说

飞鹰展翅从容不迫

银龙归来风驰电掣

蓝图擘画永不蹉跎

你是我的相望

你是我的长河

你是我乡村振兴的生活

你是一页辉煌彪炳史册

2024 年 9 月 6 日于工作室